津门往事

吕舒怀 著

四川文艺出版社

图书在版编目（CIP）数据

津门往事/吕舒怀著. —成都：四川文艺出版社，
2020.1
ISBN 978-7-5411-5563-5

Ⅰ. ①津… Ⅱ. ①吕… Ⅲ. ①中篇小说一
小说集一中国一当代 Ⅳ. ①I247.5

中国版本图书馆 CIP 数据核字（2019）第 259043 号

JINMEN WANGSHI

津门往事

吕舒怀 著

出 品 人 张庆宁
责任编辑 余 岚
封面设计 叶 茂
内文设计 史小燕
责任校对 蓝 海
责任印制 崔 娜

出版发行 四川文艺出版社（成都市槐树街 2 号）
网 址 www. scwys. com
电 话 028-86259287（发行部） 028-86259303（编辑部）
传 真 028-86259306

邮购地址 成都市槐树街 2 号四川文艺出版社邮购部 610031
排 版 四川胜翔数码印务设计有限公司
印 刷 成都蜀通印务有限责任公司
成品尺寸 145 mm×210 mm 开 本 32 开
印 张 10.5 字 数 250 千
版 次 2020 年 1 月第一版 印 次 2020 年 1 月第一次印刷
书 号 ISBN 978-7-5411-5563-5
定 价 45.00 元

一座城，七段传奇人生。

穿越百年，再现民国世事沧桑与人间传奇；

恩义情仇，津腔津韵，织就津门往事与世情百态。

汪兆骞、林希、王斌、肖克凡、北村、韩浩月等倾情推荐！

溯洄时光之旅，作家舒怀以情致婉曲、文采华茂之笔，把我们带进他雕刻的精致而苍凉的故事，沉醉在五光十色的民国红尘里。站在萧飒而又旖旎的市井街巷，睥睨形形色色各具情态小人物的惨淡人生，感受到人间冷暖、人性善恶，并辐射开去，分明看见一轴丰富复杂的大千世界风景。正所谓：寓病态社会于风俗民情图画，借引车卖浆者演绎津门旧事。

——著名学者、作家、文学评论家 汪兆骞

苦难中的浪漫，残酷中的情义，吕舒怀先生擅长从凉薄的世态中撷取温暖的花朵，并用这花朵装饰灰暗年代。他笔下的故事，具有令人拍案的传奇性，也有催人泪下的纯真与纯粹。他的作品让人觉得：津味小说，魅力永存。

——著名作家、文化评论家 韩浩月

目录

001　　水铺

061　　小白楼往事

123　　天津大寓公

201　　小人书铺

257　　杂货铺

271　　续当

289　　饮者留其名

水
铺

一

二唤从不知她有个姐姐，更不知她姐姐跟她的模样一样俊，而且很有名又很趁钱。二唤的那个大烟鬼老爹从未告诉过她，二唤的左邻右舍——卖药糖的刘爷、拉胶皮的孙三、开线铺的洪掌柜也全瞒着她。直到那一天，住在马厂道的买办周家纠集一群不三不四的人堵在水铺门口，嚷着闹着管她要人时，二唤才如梦方醒：她确实曾经有个姐姐。姐姐的小名叫大唤，后来唱评戏成了角儿，再后来嫁给买办周茂城做了五姨太。就在前不久，她突然从周家公馆神秘失踪。

二唤的水铺开在北门里影壁街上，水铺没名没号，临街一套死里外。关上门板像个住家，一开门，白腾腾的水蒸气溢出来，连同那甜丝丝的水味儿，弥漫了半条影壁街。过路行人不禁驻足睃巡，呦，原来这儿窝着个水铺哪。二唤的水铺很窄小，一间屋子半间灶台，灶台安两口大铁锅，一口锅烧着"咕嘟嘟"冒泡儿的熟水，一口锅里是波澜不惊的生水。二十世纪三十年代，自来水管并没有通向每家每户。

人们想用水就得去水铺买，花钱很少，省钱又省劲。天津人一般早晨起来不点炉子、不坐水，想喝热水，或者泡茶招待客人，就到水铺买开水。所以，水铺的生意大都挺不错的，尤其清早起来买水的人川流不息。

十九岁的二唤是从她爹手中接管下水铺生意的。二唤她妈过世早，她爹又染上抽大烟的恶习，整天泡在大烟馆里喷云吐雾，撒手闭眼不顾家。年纪轻轻的二唤独自撑起了水铺。每天起五更，先把两口大铁锅注满水，然后点柴火，烧其中的一口铁锅，直到把水烧得鼎沸。二唤经营水铺很讲究职业道德，她知道烧水跟为人一样不能做假，非烧开了不可，要不人家买回去泡不开茶叶、冲不熟鸡蛋那不很缺德？天刚蒙蒙亮，二唤眯着双眼爬起来，烧好水，卸了门板，打开门，自己搬个板凳坐到门槛边，等候头一拨儿客人上门。这时天上的启明星若隐若现，空寂的马路刮着凛冽的寒风，二唤双手托腮，望着半明半暗的天空，遐想起十分遥远的事情。

天透亮时，有人拎着铁壶来买水了。二唤收敛起她的遐思，起身进屋。人们常说：水铺的锅盖——两拿着，是指盖铁锅的锅盖一分两半，一爿固定不动，另一爿可以随时掀起。二唤掀起一爿锅盖，抄起大舀子往熟水锅里舀水，再往来人的铁壶里灌。买水的人拎着满当当的铁壶走了，塞给二唤手中二分钱。这是位散客，不经常买水。常客买水不用钱，用水牌，像影壁街上的小饭馆、线店、杂货铺都有二唤水铺的水牌。就这么，二唤忙碌的一天开始了，买水的人络绎不绝。二唤接待完这位，又接待下一位。稍一闲空下来，她将生水锅里的水往熟水锅里添，然后加柴火烧旺火，火光映红她俊美的脸庞。水铺打样没准点，夜深了，影壁街路静人稀了，周围的买卖家差不多挨个关门熄火。二唤总还要等个把时辰，估摸着无人上门打水，她才上门板，挂插销，疲惫的身影悄然没入水铺里。

二唤的日子仿佛生水锅里的水，日复一日波澜不惊。四月里的一天晌午，她平静的生活忽然变成熟水锅里的开水，"咕嘟嘟"地沸腾不止。

二

那天，忙了一上午的二唤感觉肚子空荡荡的，用火筷子别上门，跑到马路对面的烧饼铺买油酥烧饼。拉胶皮的孙三停住车，在铺子外面喊她："二唤，有生意噢。"二唤应一声，赶忙攥着烧饼往回跑。远远瞅见水铺门口站立个穿长衫的中年人，他空着俩手，并没拎着买水的家什。二唤断定此人不买水，找人。二唤上前问那人："先生，您在我这儿趸摸谁？"中年人上下打量一番二唤，自信地点点头，说："就找你。"二唤很诧异，眼前的男人很面生，想不起在哪儿见过，就说："您趸摸错人了吧，我压根儿不认识您。"

那人微微一笑，笑容意味深长："你不认识我，我知道你。你叫尚玉珠对不对？"二唤就一惊，从她生下来之后没人叫过她的大名，只叫她"二唤"。可见他没找错人。

二唤愣怔的工夫，陌生男人又说："说真格的，我不找你，来找你的姐姐尚宝珠。"

这回，二唤惊愕地瞪圆了大眼睛："你瞎掰！我生来一根独苗，没姐姐。"

中年人用狐疑的眼神盯住二唤，脸色阴沉下来，说："尚玉珠小姐，甭瞒我。你姐姐如今是我家周老爷的五姨太，前天私自跑出来。她能跑哪儿去，还不是跑回娘家？你最好让她乖乖跟我回去，省得找不自在。"他气势挺冲，边说边探头探脑地朝水铺里瞅。

二唤冷静下来，她琢磨如今这世道乱，坑蒙拐骗的比拾茅蓝的还多。这个人来路不明，光知道她大名蒙事顶屁用。二唤冲近前，狠狠地搡了中年人一把，骂道："你给我滚，哪儿凉快哪儿待着去！想蒙事蒙别人去，我二唤不吃这一套。"中年人被她搡得跟跟跄跄倒退好几步，差点一个屁股蹲儿坐地上。中年人也急红了眼，铆足劲儿往屋里冲。二唤一把抽下门鼻儿别着的火筷子，高高举起，冲着男人"呼呼"挥舞："看你再敢往前凑，我拿火筷子把你捅成漏勺。信不信？"

一打一闹，顿时马路围上许多人。旁边线铺的洪掌柜挤过来，着急地问二唤："闺女，出嘛事啦？"二唤说："洪大爷，大白天的来这么个骗子，趁我是个大闺女无依无靠的，想占我便宜，抢我水铺的钱。""是哪个王八蛋吃错了药，敢惹我妹子？爷们儿敲断他狗腿，挖出他眼珠子当泡儿踩。"不知什么时候，拉胶皮的孙三转悠回来，站人圈外边虚张声势。

穿长衫的中年人见事头不妙，赶紧朝影壁街那头溜，嘴里不饶人地嘟嘟囔囔："你们小心点儿。窝藏周家人是闯下塌天大祸，回头叫你们一个个的吃不了兜着走。"

那人溜没了影，二唤怔怔地待在那儿，拿火筷子划地。洪掌柜又问："闺女，到底嘛事？"

"这人瞎说八道，说找人，叫尚宝珠，还说是我姐。洪大爷，您对我家知根知底，我哪有姐姐？"

洪掌柜沉吟半晌，张张嘴，欲言又止。末了，说了句："傻闺女，回去问你爹吧。"随后，无可奈何地摇晃着脑袋，沿墙根儿踅回他的线铺。

二唤的心就一沉，洪掌柜可疑的神态，令她咂出几分不祥的滋味。

<h2 style="text-align:center">三</h2>

晚晌，二唤早早地熄灭灶台的火，上了水铺的门板，从里边反锁上门，钥匙往腰带一拴，径直奔向水铺后面的小屋。她知道她爹尚老头酒醉饭饱之后要去大烟馆抽上几口，过过烟瘾。这正是逼他讲出真相的好时候。

晌午发生在水铺面前的事，像硬塞进嘴里半个糠饽饽，堵在心口窝上不来下不去。二唤隐约觉得事出有因，不会平白无故。晌午那陌生人言之凿凿，说她有个姐姐。线店的洪老板又含糊其词，叫她自个儿问她爹。这些迹象表明姐姐的存在毋庸置疑。可爹为嘛要捂着盖着单瞒她一个人，十几年来没透过一点儿风？恐怕不可告人的幺蛾子早已深藏其中。如今人家打上门来，真应了那句话，来者不善，善者不来。她必须知道真相，有关那不曾见过面的姐姐的一切，要不叫人家蒙了，骗了，兴许还傻巴兮兮地帮着数钱哪。

推开屋门，昏晦灯光下，尚老头正偷偷摸摸从钱匣子里拿钱。二唤故意躲后面不吱声，瞅她爹往衣兜一把把装钱，等钱装足了，尚老头一回身，惊出一身冷汗："哎哟，我的亲闺女，吓死我啦。我以为身后藏着个鬼。"二唤瞧不起她爹，压根儿爹就没个爹味儿。"咱家真有鬼，那就是你。拿闺女挣的血汗钱去抽去嫖，打灯笼满天下蹓摸，也蹓摸不出你这么个爹来。"二唤怒气冲冲地顶撞他。

尚老头自觉理亏，脸上登时堆出谄媚的笑容："老天爷有眼，叫我赶上个孝顺闺女。你挣钱我花，天经地义。别挡道，让爹出门。"

二唤双手叉腰，挺胸挡住她爹的去路："叫我躲开容易，你把钱留下。"尚老头见软的不行，又来硬的，脸一黑，说："二唤，你今儿个犯病哪？我哪天不出去抽两口，你干吗拦我？自打你妈过世以后，我心里闷得慌，就染上抽大烟的瘾。你又不是不知道。去，躲一边去。"

二唤没动窝，也不搭腔。

"求你啦，宝贝闺女，爹快熬不住了。"说话间，尚老头的鼻涕眼泪哈喇子直往下淌。二唤明白，火候到了，她说："钱我让拿，人让走，可你得应我一件事。"尚老头鸡啄米似的连连点头："甭说一件，就是百件千件，爹都随你的心思。"

"好哇，"二唤缓和下口气说，"爹，你告诉我，我是不是有个姐姐叫尚宝珠？"

尚老头闻言，惊得直翻白眼："谁跟你瞎白话的？"

"这你管不着，你实话跟我说，我那没见过面的姐姐究竟怎么档子事？你要是不说，甭打算迈出门槛一步。"说着，二唤摇晃起手里的一串门钥匙。

大烟瘾拿得尚老头浑身筛糠一般，看样子，他如果不讲出十九年前那桩往事，是走不出家门，过不了烟瘾的，那比要他的命还厉害。顾不得许多了，尚老头心一横，对二唤说："你是逼爹上吊哇。行，我就跟你一五一十讲。说完，你得放我走。"

二唤二话没说，搬个板凳坐她爹对面。

四

以开水铺为生的尚老头属于两代单传，到他这辈儿，老婆头胎生个丫头。尚老头摇头叹气不顶用，便给闺女起个小名叫"大唤"，盼望着二胎唤出个秃小子来。于是，他努力播种，勤奋耕耘。第二年老婆又怀上了，千呼万唤又唤出个丫头片子，尚老头不甘心，给二闺女起名"二唤"，恨不得继续唤儿子。怎奈命运不济，老婆生孩子大出血，刚生下二唤不久便一命归西。尚老头哭天抢地，好不悲伤，倒不全为中年丧妻，而是悲伤他穷，再也娶不起媳妇，没人替他生儿子了。男人有时活得很泄气，老婆一死，尚老头天么天混在窑子里填补空虚，花钱跟流水似的。本来水铺营生利薄，勉强糊口，经不起他瞎折腾，日子越过越紧巴，他发觉养不起家中俩丫头片子了。

大唤刚满三岁那年，尚老头把她卖给一家戏园子学唱戏，拿到十块大洋，钱没焐热，转手就送给大烟馆。抽大烟毁人，嘬上一口，盼什么，眼前就浮现什么，美得他乐不思蜀。后来，尚老头拿大烟馆当成家，索性将水铺交给二唤打理。那年，二唤虚岁十六。

大唤跟人家学戏出息了，六岁登台，一炮唱红，后来越唱越火，成了天津卫的名角。尚老头哪承想卖出去的大闺女变成摇钱树，大唤在哪个戏园子唱戏，他就蹲戏园子门口等。戏散了，大唤前呼后拥地走出来，他便觍着脸上去伸手要钱。大唤恨他，恨这个无情无义、丢人现眼的爹，就明确地对他说，要钱行，可你不许到处说是我爹。有人问，你说我早死了。从今往后你不许再到戏园子等我，不许去我住的地界找我，更不许打听我的事。钱我按月派人给你送去，送到玉清池澡堂子。有朝一日我先嘎嘣了，也用不着你去哭丧。话说到这么绝，尚老头也不觉着寒碜。有人每月供钱花，继续泡大烟馆里做美梦，他知足，满口答应下大闺女的所有条件。逢月头初五，尚老头颠颠跑到玉清池澡堂子大门，等着大唤的人送大洋。接钱在手，他根本不进澡堂子，省一分是一分，留着还能多抽个烟泡儿哪。

去年，尚老头听说大唤嫁了人，嫁给六十岁出头的洋行买办周茂城。消息不是他扫听来的，是听报贩子吆喝的。虽然大闺女不再登台唱戏，钱却没断流，照样派人送。尚老头信守诺言，不去见大唤，把这事瞒着所有人。其实左邻右舍都门儿清，瞒就瞒了老闺女二唤。今儿个晚晌，二唤突然提起这档子事，着实令尚老头吓出一身冷汗。说不是，不说也不是，怎奈让烟瘾弄昏了头，才把实情和盘托出来。

二唤听罢，不禁陷入更深的沉思：原来自己真有姐姐，姐姐又这么风光。可为嘛她放着荣华富贵的好日子不过，非要从周公馆逃跑呢？甭说，一定是挨了周家人的欺负。

趁二唤打愣的工夫，尚老头夺下她手里的钥匙，踉踉跄跄地奔出水铺。

转天一早，那穿长衫的中年人又堵上门来，这次不光他自己，还带来一群打手，围在水铺门前嚷着闹着要人。尚老头躲里屋不敢露头，关键时刻，二唤挺身而出。她站台阶上，用手指住那些人就喊："告你们，我把我大姐藏起来的。你们周家人仗着有钱有势欺负我姐姐，我就不让她回去，要人没有，要命有一条！"此言一出，那帮人闹腾得更凶。东奔西走寻找好些天没寻着五姨太，果不其然躲藏在水铺。中年人手一挥，其他人拼命往水铺里冲。二唤左挡右拦，拦阻不住。险要关头，人群中站出位二十多岁年轻人，留着中分头，穿一身西装。他挡在二唤前头，冲着中年人说道："这不是周家管事吗？原来周老爷的五姨太真失踪啦？那也不能来人家里抢啊。我正发愁敝报这些天缺好消息，却是踏破铁鞋无觅处，得来全不费功夫。"

被称作管事的中年人立马土灰了脸色，他赶忙凑近年轻人，连哈腰带作揖地解释："哟，沈先生，误会，完全是误会。我家五姨太没失踪，蔫么劲儿回了娘家。您没听她妹妹刚都承认啦。下头人不懂规矩，瞎闹腾。我马上叫他们滚回去。"说着，他呵斥带来的打手，一哄而散。

穿西装的年轻人微微一笑，笑容复杂而诡异。

危急时有人解围，二唤不由地向解围人投去感激的一瞥。

五

《晨报》记者沈一啸每天都要到二唤水铺对面的"品雅轩"茶楼坐一坐，泡一杯酽茶，静下心来等候给他送稿件的人。干记者是很辛苦的差事，起早贪黑的，没一点儿空闲。

几乎天天如此，大约子夜刚过，沈一啸便睡眼惺忪地爬起来，骑着他那辆半新不旧的"三枪"自行车，跑到海河沿的"鬼市"趸稿子。天色漆黑，鬼市里卖稿人和买稿人挤成一团黑疙瘩，人们低声细语地谈稿子内容、讲价钱，双方有了成交的意思，趸稿人借助灯笼的微弱光亮，扫一眼对方稿子内容和字数，匆忙塞进口袋，把可怜的稿费攥给卖稿人，随即两人分别而去，连个客气话都不说。

沈一啸属于这里的常客，几乎每天必到。别瞧他年纪轻，却脑瓜活，有眼力，稿子不用细看，只瞄上两眼，便掂量出它值钱不值钱。他很能划价，价压得卖稿人不停地搔头皮，龇牙花子，才肯把钱掏出来。常常是这样，趸完稿子，沈一啸又骑车往报社赶，赶到报社发排趸来的稿子。主编信他能耐，早留出了版面。忙完这些，天已大亮。沈一啸溜达到"品雅轩"茶楼，他事先约好一些名家高手，那些人准点儿把稿子送到茶楼。

老天津的报业发达，参差不齐，鱼龙混杂。像《大公报》《益世报》这样的大报社，都有采访部，都有专职采访的记者。可沈一啸所在的《晨报》就差远了，主编、编辑和记者，拢一块儿就五六个人。别说采访，就是弄足稿件，凑满版面，印出报纸，也够他们喝一壶的。所以，《晨报》骨干力量沈一啸只能摸黑去海河沿的鬼市趸稿子，之后稳坐在"品雅轩"等稿。

沈一啸的真实心思别人捉摸不透，等稿子可以去其他茶楼，为何偏偏在"品雅轩"候着？其实，他坐在茶楼品茶的时候，不错眼珠地光往马路对过的水铺瞧，他天么天盼望瞧见水铺的女掌柜，美丽纯真的二唤仿佛种在他心中的鲜花，每时每刻都在开放，每时每刻都散发着迷人的清香。单相思最苦最折磨人，沈一啸幻想着有那么个机会，跟朝思暮想的二唤碰个面，搭上话，好像对他来说是最最幸福的事情了。见人易，搭话难，难于上青天。

整天从茶楼的窗户望去，二唤忙进忙出的，可从未朝这边瞄过一眼。最令沈一啸痛心疾首的是，二唤一直蒙在鼓里，不知道有个痴情人想她、盼她、暗恋她。

陷入情网的人都胆怯，一种莫名其妙的胆怯。沈一啸敢在鬼市急赤白脸砸价，却不敢主动走过马路，跟意中人搭讪一句半句。时光就在如此犹犹豫豫中耗费掉，沈一啸心急如焚，可心急吃不了煤火饭，人瘦下一圈，多情反被无情愁。咫尺天涯，相隔一条马路则无缘相见。

六

四月里那个上午，沈一啸独自一人枯坐茶楼，说是等人送稿子，实际是想念二唤。忽听水铺门前闹哄哄乱成一片。他抬头望去，见二唤被买办周茂城的管事带一帮人围在中间，你推我搡，二唤虽然倔强，可抵挡不住那群如狼似虎的打手。沈一啸看在眼里，疼在肝上，怒从心起，他三步并作两步冲下茶楼，横穿过马路，拨拉开人群，护住二唤，吓唬跑周管事，演了一出英雄救美人的大戏。二唤那感激的一瞥，他瞧见了，接住了，美滋滋的，事后竟坐胶皮来到南市一家小酒馆，喝了个不省人事。

正午的阳光透过茶楼竹帘照进来，洒满茶桌。沈一啸刚刚打发走一位送稿子的酸儒，掉头朝马路对过的水铺张望。猛然间，瞧见二唤拿火筷子别住门，扑打几下枣红色夹袄沾染的灰土，迈着轻盈的脚步穿过马路，向"品雅轩"茶楼走来。沈一啸不禁一阵"怦怦"心跳，莫非二唤来茶楼见他？念头刚一闪，又暗笑自己胡思乱想，人家一个大姑娘家，干吗进茶楼，干吗找自己呢？

他胡思乱想之际，只听见楼下茶房扯着嗓子喊："二楼雅间，有人找。"沈一啸不觉一怔，情不自禁地站起了身。

帘子一撩，二唤怯生生地伫立面前，双手梳理大辫子，有些羞涩地低垂下头。

沈一啸乱了方寸，结结巴巴，吐不出一句整话。

还是二唤说话干脆："沈先生，幸亏昨儿个您行侠仗义，赶走那群坏人，救了我。我特地来感激您的。"她边说边欠欠身子，算作道谢。

"昨天的事算不得什么，路见不平，拔刀相助嘛。我一见恶人欺负一个弱女子，就打心里气不忿。你可别总挂心上，也别客气，坐，坐，快请坐——"

"我不坐，家里的生意等着我忙。"话虽这么说，二唤没一点儿要离开的意思。

沈一啸陪着站桩，怕冷了场，紧着说话："二唤小姐，往后他们周家人再来无端生事搅和你，你就招呼我。他们怵我，怕我揭周家的臭底子。我天天在茶楼。"

二唤忽然抿嘴一笑，说："我知道，您天么天在茶楼上偷着瞧人家。"

一句话说得沈一啸臊红了脸，不由得追问："你怎么知道的，没见你抬过头哇？"

"还用抬头瞧吗？我心里有只眼瞧着的。"二唤的头埋得更深。

刹那间，二人相对无语，心灵却通了。

末了，二唤说："沈先生，我不能待了，得赶紧回水铺。二唤有件事麻烦您，您千万不能撅我。"

"我们已经成了朋友，别提麻烦。小姐的事就是敝人的事，我一定尽力而为。请讲。"沈一啸巴不得二唤拿事找他，那么他便能经常碰见二唤，这样一来二去，二人的关系自然而然地走近了。

二唤沉吟片刻，说："长这么大，我刚知道有个亲姐姐。同是一奶同胞，她生不见人，死不见尸，我能不惦念吗？沈先生当着大记者，朋友多，路子宽，求您帮我打听出我姐姐究竟是失踪呢，还是被坏人害了。"

事关重大，沈一啸神情严峻起来，他跟二唤打包票地说："二唤小姐你放心，三天后，我给你准信儿！"

二唤总算一块石头落了地，她再次谢过沈一啸，扭身走出雅间。

沈一啸依旧呆愣在原地，雅间内存留着二唤清雅的体香。他不禁吸了吸鼻子，猛然觉得一桩美妙姻缘，天上掉馅饼似的砸到他头上。

七

哪行哪业都有固定的圈子，闲暇时同行坐一起喝喝酒，聊聊天，主要为了相互交流信息。记者们也不例外，当沈一啸决定全力以赴地调查二唤她姐姐失踪案后，仅一天，便从他的圈子里掌握了尚宝珠如何跑出买办周家的前因后果。事情远比他和二唤想象的复杂而可怕，令沈一啸不禁扼腕叹息，他左思右想该不该跟二唤如实相告，那会把二唤吓哭的。

原来尚宝珠落入"蝴蝶党"毒手，被一个叫作常有田的小白脸拐跑了。

旧社会天津卫的蝴蝶党相当于当时大上海的"拆白党"。拆白党属于黑色行业，"拆白"（读 ce be）是上海方言，其含义有多种：一，拆即拆梢（借端诈取钱财）之意，白即白拿。二，拆白在沪音中与"擦白"相近，拆白即擦白，比如金银铜器，必须经常擦拭，方能光耀诱人。所以拆白党徒也经包装，才能引人上钩。三，拆白又可当"撤勃"解，即上海俚语中的"拆烂污"。意为拆白的行径是难登大雅之堂的下三烂。四，拆白有"拆败"之意，指拆散被害人家庭，使其败家损财。

说到底，"拆白"就是靠色行骗。靠色行骗是拆白党的拿手好戏，拆白党徒大都是一些年轻英俊的"小白脸"，专门盯着那些天津卫达官显贵家中的阔太太、空守闺房的千金小姐，即便欲壑难填的大家小妾，或是初入社会的豆蔻娇娃，只要你家里趁钱，就难逃一个个相貌俊朗、风度翩翩的男拆白党徒设下的色情陷阱。

二唤的姐姐失踪前那阵子，天津卫的英、法租界中接连发生红粉佳人失踪案。失踪的大都是豪门大户的闺秀和姨太太，这些女人连同她们的私房钱和首饰神秘地从天津卫地面上像阵风一样刮没了，刮得无踪无影。

买办周茂城在六十岁那年，看上正走红的角儿尚宝珠。周家靠洋人发财，趁洋房趁汽车，富甲一方。钱太多也不是什么好事，"饱暖思淫欲",享尽荣华富贵仍不知足,终日里琢磨着金屋藏娇。周茂城已有了四房太太,当听戏时瞧上年轻貌美的尚宝珠,便可劲儿地捧,最后拿出大笔钱财,将她纳为第五房姨太太。

尚宝珠嫁入豪门那年刚刚二十岁出头,天生丽质,人又轻浮,给一个丑陋的糟老头子当妾并不情愿。何况,周买办年老体衰,床笫之间暴露出的无能,令尚宝珠有苦难言,渐渐地厌倦了笼中鸟的生活,暗自抱怨自己红颜薄命。尚宝珠不同她妹妹二唤,演艺圈混过,追求浪漫时髦的生活,可整日厮守着形如枯木的周茂城,总觉着空虚无聊。眼看着青春年华一天天消逝,她开始沉湎于高消费的生活,填补心中的不平衡;另一面玩命地积攒私房钱,盼着老家伙有朝一日"蹬腿"归西,为她以后的日子做打算。

周家居住的法租界高级消费场所比比皆是,坐落在租界内的"金蔷薇"理发馆就是贵妇们最喜欢的高级去处:高雅的门面,豪华的陈设,训练有素的理发师,法国制造的洗发护肤用品……样样全透着时髦的风气。尽管"金蔷薇"理发馆收费高得邪乎,却备受赶时尚的少男少女少爷少妇的青睐,他们以出入"金蔷薇"理发馆美发,当作显摆自己的阔绰和时髦。

五姨太尚宝珠隔三岔五地要到"金蔷薇"享受一个舒适熨帖的下午,其实,她心中深藏着一个秘密:"金蔷薇"理发馆给她提供了一个与青年男性接触的机会,男理发师和男顾客哪点儿不比那棺材瓢子强!一旦有机会碰上个英俊小生,何不与他比翼齐飞?尚宝珠就是怀着这样的心思,常常往"金蔷薇"跑,一边暗自寻觅着猎物,一边享受男理发师温柔的操作和男顾客火辣辣的眼光,这些常使她心动不已!

俗话说，盼嘛有嘛。半个月前一天，尚宝珠正舒舒服服地坐在转椅上烫头，忽听"金蔷薇"理发馆的自动门一开，走进个男人来。她从镜子里偷偷瞟上一眼，情不自禁心旌摇荡。见进来的男人二十五六年纪，西装革履，穿着考究，而且长相俊朗，唇红面白，身材颀长，好一个风流偶傥的俊小伙！尚宝珠竟一时看呆了，心想这人一定是个富家子弟，要不怎么敢进"金蔷薇"理发？趁钱又年轻，若是和这样的男人风流快活，就是死了也甘心。

那男人似乎对五姨太一见钟情，对她的轻佻报以微笑，这一笑，险些叫五姨太昏倒在理发椅上。男人理发快，不消半个时辰，那男人理完发，扬长而去。刚刚从美梦里醒过来的尚宝珠，赶忙向身旁的女伴扫听那男人的身世。女伴说，他叫常有田，也是"金蔷薇"的常客，年轻英俊出手阔绰。从此，尚宝珠的魂算丢在了"金蔷薇"理发馆，几乎天天都往那里跑，以期碰见那个梦中情人。常有田好像心领神会，也来得勤。两人先开始眉来眼去，互送秋波。时间一长，他们混熟了，常有田约她出去看电影、吃西餐、跳舞。尚宝珠欣然接受，好像陶醉于初恋中一般。

八

舞场显得比"金蔷薇"理发馆更暧昧更具诱惑，在明明暗暗的灯光里，伴随着舒曼的乐曲，尚宝珠偎依在"白马王子"的怀中，心中祷念着这样的时光能长久该多好。曲终散场，已是深夜时分，尚宝珠娇滴滴地求常有田送她回家，常有田诡秘地凑近她耳畔说，他提前在舞厅楼上开了房间。尚宝珠听罢，登时臊得满面绯红。其实，她早就盼望这一天的到来，半推半就地跟随他上了楼。刚一进客房，她便瘫软在常有田怀中，乖乖被他抱上床……

从此，两人的幽会越来越频繁，好像一日不见如隔三秋。热恋的情人没什么可隐瞒的。常有田告诉五姨太，他是富商的少爷，因父母管束极严，连交友、花销都有限制，还逼迫他订了一门大户人家的女儿；尚宝珠倾吐出自己的苦衷：她家境贫穷，从小被卖给人家学戏。六岁登台演出，刚有了点名气，就被买办周茂城纳为五姨太。好在她已积攒了一笔可观的私房钱。常有田说自己属于爱情至上主义者，毫不计较尚宝珠的身世，愿和她生生死死不分离。尚宝珠被他的花言巧语弄昏了头，接着又做出了昏事，满口答应和他远走高飞。

有一天，尚宝珠与常有田在房间里激情过后，常有田拿出一封信，兴高采烈地对她说："我有一位好朋友在沈阳做进口生意，最近业务繁多，他一时顾不过来。他见我精明强干，有意让我去沈阳帮他打理业务。"

尚宝珠一听，心凉了半截，凄楚楚地说："你这一走，还不知何日何时才能回来，撇下我一个人孤苦伶仃的，思念起你可怎么办呢？"

常有田说："我也舍不得你呀。我跟那位挚友讲明咱俩的情况，挚友答应可以把你一起带到沈阳。"

尚宝珠立时转愁为喜，转念一想，眼下私攒的钱还不够他们买房置产的，真怕到了沈阳人生地不熟的，钱一旦花光可就受苦了。

常有田窥透她的心思，说："亲爱的，你不用发愁，我的朋友求我帮忙，不但许我以丰厚的薪水，还答应给千元安家费。我们俩就可以用这笔钱在沈阳安家，共同享受幸福美满的生活。"

尚宝珠仍旧不放心，她翻来覆去地看着来信，果然常有田所言一丝不差，才同意随常有田一起去沈阳。然后两人又商量何时动身，常有田再三叮嘱五姨太，将家里私藏的金银细软全部带上，此一走就再也不回天津卫，再也不陪那糟老头子了。

尚宝珠回到周家，不露声色地打点好私房钱，掰着手指头数日子。挨到私奔的那一天，她悄悄潜出周公馆，两人碰面后直奔老龙头车站，登上远去沈阳的火车。尚宝珠沉浸在对未来的美妙幻想中，殊不知她已钻进"蝴蝶党"的圈套。

周公馆一连三天没见五姨太，周家上下顿时慌了手脚，派人四处寻找，起初他们不以为尚宝珠携款私奔，还当她不堪寂寞，偷偷跑回娘家，所以周管事两次到二唤的水铺寻人。后来听经常光顾"金蔷薇"理发馆的张太太传舌，五姨太被小白脸拐跑，周茂城气得大发雷霆。怎奈家丑不可外扬，此等绯闻张扬出去，周家岂不是自取其辱？周茂城气归气，闹归闹，到了只能干吃哑巴亏。

当沈一啸将尚宝珠失踪的前后经过说给二唤听时，二唤沉默良久。蓦地，她一跺脚，说道："我就是砸锅卖铁、倾家荡产，也要找回我姐姐！"

九

二唤像变了个人，变呆了，变木讷了，变得让熟知她的人不敢认她了。影壁街再也听不到她爽朗的笑声，水铺门前再也见不到她进进出出的忙碌身影。几乎整天她都躲在灶台旁的暗影里发呆，对着墙壁喃喃自语，谁也不知道她在说什么。拉胶皮的孙三一直喜欢二唤，经常站水铺外面找词儿跟她搭讪，哄逗她，二唤视他为陌路人，理都不理。孙三就去问线铺的洪掌柜，说："洪掌柜，您瞧瞧去，二唤'撞克'啦，愣不理我。"洪掌柜见多识广，他拍拍孙三的肩头，说："三儿呀，二唤没'撞克'，她是气迷心，性子刚烈的人都这样。过过就好，过过就好。"

偶尔，二唤朝马路对面的"品雅轩"茶楼望一望，茶楼雅间内沈一啸在看着她，在等候她。而二唤只不过茫然望一眼就罢了，懒得抬腿走过马路，和沈一啸会面。糟心的日子过得非常缓慢，都说女人是水做的，二唤不是水，是钢，宁折不弯，一条道跑到黑。这样，她的"气迷心"越来越严重，直到有一天，一位陌生的男人出现她眼前，二唤才变回原来的自己。

刚进五月的一天，过晌，马路寂寥无人。二唤呆坐水铺旮旯里对墙说话时，忽然发觉门外有个戴礼帽的男人转悠来转悠去，不时朝黑洞洞的水铺探望。二唤腾地站起，奔出水铺，问那个探头探脑的男人："喂，你这人哪儿的，乱趸摸什么?"

戴礼帽男人打量二唤一番，暗自点头，说："请问，您是尚玉珠小姐吗?"

二唤好像忘记自己大名叫尚玉珠，气哼哼答道："瞎说八道，我不叫尚玉珠，我叫二唤。"

男人笑起来，很善解人意的那种笑："对，你姐姐说你的小名叫二唤。你们姐俩长得特别像。"

"怎么，你见着我姐姐啦?"二唤暗淡好多天的眸子猝然闪亮起来，"快告诉我，她现在在哪儿?"

"啊啊，可是……"男人欲言又止，脸色异常凝重，"你姐姐在东北沈阳。我是做买卖的，在沈阳见过她一面。你姐姐委托我带信儿给你，要你无论如何去救救她。"

"救她，我姐姐?"二唤没出过远门，哪知道沈阳到底在哪儿，有多远，"沈阳远吗?"

"远。"男人肯定地说，"离天津上千里地。你一个姑娘单身可去不得，叫家里人陪你去。"

家里除了抽大烟的爹，还有谁陪她去?二唤顾不了许多，接着追问:"我姐姐在沈阳怎么样?被绑票啦?"

"她没被绑票，被人卖到窑子里了。"男人好像不情愿说出真相，眼神浸透着悲悯。

顷刻间，二唤明悟了一切。姐姐傻呀，竟然相信那姓常的坏蛋的甜言蜜语，中了他的套儿，跟他私奔，被他拐卖进地狱般的窑子。异地他乡，饱受欺凌，暗无天日的生活怎么熬哇?此刻，二唤心中涌满仇恨，不光要救姐姐逃离火海，还要将常有田置于死地。

之后，戴礼帽的男人从腰包里掏出一张字条，递给二唤:"这是你姐姐在沈阳的地址。"

字条两指宽，二唤接手里沉甸甸的，仿佛攥着姐姐的命。她冲男人作揖说:"谢谢您，您就是我姐姐的大恩人。"男人摆摆手:"天津人嘛一家子，乡里乡亲的，举手之劳，何必客气。"说完，男人转身走了。

十

影壁街头发生的一切，全被"品雅轩"茶楼上的沈一啸瞧个满眼。几天来，他同样感到郁闷和焦灼。二唤的麻木不仁令他心痛，不仅如此，二唤似乎忘掉了他的存在，不来找他搭理他，甚至不情愿朝茶楼瞟一眼。沈一啸心中的一团热火，让二唤的冷漠浇得星火全熄。过晌时，戴礼帽的男人站当街跟二唤交谈许久，二唤的脸色布满愤懑，沈一啸揣度这一定跟她姐姐的失踪有关。男人走了，二唤扭身进了水铺。沈一啸伸长脖子瞭望这么久，脖颈发酸，他揉了揉，坐回座位喝茶，一边思考陌生男人会给二唤带来怎样的消息。忽然，他听到二唤在楼下唤他："喂喂，姓沈的，沈先生，你下来一趟。"

沈一啸跃起身，扒窗户朝楼下望，见二唤站马路当央，挺诡秘地对他招手。沈一啸想问她干什么，二唤的身影已没入水铺里。沈一啸疑惑起来，二唤的神态不寻常，目光里混杂着慌张、犹疑、羞涩和决绝，不符合二唤平常那种爽直的性格。不过苦苦相思的沈一啸顾不得许多，三步并作两步地穿过马路，推门闯进水铺。

二唤躲在暗影里，沈一啸看不清她的面容，只听她用命令的口气，说："把门关上，插上插销。"沈一啸照做了，试探着靠近二唤，却被她喝止住："站原地别动，听我把话说清楚。"沈一啸赶忙停止脚步。

"沈先生，你为嘛天么天在对过茶楼盯着我，是看上了我吗?"话音一顿一挫，冲破暗影投过来。

"不光是看上你，我喜欢你，爱你。"沈一啸感觉自己终于寻找到表白的机会。

"文化人真会说话甜可人。那我问你，你究竟喜欢我哪点儿?"

问题问得突然，沈一啸一时回答不上来。迟疑片刻，他才说:"我爱你的全部。"

话音未落，二唤一步踏出暗影。沈一啸不禁大吃一惊，她上身只穿了件绣花大红布兜兜。"沈先生，我二唤性子直，不会拐弯抹角。咱们今儿个打开窗户——说亮话。你是个挣光洋的记者，怎么会喜欢我一个卖水的穷丫头。挑明了吧，你想占我的便宜，要我的身子……"

沈一啸急忙辩解:"二唤小姐，你误会了，我是真心爱你的……"

二唤用冷笑打断他:"就算你想娶我，我还不嫁呢。咱俩门不当，户不对! 话说到这份儿，谁也甭蒙谁。现在我把我的处女身给你，你必须替我办件事。公平合理，互不拖欠。"说话间，二唤就要解兜兜。

沈一啸哭笑不得，况且被人误解的痛苦很难受，他简直被二唤气疯了:"二唤小姐，你把我沈一啸当成什么人? 你的事我办，你的身子我不要。"

"哈，是你不要啊，不是我不给。"二唤的狡猾很拙劣，"那你替我跑趟沈阳去找我姐姐尚宝珠。这是地点。"

沈一啸抢过那张字条，头也不回地逃出水铺。

陡然，二唤哭了，"呜呜"地哭了一下午，不知是伤心还是后悔。

十一

沈一啸冒着一阵阵凄风苦雨登上北去的火车，颠簸了一天一宿，第二天晌午他在沈阳火车站下了车。虽然饥肠辘辘，沈一啸却毫无心情吃口东西，填饱肚子，按照二唤给他的地址，轻而易举地找到"寻芳街"。

寻芳街不是马路，是一条胡同。胡同里藏着十几个院子，每个院子都是一家妓院。下午一点多钟光景，胡同里静悄悄的阒无一人，风小了许多，空中飘着时有时无的雨星子。此时正值妓院冷清的时候，湿漉漉的青砖路，孤独地响着他的脚步声。

沈一啸有些彷徨，他不知道哪家才是尚宝珠所在的"玉顺堂"。正当他犹疑的当口，忽听到院门"吱呀"一声响，胡同中间一家妓院的院门扯开，走出来个穿粉缎子旗袍的女人，看上去女人二十三四岁模样，烫着"飞机头"，叼着烟卷。她伸手试试雨滴，又退回房檐下，背依门框，仰头凝望阴云密布的天空，俏脸上一片愁容。

沈一啸暗自一惊，女人长得太像二唤了，简直就是一个模子抠出来的。难道天下竟有如此巧合的事，想寻谁就意外邂逅了？沈一啸趋步上前，直截了当地问："假若我没猜错的话，您是尚宝珠小姐吧?"

冷不丁有人唤起自己的真实姓名，又重闻天津卫熟稔的乡音，女人惊愕得一哆嗦，抽了半截的烟卷掉落地上。她一时忘记开口搭腔，光睁大眼睛死死盯住沈一啸。

沈一啸认定他找对了人，又说："你妹妹二唤要我来找你，看望你，救你逃离火海……"话未尽，对方已然泪流满面。她竭力地压抑着，生怕哭出声，惊动妓院里的老鸨子，可是埋藏心中太多太久的痛苦，顷刻间爆发出来，怎么也压制不住。

果然，院子里传出个女人冷冰冰的说话声："红玉，你在外边跟谁唠嗑哪？"

尚宝珠匆忙掏出手绢抹干眼泪，搭腔道："妈妈，我遇到一位老乡，多聊了几句。"

随后，尚宝珠身后闪出个老女人，个子很高，很壮硕，满脸横丝肉。她用疑惑的目光上下打量沈一啸，见沈一啸西服笔挺，一表人才，像有钱人，便赔着笑脸说："这位爷别在外边淋着。进里边玩玩，捧捧俺们红玉姑娘。"沈一啸连连摆手推辞："不不，我刚到沈阳，还有别的事忙。"老鸨子登时变了脸，冲尚宝珠阴阳怪气地说："唠嗑当不了饭吃，赶紧回院，该上客人的时候啦。"

老鸨子一躲开，尚宝珠慌张起来，说："先生，这里不是说话的地界。瞧您哪，是正派君子，不肯在窑子'住局'。我得找机会跟您诉诉苦水。明儿个吧，明晌午您在六国饭店安排妥，打个电话过来，说叫我'出条子'。咱俩到那儿再细聊。"

沈一啸点头表示同意她的主意，然后撤身往胡同外面走。俄而一回头，只见尚宝珠依旧站立院门口，朝他有气无力地挥着手绢。

十二

第二天晌午，沈一啸提前给玉顺堂妓院打电话，招呼红玉来六国饭店出条子。大概过去半个时辰，楼梯响起脚步声，尚宝珠出现了，后面跟随个瘦小的男人。尚宝珠冲沈一啸挤挤眼，又冲身后的男人努努嘴。沈一啸明白那男人是老鸨子派来监视尚宝珠的，唯恐她乘机逃跑。沈一啸急中生智，掏出块钱塞进瘦男人手心，说："麻烦您楼下喝茶歇歇脚，我跟红玉小姐俩老乡多聊会儿。"那人倒也识趣，钱到手，一声不吭下了楼。

刚落座，尚宝珠禁不住失声痛哭，泪如泉涌，眨眼间浸湿了手绢。几个月来，她身陷魔窟受尽了折磨，此刻，面对家乡亲人，千头万绪一起涌上心头——

逃离周公馆那天，尚宝珠怀着一厢情愿，跟随常有田乘火车直奔沈阳。火车上，尚宝珠眺望车窗外飞速闪过的风景，手托香腮做起美梦：天降美妙姻缘，自己顺利逃出周家，犹如逃出虎口，追随身旁这个英俊可人的常有田终成眷属。自己从周家带出来的钱财足够她和常有田过半辈子的，假若常有田和他朋友一起干起买卖，那么将来他们的生活必定是恩爱幸福。她在私奔前曾到卦摊卜过一卦，算卦的说她命中与贵人有缘，先苦后甜。现在看来，一切已应验。尚宝珠仿佛吃了蜜似的甜透了心。

二人来到沈阳，常有田把尚宝珠安顿在一家小旅馆中，说他出去一趟，去找跟他合伙做生意的裘先生。不久，房门被敲得砰砰直响。尚宝珠赶紧捋好头发，起身开门，见常有田领一个陌生男人。常有田介绍说，这男人就是他的好朋友裘先生。尚宝珠连连感激裘先生的救济之恩。裘先生并不搭腔，闷头闷脑地坐在一旁，不错眼珠地盯着她。她隐隐觉察裘先生目光有点淫邪。

常有田就喊茶房叫来一桌饭菜。三人边喝酒，边叙起家常。酒喝到黄昏时分，不知怎么回事，常有田好像醉了，他对尚宝珠说："我实在喝得太多，腿发软，走不动道儿。亲爱的，裘先生也喝高了，你替我把他送回去吧。"尚宝珠丝毫没起疑，觉着心肝儿宝贝一定是旅途疲劳，再加上多喝了酒，身子骨肯定顶不住了。所以她一点儿也不嗔怪，陪伴裘先生离开旅店。她紧随裘先生拐弯抹角地进了一所挂着红灯笼的宅院。裘先生把尚宝珠领进院子，迎出来一个四十多岁浓妆艳抹、身材壮硕的女人，转着圈仔细端详尚宝珠……

"裘先生，这里是哪儿呀？"尚宝珠不禁问道。

"这儿地界还瞧不出来？窑子！"

"裘先生，我先生他……"尚宝珠感到不对劲，有点惊慌。

"哼，还'我先生'呢！实话告诉你，常有田把你卖给这儿啦！"裘先生阴阳怪气地说。

"他，他，他……"尚宝珠几乎晕厥，"你们放我走，我要回去找他问清楚！"

"你甭想找到他了，他已经回天津卫了！"裘先生满脸奸笑，"揣着大把的票子，还带着你的行李！"

尚宝珠打死也不信常有田会抛弃她。

裘先生见她到了今天这个地步还执迷不悟，就点破窗户纸说："实话告诉你吧。你的那个小白脸，是天津卫的'蝴蝶党'，专门勾引妇女，骗财骗色，最后把上手的女人卖进窑子。他把你卖了三千块大洋。"

犹如晴天霹雳，尚宝珠一下子倒在地上，她央求裘先生："你们放了我吧，我是天津有名的周买办的姨太太，总不能在这儿当窑姐呀！"

好半天没说话的壮女人走过来，甜言蜜语地劝她："我看你也是个明白人，在这儿干亏不了你！就凭你这漂亮脸蛋，这么好身材，不出三五年就赚得一笔钱，再回天津继续当你的姨太太。"

"不，我，我，我不干！"

壮女人立时翻脸："想不干，行啊！拿三千块大洋来走人！"

尚宝珠所带的钱全在常有田那儿，如今已一贫如洗，哪拿得出三千块。真是叫天天不应，叫地地不语！进了妓院，如进狼窝，起初尚宝珠强拧着不肯接客，柔弱娇嫩的她哪里经得住凶狠的窑主、老鸨的皮鞭棍棒！她只能暂忍屈辱，盼着有朝一日，赎出身去，赶回天津，找那个丧尽天良的常有田算账。

尚宝珠在娼窑里以泪洗面，度日如年，以为自己永远也逃不出魔窟，回不了天津卫。幸亏遇到一位嫖客是经商的天津人刘先生，他同情尚宝珠的遭遇，答应替她给家里送口信。刘先生走后，尚宝珠天天想，日日盼，盼望家人能拯救她。苍天有眼，妹妹托付来的沈先生，不就是她的大救星？

沈一啸不等听完尚宝珠的倾诉，早已怒火填膺。什么世道呀，图财害命，逼良为娼，哪有好人走的道?! 眼下最重要的是劝慰尚宝珠，稳住她，回去后想办法解救她。于是，他说："尚小姐，你放心。我和二唤一定能救你出去。二唤说过，她就是砸锅卖铁、倾家荡产也心甘情愿。"

不料，尚宝珠边用手绢擦眼泪，边丧气地说："嘻，恐怕你们救不了我。要想替我赎身，起码得三千块。我妹妹开家水铺，累死也难凑齐这么多钱。我认命，一辈子当男人的玩物吧。辛苦您回去跟我妹妹说，等我死后，她一定来这儿认尸，弄回去葬在老家。我死也瞑目了。"

沈一啸倒吸口凉气，三千块大洋赎身，不用说二唤，就是他自己一时也拿不出啊。

十三

二唤在沈一啸返回天津之前，狠下心决定关张水铺，兑给他人。

主要由于她那大烟鬼老爹忽然吞食过量的烟膏自寻短见引起的。临死前，尚老头捯着气儿，拉住二唤的袖子，说："我老不死的早该死。害了你妈，害了你们姐俩，我作孽呀，到了阴曹地府一准得下十八层地狱，进油锅。我早死一天，就少祸害你们一天，早投生回来做个规矩人。老丫头，爹求你一件事。我蹬腿闭眼以后，你想方设法救你姐姐，好让我在阴曹地府少受罪。"二唤她爹嘱咐完这几句话，便咽了气。

孙三帮助二唤料理的后事，丧事办理得极其简朴，买口薄棺材，将尚老头葬在乱坟岗子。

出完殡那天，沈一啸风尘仆仆赶回天津，连口气来不及喘，又坐胶皮来到水铺，瞧见二唤身穿重孝，方知尚家又突生变故。不幸多在百姓家，沈一啸同情地唏嘘良久，更不忍心说出尚宝珠的遭遇。

二唤比他艮，逼着他说："我姐姐究竟怎么样，你不许藏着掖着，实实在在对我说。"

沈一啸只得将他在沈阳看到的一切，如实跟二唤讲了。特别强调，要救大姐尚宝珠，什么法子都不顶用，只能拿钱赎。玉顺堂开出的价码，不能少于三千块大洋。他很担忧："二唤，这么多钱别说你，谁也拿不出来呀。我存了些钱，准备结婚用的，仅仅七八百块。你用先拿去。只怕杯水车薪，难以解救你万一。"

二唤并不领情："我尚家的事，怎么能用你的钱？沈先生，你为我跑趟沈阳，我已感恩不尽。你的钱你留着，我有法儿筹钱，实在不行卖水铺。"

沈一啸替她忧愁，说："二唤，卖了水铺能到手多少钱？况且你靠水铺生活，卖了它，你将来怎么过？"

"这用不着你操心。我们穷老百姓就这样，先顾眼前，管不了以后。我先救我姐姐，日后穷了，饿了，没辙了，我们姐俩再琢磨别的法子。"二唤的样子很刚强。

二唤的话，令沈一啸黯然心伤："二唤小姐，别这么见外，你的事就当我的事。我的心你最明白，我甘愿为你赴汤蹈火，在所不辞。"

二唤嘴边浮出一丝浅笑，笑纹间隐含着无尽凄然："沈先生，我早跟你说过，你是你我是我，咱俩门不当户不对，凑不到一块儿。一直以来，你对我的好，我到死不忘。打今儿个开始，你走你的阳关道，我走我的独木桥，就当从来不认识。"

为什么？沈一啸无法理解二唤的古怪念头，无法接受她的绝情。自从去年在"品雅轩"茶楼雅座瞥见二唤那刻起，沈一啸便死心塌地地爱上了她。爱情需要理由吗？沈一啸没想过他和二唤之间的门当户对问题，更没想过一名记者和一名水铺卖水女之间的差别。有爱就足够了，何必顾及那么多？今天，二唤当面锣对面鼓地与他断绝往来，如同一瓢冰水迎头灌下，浇凉他一腔炽热情。

沈一啸不肯放弃，还打算向二唤表明自己的心迹。这时，孙三拉着一个人停在他们面前。孙三嘲弄地瞟一眼沈一啸，冲二唤喊一嗓子："二唤，有人要看房子噢。"二唤对沈一啸说："沈先生，你回吧。有人要看房子，兑水铺。我不留你啦。"说完，跟随孙三带来的人进了水铺。

被晾在当街的沈一啸默呆很久，企图平息心中的郁闷。最后，他望了望曾经十分亲切的水铺，悻悻地转身走出影壁街。

十四

沈一啸一连三天没踏进影壁街一步，没去"品雅轩"茶楼品茶。他怕见到二唤，不仅仅因为尴尬，他也受不住二唤情断义绝的架势。沈一啸不认为他和二唤的关系彻底破裂，只不过出现裂缝而已，先别碰它，等时间一久，或许能自然弥合。就跟手指划个口子，甭管他，日子一长自然能长好。沈一啸正是抱着这样的一厢情愿，等待机会。

终于禁不住单相思的煎熬，第五天头上，沈一啸小心翼翼地溜进影壁街，悄悄地溜上"品雅轩"，隔着竹帘空隙朝二唤的水铺偷望。

他吃惊地发现水铺换了主人，再不是姿容秀丽的二唤，站水铺门口的是个粗鄙的大汉，肩头搭条脏手巾，穿件粗布坎肩，敞着怀。完啦！二唤果真卖掉水铺，营救她姐姐去了，那么说，他再想见到心上人，难上加难！

沈一啸仍旧不死心，他奔下茶楼，冲过马路，打老远就问水铺面前站立的大汉："喂，从前这儿的女掌柜呢？"大汉挺在乎面子，硬邦邦地顶撞他说："'喂'是嘛？草鞋还有号哪。我才是这儿的掌柜。你打水就打水，不打水一边稍着去。"本来窝一肚子火的沈一啸正要发作，旁边线铺的洪掌柜冲他招手："那位先生请过来，咱们借一步说话。"

洪掌柜将沈一啸招呼一旁，从怀中掏出一张写满字的纸，说："您是沈先生吧，我等了您好几天。二唤嘱咐我把这封信千万交到您手里。"

沈一啸顾不上扫一眼手中的信，焦急地追问洪掌柜："您快告诉我，二唤小姐究竟上哪儿去了？"

洪掌柜说："您问我，我还不知问谁哪。这丫头脾气拧，一条道跑到黑，不见黄河不死心。您瞧信吧，上边写得明白。"

他见沈一啸举着信打愣，又安慰道："沈先生，我瞄您好多日子啦，看得出您是个讲情讲义的汉子。哎呀，婚姻这东西讲究缘分，俗话讲得好：千里有缘来相会，近处无缘难相认。沈先生见多识广，比我懂得多，凡事想开点儿吧。"

沈一啸抖开信纸。他没想到二唤一个卖水的丫头会写字，而且字迹工整，措辞得当——

沈先生：您好！

您见到这封信时，我已远走高飞。虽然我是个女流之辈，见识短，没文化，但我也看出您真心对我好。谁让我今生投错胎，入错门，高攀不上您啊。我早已想明白，死了心。

像我这样出身贫贱的穷丫头，不敢想出人头地，做一番轰轰烈烈的事。命里注定我必须做成一件事——搭救我姐姐，就算豁出命来，我也认头。

沈先生，我求您死心吧，忘了我，忘了影壁街水铺那个傻丫头。

二唤

沈一啸读着信，泪水情不自禁地汩汩而出，打湿了信纸。

十五

忘掉一个人很难，尤其忘掉一个曾经真心喜欢过的人更难。

自打二唤从影壁街消失，沈一啸仿佛大病初愈那样无精打采。心里结了疙瘩，一时半时化解不开。他照常天么天走进影壁街，登上"品雅轩"二楼雅间品茶。其实更多的时间里，沈一啸痴望马路对面的水铺，回忆幻觉出二唤进出忙碌的影子。多情却被无情恼，他默诵着这句词，愁绪登时涌上心头。

沈一啸所在的《晨报》面临困境，让大报挤对得销路锐减。报社老板急得整天吹胡子瞪眼，骂属下无能，花钱养了一群废物，连轰动性的新闻都跑不来。报社的饭碗不好端，稍一懈怠，就可能丢了饭辙。沈一啸再难懒散下去，不得不抖擞精神，白天黑夜连轴转地跑新闻。

子夜一过，他先去海河沿"鬼市"逛消息，比过去眼更毒，掏钱更苛刻。不见到有价值的稿子，绝不轻易出手。好稿子拿到手，又马不停蹄地送报社排版。往往此时天露曙色，他马马虎虎地吃口早点，又奔向影壁街的"品雅轩"茶楼等稿子。紧锣密鼓的一天忙下来，沈一啸颇感疲惫。好像遗忘了二唤以及他们之间似是而非的恋情。唯独坐茶楼小憩片刻时，沈一啸止水般的心潭才会泛起层层忧郁的涟漪。

夏至那天晚上，沈一啸多喝了几杯酒，睡沉了。一觉醒来，已是凌晨五点来钟。他懊悔不迭，脸没洗，口没漱，骑着那辆破旧的"三枪"牌自行车往海河沿的"鬼市"奔去。"鬼市"名不虚传，一切在黑暗中进行，天一透亮，人们好像怕阳光似的迅速散去，消失在黎明的晨雾里。好在沈一啸赶到的时候，夜色尚未褪尽，交易的人稀稀拉拉的。沈一啸混入其中，嘴里不停地念叨："哪位有好货，哪位有真货……"人群中转了几圈，却无人拾茬儿，一时令他十分沮丧。看样子今天要空跑一趟，可报社那边还等米下锅哪。

焦急时分，沈一啸听到远处有人叫他名字。他抬头望去，见"鬼市"边停辆胶皮车，车旁伫立位壮汉子，破帽子压得很低，再加上天黑，根本辨不清对方面容。

那人朝沈一啸频频招手，意思是叫他过去。沈一啸挤出人堆，疾步走向那人。相隔很近的时候，他急不可耐地问："怎么，你手里有货？"

那人用很低的声音对沈一啸说："沈先生，您今儿个来得够晚。

我在这儿已候您多时了。"

沈一啸是"鬼市"的常客，认识他的人多，可他却不见得个个都记着。对方说话声音有些熟，却又记不起在哪儿听过。情急中容不得他多想，当务之急要抓到稿子，他催促地问："既然你手里有好货，还不快拿出来让我见识见识。只要货东西好，我不怕花大价钱。"

那人并不急于往外掏"好货"，越发凑近他说："东西不是我的，是位先生要我留这儿给您的。那先生从后半夜开始等，实在等不及，才把东西交我，要我一定亲自将它给您。"

真是想吃冰下雹子，他沈一啸正愁着抓不到稿子，偏偏有人送货上门，竟然托付个人从半夜等到黎明。莫非这稿子价值连城？

十六

沈一啸处事精明，他转念一想：小把戏别在我面前耍。说这么玄乎，不就为了要高价嘛。于是，他有些不耐烦地说："行啦，你快掏出来吧。是好货，我绝对出得起好价钱。"那人听罢，反而大为恼火："沈先生，您是把好心当作驴肝肺啦。人家那先生再三嘱咐我说，稿子不要钱，白送您的！"

"白送？"沈一啸不相信世上能有这等好事。从半夜开始到凌晨，鬼市黑压压挤来拥去的人群，不全都为了个钱字？卖稿的为钱，趸稿的也为钱，人不为钱，天诛地灭。从未听说过有白送文章的，白送的能是好东西？沈一啸顿时心凉了半截。

对方显然看透沈一啸的心思，哆哆嗦嗦从口袋掏出张纸，双手举到他面前。沈一啸本来不想接的，一琢磨报社在等他稿子，先瞧瞧再说。他展开稿纸，文章的题目赫然入目——

《直奉大战在即　林军长率部急赴前线》

沈一啸几乎屏住呼吸看完整篇稿子，这可算得上价值连城的消息，一旦独家发表出去，必然轰动天津卫。他半信半疑地望望那人，突兀地问："消息来源可靠吗？"

"我只管送，其他一概不知。要问您问那先生去。"

沈一啸去哪儿问那不知姓名的先生，不过仍有一点不放心。那人又说："您犯不上嘀咕，东西有假的话，人家干吗在这儿等您半宿？"沈一啸暗忖，他说的倒有几分道理。那未曾谋面的先生一定慕他沈一啸大名，将如此轰动性的新闻送他。略一沉吟，沈一啸依然心存戒备："稿子还白送过别的人吗？"那人回答很干脆："那先生嘱咐过，任何人不许给，就给您一个人。"

总算一块石头落了地，沈一啸摸索出块大洋，塞到送稿人手里，说："谢谢谢谢。一点儿小意思，你拿它喝两酒。"那人很仗义，说："那先生已经给了我跑腿钱，我不能拿双份。"

天空逐渐发白，"鬼市"里进行交易的人渐渐散尽，旷野显得空荡荡的。送稿人似乎不愿再逗留下去，匆匆与沈一啸道别。就当他转身抄起胶皮车向"鬼市"外面走去的时候，一阵风刮掉他戴的帽子，沈一啸一下子认出他，边追着喊他："你是影壁街拉胶皮的孙三？孙三……孙三……"沈一啸越喊，孙三跑得越疾，很快消失了踪影。

邂逅孙三，自然叫他联想到二唤。二唤今在何方？沈一啸孤零零伫立晨风中，惆怅满怀。他知道今生是难以见到二唤了。不过一个拉胶皮的送来的消息，却是他的意外收获。

沈一啸估计不错，那条消息拿到报社后，老板如获至宝，当即发表在《晨报》头条。独家新闻的效果出乎预料，不光《晨报》销路剧增，各家大报也争相选载，直奉军阀即将开仗的消息传遍天津。沈一啸因此得以升职，任采访部主任，除了报社老板、总编，就属他了。隐隐之中，沈一啸总感觉一丝不安。那条消息来得太容易，太蹊跷，其中别暗藏什么他所无法预知的圈套。

为此，沈一啸担心了很长时间。

十七

天津卫的大戏院当数南市"大舞台"，大舞台戏院当时在全国也算得上一流大剧场，三层楼高，可容纳五千观众。前后台为转台，倒场换景不落幕不歇场，舞台一转便是下一场。能在大舞台粉墨登场者大多是名角，如京剧名家尚和玉、梅兰芳、李瑞亭、刘汉臣、杨月楼，包括河北梆子名伶金刚钻和小香水都到此登台献艺；大舞台的观众自然也非同小可，前朝遗族、民国的达官显贵、天津卫各路头面人物。每逢管弦齐鸣锣响开幕之时，他们便偕妻妾仆从乘车而来。

这日傍晚，打南市慎益街东头气喘吁吁奔跑过一位年轻人，他留中分头，穿一袭青布长衫，右胳膊底下夹着黑色牛皮包，白净的面庞流露焦急神色。慎益大街是通往大舞台的必经之路，每逢天一擦黑，马路两旁摆地摊做买卖的和卖小吃的，连同过夜生活、寻乐子的、逛街的，把街筒堵得满满当当，吆喝声与叫卖声此起彼伏乱哄哄一片。

那年轻人一边手拿手帕抹着额头沁出的汗珠，一边嘴里喊着："借光，借光，劳驾请让一步。"他迈着急慌慌的步子穿过拥挤人群，直奔大舞台戏院而去。

大舞台早已开场，剪票的刚刚关了大门，躬身找身边烟摊买了盒烟卷，转身正要往里走，扭脸见一年轻人旁若无人地推门朝戏院硬闯，便急了眼，抢前一步，伸手抓住年轻人后脖领子，喝道："喂，你往哪里钻？"

年轻人被拽一趔趄，他挣脱开剪票的手，操着外地口音说："我要进去。"

剪票的见对方是外地"老赶"，便松了一口气，轻慢地问："先生，票哪？"

"什么票？我没有。"年轻人一副懵懂无知的样子。

"没票想进戏院？你当这是公共茅房哪？"

年轻人冲剪票的连连抱拳作揖，央求道："您行行好，我有急事进去找个人。"说完，侧身还往里挤，剪票的挺胸挡住他，慢条斯理地问道："你们家着火啦？死人啦？媳妇跟人家跑啦？还是遭抢啦？啊，嘛事没有，说明你不急。去，到那边买票去。"

年轻人依旧是懵懂无知的样子，哭丧着脸跟剪票的说："大叔，我没钱买票。得了，我这里有一张我要找的人的名片，麻烦您老进去扫听一下，他在呢，您受累把他招呼出来；他不在呢，我扭头就走。"说着，战战兢兢掏出张名片递给剪票的。

剪票的嘴含冷笑接过名片，瞄上一眼，只一眼便目瞪口呆，缓了半天，僵硬的面皮才松弛下来，换作一副谄媚的笑脸："先生，这名片上的爷是您嘛人？"

"大叔，他是我舅舅。"

剪票人顿时吓白了脸，朝年轻人连连哈腰作揖："先生，您别叫我大叔，折我的寿。我该称呼您大爷。怪小的眼拙，光长俩瞎窟窿，没认出您老是林军长的亲戚。林军长的包厢在二楼，您请进去吧。"

年轻人终于被放进戏院，有些感恩不尽，对剪票的客气道："谢谢您，大叔。"

剪票的一听年轻人这样称呼他，吓得差点没堆糊地上，赶忙说："别价，大爷。里边黑，您慢走。"

十八

剧场里果然十分晦暗，舞台那边传来急骤的锣鼓点声。年轻人沿木楼梯走上二楼，溜到一间包厢后头，轻轻撩开紫绒布帘，朝林军长的专用包厢张望。那正中包厢似乎空荡荡的，只有一个中年女人坐里面全神贯注地听戏。他不由得蹙紧眉头，想见的人不在。迟疑片刻，他推开包厢挡板，蹑手蹑脚地溜进去，坐到中年女人身畔。

女人看戏正上瘾，冷不丁旁边出现个男人，惊出一身冷汗。但终归是大户人家的奴仆，见过大世面，不动声色地问道："先生，您进错包厢了吧？"

"没错，我进的就是这包厢。"年轻人大模大样说着，边拈起果盘中一颗瓜子放进嘴里。

女人不由勃然大怒，她指住年轻人的鼻子尖说："我看你是屁眼拔罐子——嘎屎（死）呀！知道这是谁家的包厢吗？也敢在这儿撒泼扎刺儿?!"

年轻人气定神闲，说道："别急，大姐。我是林军长老家亲戚，千里迢迢赶来天津卫，找林军长有急事。"

女人闻言，上下端详年轻人好半天，撇撇嘴说："我在林家当了二十年老妈子，怎么没见过您老这个亲戚？"年轻人对答如流："我是林军长远房外甥，一向在外地做买卖，头回来天津卫，您哪能见过我。"那妇人觉着年轻人唇红面白细皮嫩肉的，说话操着林军长家乡口音，不像坏人，可又来路不明，最好谨慎为妙。她软下口气说："我家老爷不在天津，前两天带部队开拔了。"

年轻人眼里掠过一丝狡黠，可见报纸上登的消息不假，林军长果然不在天津，真是天赐良机。随后，他又探问道："怎么林小姐今天没有来看戏？"

他忽然问起林军长的独生女儿林薇，引起中年女佣的狐疑，她刚要脱口说出林小姐在大百乐门舞场跳舞，却忍住了，改口道："我家小姐去同学家聚会，就没来看戏。这位先生，您有什么吩咐跟我说，我回家转告小姐。"

年轻人瞟一眼女佣，心中暗忖，大户人家的用人也这么不好对付。他假装心急如焚地说："实不相瞒，我是林军长本家的外甥。上礼拜林老太太被土匪绑了票，非要五千大洋赎不可。老家哪凑得上这么多钱，思谋来思谋去，决定派人来天津找林军长想办法。正巧我做买卖途经天津，他们就让我顺便捎个口信，还带来一封急信，要我必须亲自交到林军长或林小姐手中。我下火车后，直奔林家公馆，看门儿的说小姐在大舞台看戏，我转脸又奔大舞台而来，谁知却扑个空。明天过晌我还要坐车去东北，这不火烧眉毛嘛。这样吧，你务必请小姐明天上午到我住的旅店找我，我就住在南市旅店二楼212房间。这是我的名片，我还有事先告辞了。"说着，年轻人将一张名片递给女佣，抽身离开包厢。

外面夜色浓厚，年轻人冲天长吁口气，心中暗忖，成败在此一举。他迈着四方步，缓缓穿过一条马路，拐入庆云后胡同，远远看到妓院高悬的红灯。摸摸兜里的钱，年轻人清癯的面庞浮出淫邪的浅笑，到那灯红酒绿处依香偎玉，自是一夜销魂。

十九

南市旅店地处慎益街中央，三层楼高，当时那年代属于南市一带最高级宾馆。住在212房间的客人彻夜未归，天色微明时，在艳春堂厮混一宿的年轻人，从马路旁小摊上吃了碗锅巴菜，买了份《今世报》，大步跨进旅店幽暗的前厅。他管茶房要了房间钥匙，上楼打开房门，往床铺一倒，借助晨曦的微光浏览报纸。

《今世报》是张四开版小报，头题新闻异常醒目——"评戏坤伶遭人暗算卖入妓院苦不堪言"。年轻人并没细看文章，便情不自禁地呵呵直乐。有谁料到，他就是坑骗二唤姐姐尚宝珠的常有田，报上登载的新闻也是他的最新杰作。此时，他期待着另一个杰作的开始，他相信这个杰作的主角——林军长的宝贝女儿林薇小姐——即将登场。

九点多钟，常有田听见楼下传来汽车的引擎声，他立刻从床上腾身跃起，奔至窗户旁，撩开窗帷，瞧见一辆黑色轿车停泊南市旅店门前。车前门打开，跳下穿草绿色军装的司机，司机走到后车门处，躬身拉开车门，从里面走出位妙龄小姐。那小姐穿一身学生装，身后跟着昨天年轻人在大舞台戏院见到的中年女佣。林薇好像跟司机和女佣嘱咐几句什么话，然后独自一人走进南市旅店。

这一切全让212房间里偷窥的常有田瞧在眼里，他喜出望外——大鱼咬钩了！

不久，他听见甬道里传来轻盈而迟疑的脚步声，随后那脚步声停在房门口，迟疑片刻，门才被叩响——

"请问保定来的先生在这儿住吗？"林薇的语声很娇嫩，含一丝胆怯。看样子她属于那种没有见过世面的大家闺秀，从她身上下手毫不费吹灰之力。

常有田这么想着，伸手拉开房门。门外伫立一位不足二十岁的小姐，穿一身时下最流行的学生装，仿绸灰布上衣，黑色长裙，白袜，呢面布鞋，留短发，刘海齐眉，秀发上别玛瑙色发卡。林薇中等身材，亭亭玉立，模样十分标致，杏核眼、通鼻梁、娇唇鲜艳欲滴。她不仅容貌靓丽，而且清纯可人，早把他唬得神魂迷失。

大概林薇见惯了浮浪子弟的丑态，用手帕捂住笑，问道："先生，是不是请我里边坐？"

"哦。好好，请进。"

靠窗户设有两把木椅和一张八仙桌子，林薇在左手椅子里坐下。他赶紧招呼茶房沏了壶茶，亲自斟了一碗，双手端到林薇面前。

"先生贵姓，找家父有什么要紧事？"林薇眼望天花板，漫不经心地问道。

"免贵姓常，常有田，你们家老乡。这不，林军长的令堂大人，就是你奶奶让土匪绑票了，派我来给林军长送个信儿。"

显然林薇已经听女佣转述大致情形，愤然说道："这些毛贼也敢绑我奶奶，等我父亲回来带兵扫平他们……可这么急的事，乡里给我父亲打个电报就行了，干吗让您千里迢迢跑一趟？"

常有田眼珠一转，说："是呀，当时乡里人都吓蒙了，听说我做买卖路过天津，就让我来了。小姐不信，我手上可有族人写给林军长的信哪。"说着，他从皮包中掏出封信，交到林薇手里。这封信是他耗费整整一宿精心炮制出来的，绝不会露出丝毫破绽。林薇看罢，真信了，十分着急地说："哎呀，我奶奶那么大岁数经不住折腾，赎晚了她老人家还不死在土匪窝里？我爸爸率部队刚刚开拔不久，也不知何时回来？在家我又不管钱，这可怎么办哪？"

"林小姐，不用着急，办法是人想出来的。"常有田喷了口烟，暗中琢磨，猴子再精，也逃不出如来佛的手心。傻丫头，我不但骗你的钱，还要把你的人骗到手。他站起身，说道："天色不早了，我请小姐吃顿饭，肯赏脸吗？"

"常先生，您说这话可见外啦。您是老乡亲，为我家的事大老远跑来，说什么我该请您吃顿便饭？您先换衣服，我在楼下候着您。"林薇起身告辞，撤身离开房间。

二十

常有田趁换衣裳的工夫，挖空心思琢磨下一步棋该怎么走：林小姐的话不假，哪有上学的学生管钱的？问题是他不能白忙活，行里话讲，贼不走空。林军长结交广，亲朋好友个个身份显赫、神通广大，肥得流油，何不打林军长的旗号，朝那些人下手？主意已定，常有田高扬着头登上林小姐的专车。

林薇所谓的"便饭"却排场得很，使常有田这样的超级骗子大开眼界。

那天，他迈方步走下南市旅店大门台阶，早有穿军装的司机站立轿车旁，为他打开车门，他缩头钻进去，坐到林薇身边。登时闻到林薇身上的肉香，不禁神魂迷失。林薇冲司机说句洋文，司机便发动汽车，轿车如脱弦的箭急驰而去，穿过熙熙攘攘的南门外大街，沿墙子河朝南疾奔。行驶了一刻多钟，轿车驶进英国租界地。马路宽广，跑着各式各样的汽车，路两旁绿树成荫，洋楼林立，一些碧眼金发的洋人在林荫道上悠闲地散步。汽车开始减速，终于缓缓停在一家大饭馆门前。常有田听说过这地方，天津卫很有名的西餐馆——起士林。

洋人的饭馆跟中国的饭馆都不一样，前厅有个洋女人弹钢琴，每个餐桌点着洋蜡。落座后，林薇点一桌子洋菜和一瓶洋酒，令常有田咋舌不已，算起来这桌菜至少得花百把块。林薇说她心情不好，吃不下饭，请常先生慢用。常有田早已垂涎三尺，顾不得许多，尽管使不惯刀叉，就用勺子往嘴里填。片刻工夫，便风扫残云，将满桌菜肴扫荡下去多大半。

林薇显得心事重重，默默地在一旁垂泪。

酒足饭饱之后，他拿餐巾抹抹嘴角淌出的红油，瞟一眼旁边郁郁寡欢的林小姐，温柔地安慰道："林小姐，别发愁。像您这么漂亮的小姐，一愁就容易愁出皱纹，愁出病来，那多叫人心疼。"

一句话倒把林薇逗乐了："您真懂得怜香惜玉。可是不愁哪行啊，奶奶被歹人绑票，父亲又不在身边，我一个弱女子光着急没办法。常先生走南闯北，见多识广，一定要帮我拿个主意。"

常有田等的就是这句话，他装模作样地思索良久，随后说："我刚琢磨出法子来，小姐觉着行不行。林军长在天津卫是一跺脚地界就乱颤的大人物，肯定结识不少豪门富贾，只要小姐你肯出头，借几千大洋不成问题。先借后还，再借不难嘛。"

走投无路的林薇听他这番话，顿开茅塞，连连点头，说："眼下只好这么办了，"随后她羞涩地说，"我一个女子张不开口，常先生，您能陪我去吗？"

"好！"此话正中常有田下怀，他一拍大腿说道："解人危难责无旁贷，何况咱们又是亲戚。小姐你发话，我常某就是赴汤蹈火，在所不辞。"

一句话说得林薇眼圈登时红了："常先生，您真是个好人。"

他们离开起士林，开车回到南市旅店。下车时，常有田叮嘱林薇："事不宜迟，再耽搁恐怕老太太的命就悬了。"

"我知道，您先回房间休息，下午我来接您。"说完，林薇钻进汽车。

二十一

常有田望着雪佛兰轿车绝尘而去，暗自庆幸：我常有田天生福将，这桩买卖是灶王爷吃甜瓜——稳拿。尽管常有田也是见多识广，在骗行当中算得上高手，但他终归出身贫贱，像林薇领他出入的场合，是他生平连做梦也未曾梦见过的。骗行中的一忌，就是不熟不骗，不熟则露怯，好在常有田天生乖巧，少言多笑，随机应变，才混过林薇这一关。

下午三点钟光景，林薇驾车来接他，二人接连转悠了几家豪门大户。看样子林薇熟门熟路，她让常有田大门外等候，她进去一会儿就拿出钱来。那些大户人家跟林军长相交甚厚，一上午便轻而易举地借到二千元大洋。从最后一家看上去很壮观的公馆里出来，天已傍黑，也许借到了钱，救亲人有了希望，林薇紧锁的眉头舒展许多，惊慌的脸庞有了些许红晕。她提议说："常先生，我饿了。拐过弯就是惠中饭店，我请您到那儿吃中餐。中午我看您不大喜欢吃西餐。"

常有田讪笑道："我走南闯北吃遍天下好东西，就是西餐吃不惯，叫小姐见笑。"二人说着话，并肩踏进惠中饭店的电梯，一直上到三楼。

林薇依然出手阔绰，叫上一桌子美味佳肴，还特地要了瓶白兰地。她今晚兴致挺高，陪常有田对斟对饮起来。酒过三巡，林薇便略带几分醉意。坐对面的常有田被林薇的娇态搞得心猿意马，从桌子底下伸脚碰碰林薇的小腿，林薇似乎毫无知觉；又伸手握住林薇的小手，她也不挣脱，竟然半推半就地将身子靠过来，说："常先生，您会跳舞不？"

这时，常有田隐约听见舞曲声，忙问："这儿有舞厅？"林薇点点头，用手朝外一指，说："马路对面就是大百乐门舞场，那舞厅在天津数一数二的。"常有田再难自持，迭连说："我会跳，很想跟小姐共度此良宵。"遂携起她的手朝外就走。

舞厅人影幢幢，乐曲舒曼。常有田拥着林薇旋进舞池，早已酒不醉人人自醉了。近在咫尺的林薇星眸迷离，面染桃花，娇媚得如一朵带露的梨花。常有田恨不得一口吞下她，可现在不行，一旦把钱骗到手，管他什么林小姐，木小姐的，一概逃不出我常某的手心。

跳罢舞已是深夜，夜风一吹，林薇酒醒了几分，像换了个人，刚才在舞厅里娇吟吟的样子踪影皆无。走出舞厅，常有田趁机摸下她的手，她羞报地闪开了，让他讨个没趣。他没料到这丫头脾气古怪，变化无常。他赶紧换副正人君子模样，说道："林小姐，时间紧迫，不能再耽搁。那三千块大洋请尽快弄到手。"

林薇脸色黯然下来，轻轻叹口气，说："事不凑巧，我爸爸在，别说五千块，就是五万块也不费吹灰之力，可他偏偏上前线了。这样吧，常先生，明天您在旅店等我，我自己再跑个试试，说什么我也要把余下的钱弄来。"

常有田挑起大拇哥，恭维林薇："林小姐，我真佩服你，不仅年轻漂亮，读书知礼，而且懂孝道有胆识。我常某能得识小姐这样的人，也算三生有幸，一辈子没白活。"竟夸得林薇满面绯红，她垂下头，轻声说道："常先生更了不起，为人仗义，敢作敢为。我将来若能找到像先生这样的好男人终身为伴，一生才算幸福死啦。"说着说着，林薇害羞地奔进汽车，车飞快地离开了。

二十二

倒是常有田傻呆呆立在马路上，林薇一番肺腑之言，大大出乎他意料，想不到林小姐已经钟情于他。

常有田拎着皮包中的二千大洋走进 212 房间，皮包沉甸甸的，不时发出那诱人的声响。他迫不及待地打算带这二千大洋溜之大吉，转念一想，何不趁林小姐迷上自己的机会，将另外的三千大洋统统弄到手，然后远走高飞？他越想越美，情不自禁地进入了梦乡。

第二天，常有田守房间里不敢动窝，等候林小姐消息。时间一分一秒地流失，从早晨等到晌午，从晌午盼到黄昏，始终不见林薇的人影。在这段冗长难捱的时光中，常有田一遍又一遍地数着那二千个大洋，每个大洋都经过他牙咬口吹，试试真假。当夕阳的余红涂上窗户，外面街道开始喧嚣时，他心底泛起一股不安，莫非自己露出了马脚，让林薇看出了破绽，林薇已把他告到警察局？他越想越怕，似有凉气打脚掌底下往上冒。俗话说，三十六计——走为上。不如见好就收，带着这二千大洋跑吧！想至此处，他草草收拾好东西，拎起皮包，拉开房门，大步跨出去。偏偏此时，他听到了林薇熟悉的脚步声。他想缩回来已来不及，林薇刚好拐进甬道。

"常先生，您这是干吗？要走吗？"林薇惊愕地望着常有田。

常有田心里发虚，慌不择言地说："林小姐，有话屋里讲。"

两人进屋后，常有田发觉林薇神色沮丧，情知借钱的事情不顺利，便佯装焦急地说："早上家乡拍来电报，说土匪催款迫切，如明天再不将钱送过去，他们就要撕票。我等你老不来，只好先回乡，用这二千块先搪塞土匪们一下，怎么也不能让他们害了老太太。喂，剩下的钱是不是有着落啦？"

　　林薇摇摇头，说："我所认识的爸爸的熟人全找遍了，他们有的不在天津；有的推托说手头紧，一时凑不出这么多钱。平时一个个跟我父亲称兄道弟的，事到临头，都成了缩头乌龟……我奶奶可怎么办哪！"她急得淌出了眼泪。

　　"林小姐别哭，不如按照我的意思办。你留天津继续筹款，我先回乡下用这些钱央求土匪宽限几天，等你凑齐再赶到那边。放心吧，林小姐，我不会把事情办砸锅的。"

　　"不！"林薇斩钉截铁道，"我要跟您一起去救奶奶！常先生，明天晚上不才是最后期限吗？我一定能把钱筹到。我有个美国朋友在大洋行做事，明天您跟我一块儿去他那儿。"

　　未容常有田分辩，林薇起身离开房间。

　　独自留下常有田，他习惯性地开始新的谋划：林小姐执意要跟他回保定，这无疑对他是一种监督。倘若不答应她跟着结伴同行，势必令林小姐产生怀疑，别弄个半途而废。怎么办呢？常有田抽着烟，在房里踱了几圈，随后嘴角露出一丝奸笑，哼，我给她来个将计就计，哄她上火车，中途倒车时，我引她住进车马店，晚上多灌她喝点酒，趁机把她……然后我拎着钱溜之乎也！这叫人财两得。不是我常某心狠手辣，都怪她人长得太漂亮又不识相呢。

二十三

翌日绝早，常有田还在酣睡，便被林薇敲门声所惊醒。常有田揉着红肿的双眼起身打开门。林薇一股风地闯进来。

"常先生呀，钱有希望啦！"林薇一改往日的沮丧，孩子般地雀跃着，"昨天晚上我和外国洋行的朋友联系过了，他说钱可以借，只要办个手续就行。您赶紧洗把脸，咱们这就走，我让司机在楼下等着哪。"

常有田让林薇连拉带扯拽到了旅馆门口，那辆雪佛兰轿车停靠马路边，前天他见到的穿军装的司机恭候在车旁。两人进了轿车刚刚坐稳，汽车像只游鱼穿过熙攘的人群，直奔租界地而去。行驶半个多钟头，轿车开进一条宽敞的大马路，街两边矗立的洋楼比别的地界高大，奇形怪状的。常有田知道这里是天津卫有名的金融一条街，英租界的维多利亚道，世界最著名的银行都在这儿建立分行。别看常有田自小在天津长大，还是头回光顾这条大街，恍如到了外国。

汽车停泊在一幢哥特式巨大建筑门前，林薇对常有田说："您先在这儿等我，我进去找亨利先生。"说完，她下了车。常有田眼望她走进旋转门，心里想那里边也不知什么样儿。

隔了十分钟光景，林薇又走出来，身边跟随一位黄头发蓝眼珠的外国人。凑近汽车时，林薇冲车门里边的常有田招招手，常有田躬身钻出汽车。林薇介绍说："这位是洋行高级职员亨利先生。"她随后又跟那洋人说一串外国话，常有田听不懂，就拽住她衣袖问："你跟那洋人说的嘛?"她微笑道:"我跟他介绍说,您是运通公司总经理,替我借钱作担保的。"闻言,常有田心中美滋滋的,行骗多年,各路角色差不多全冒充过,今儿个头回冒充总经理。

洋人好像半信半疑的样子,上下左右端详起常有田,还用手拍拍他肩膀,攮攮他胳膊,末了,嘴角绽出笑容,边朝林薇点下头,咕哝几句外国话。常有田问林薇他嘀咕什么,林薇翻译道:"他说呀,你的朋友挺不错,很令他们满意。进来跟我拿钱吧。"常有田心里说,外国人更好骗,瞧你面相就相信你,下回咱骗把外国人。

进了旋转门,是个大理石铺地的大厅,穿梭来往许多人。他们跨进一间办公室,洋人从办公桌抽屉中,取出一沓纸,上面印满洋文。他对林薇"呜里哇啦"说一通,林薇频频颔首称是。常有田瞅瞅洋人,又瞅瞅林薇,不明白他们商量着什么,只见林薇翻着那沓纸,逐页在上面签下自己的名字。她签完随手推给常有田,说:"外国人办事规矩,借款必须有人作担保,你不担保,他就不借钱给你。常先生,你在上面签名吧?"

常有田拿着笔,犹豫不决:"我不会写外国字。"

林薇又同亨利嘀咕几句,扭脸告诉常有田:"亨利先生说,你签中国名字也可以。"

常有田费尽九牛二虎之力,在合同书写下自己的名字,然后用手抹去额头沁出的汗水,冲林薇挺不好意思地一笑。

签字完毕,亨利领他们来到另外一间大房子,招呼林小姐离开。常有田起身也想跟着走,林薇摁住他说:"常先生,你别动窝,在这儿等着拿钱,我去办好手续。"

一听等着拿钱，常有田连腿也迈不动了。

说完，林薇尾随亨利往外走，临出门时，她冲常有田调皮地扮个鬼脸，说："耐心等我啊，过会儿我就回来接你。"

二十四

房间很宁静，静得有点可怕。常有田点上烟卷抽起来，耐心等候林薇的重新出现。

时间在寂寞中悄然流逝，当过午阳光从窗户的彩色玻璃照射进来时，他猛地感觉有些蹊跷，林小姐怎么还不回来呢？办手续用这么长工夫吗？常有田越琢磨越不对劲儿，他一下子蹦起，冲到房门前，想拉开门出去寻找林薇，可惜房门被反锁住了。他大惊失色，暗叫道，妈的，我上当啦！于是，他狠捶房门，大声呼唤："林小姐！林小姐！"

良久，门被打开，那个称作亨利的外国人率领两个印度人出现门口。

"我找林小姐，你们赶紧带我去找她！"常有田对着亨利喊。

亨利皱皱眉头，似乎听不懂他的话，转头朝印度人努下嘴，那俩印度人一左一右架住常有田的胳膊。常有田惊慌不已，吓得脸色苍白，一边挣脱一边喊叫："你们想干吗？我是林小姐的老乡，你们知道林小姐的爸爸是干吗的吗？她爸爸是林军长！"

那些人根本不理会他，把他连拖带拽，像拉死狗一样拉进一间地下室。地下室幽暗潮湿，安装着铁栏杆门，像个地牢。"地牢"里拥挤着许多衣衫褴褛的中国人，四周弥漫着人的体味和汗臭味。

常有田有些纳闷儿地问旁边的中国人："喂喂，你们都是干吗的？"

身旁一个三十多岁的人搭腔道："你还问我们？跟你一样出洋当'猪仔'。"

常有田越听越糊涂："等等，什么'猪仔'，你们都是？"

"废话！不是'猪仔'上这儿来干吗？小伙子，看来你是被诱骗进来的吧？实话跟你说，'猪仔'就是卖到美国旧金山开矿。我属于自愿卖身，一卖二十年，身价够我老婆孩子过上十年八载的。你算倒了血霉！卖身的钱全让骗你的人弄跑了吧。嘿嘿，你跟那些人一样，傻巴！挨了骗，还以为出洋留学。"

常有田呆愣半晌，仍不肯相信自己被骗，又扭身问另一位年轻人："你们真都是'猪仔'？"那人说道："你甭问，我们也是被骗来的。去哪儿？晚上坐船去美国旧金山挖矿。咱们穷哥们儿如今成了有去无回的劳工喽……"

常有田不禁冒出一身冷汗，他忽然想起刚才印度人将他扔进地牢，顺便丢给他一封信。常有田慌忙拿信看，是林小姐写给他的字条——

善恶有报，害人害己，你坑我姐姐进妓院，我送你这坏蛋入地狱。

——尚玉珠

"尚玉珠？！"常有田情不自禁地叫出声来，名字似熟非熟，我怎么得罪的她，她出手害我？噢，莫非前几个月我骗过的那个周公馆的五姨太就是她亲姐妹？尚玉珠，尚宝珠，中间一字之差，显然亲姐妹。哎，我闯荡江湖这么多年，大江大河都蹚过了，却在阴沟翻了船。真是玩了半辈子鹰，愣教鹰啄了眼珠子。

此时，常有田终于想明白，刚才林小姐让他跟洋人签的合同就是自己的卖身契！他越想越悔越恨，蹲地上"呜呜"地号啕大哭起来。

二十五

常有田在外国洋行地牢里悔青了肠子般的哭号的时候，二唤已经安详地坐在驶往沈阳的火车上。她感觉自己恍惚做了场大梦，不可思议的梦，自己在梦中由二唤变作了林薇林小姐。

当初，兑出去水铺拿到的钱很可怜，根本不够为姐姐赎身。二唤闷在临时租赁的平房里发愁，愁得没法就哭。孙三常来看望她，很替她着急，绞尽脑汁地帮她出主意。最初琢磨去报官，尚宝珠失踪案发生在法租界，法租界的工部局理应负责侦缉"蝴蝶"党徒常有田，营救被骗入妓院的尚宝珠。二唤和孙三接连跑了几趟，工部局以种种借口搪塞，他们根本不管中国老百姓的死活。二唤执意靠自己查逮常有田，她坐着孙三的胶皮车，跑遍天津卫的九国租界和老城里、南市，那姓常的坏蛋仿佛泥牛入海无消息。二唤情绪低落时，就埋怨孙三，说他一个顶天立地的汉子，竟比女人还废物。

孙三不情愿被二唤瞧扁，他天么天拉胶皮走街串巷，结识不少三教九流的朋友。他对二唤说，众人拾柴火焰高，不如求他们拿个主意，帮帮忙。走投无路的二唤只能听从。

孙三替二唤在南市"玉华台"饭庄摆下一桌便宜的酒席，请来的朋友干什么的都有，反正都是穷苦人。穷人同情穷人遭遇，穷人帮穷人理所当然。大家七嘴八舌，出主意的出主意，想出力的出力，能出钱的出钱，最末了形成这个骗中骗的妙计。二唤之所以点头同意，一来能弄到钱救出姐姐，二来还能将坏蛋常有田置于死地。开始，二唤仍存顾虑，万一姓常的不上钩怎么办？孙三跟她说，你把心搁肚子里，"蝴蝶党"那帮家伙属苍蝇的，见缝就钻，闻腥就嗡嗡。万事俱备，可拿什么"打窝儿"、做诱饵？总不能摁着常有田的脑袋往陷阱里扎吧。这时，孙三想到了沈一啸，利用他那张报纸一咋呼，常有田准能闻着味儿咬钩。以后事情的发展，竟然没能脱离二唤他们的精心设计。整个过程犹如演出大戏，二唤当主角，其他人充当配角，道具、行头、锣鼓家伙一起上，这出戏开场疾，散场快，有惊无险结局圆满。假骗子让真骗子上了当……

"扑哧"一声，二唤情不自禁地笑出声来。她瞧瞧车窗外面，火车已经驶进沈阳站。

夜色慢慢围上来，路灯刚刚点燃，沈阳市上空飘起雪花。寻芳街胡同灯红酒绿，又是寻欢作乐的好时辰。

二唤挽着她姐姐尚宝珠迈出"玉顺堂"的门槛，虽说头顶上红灯高照，仍无法掩饰姐姐苍白憔悴的面容。二唤安慰她说："姐姐，别伤心了。我已经将你赎出来，过去的事就全忘掉吧。"尚宝珠一边抹眼泪，一边点头。从未见过面的亲姐俩竟在这样的场合相认，老天爷戏弄人哪。

走出寻芳街老远，尚宝珠忽然扭脸冲玉顺堂方向狠力啐口唾沫。妹妹就问姐姐："回到天津卫，你怎么寻思的？到周家接着做五姨太，还是登台演戏？"姐姐想半天，找不着准谱，又问妹妹："我没寻思好。妹子，你呢？"二唤凭空抓把雪花搁手心里焐，默了半晌，说："姐，我翻来覆去琢磨过。还是开水铺，我干不了别的。"

两个女人相依相偎着，朝风雪中的沈阳火车站走去。

二十六

没隔多久，南市慎益街开家新水铺，依旧临街门脸儿，依旧后面套间小屋。二唤依旧当起女掌柜。

仨月后，她嫁给拉胶皮的孙三，喜事办得很热闹，在"玉华台"饭庄摆下十桌酒席，三教九流的朋友来不少，闹洞房直折腾了大半宿。《晨报》主笔沈一啸也赶来祝贺，他搁下贺礼和份子钱，一口酒不沾就偷偷撤身出来，溜达到"什锦斋"饭馆灌自己个烂醉，挺尸一样在冰冷的马路上躺到天明。

还如在北门里影壁街开水铺那样，二唤每天起五更，先把两大铁锅注满水，然后点柴火，烧其中的一口铁锅，直到把水烧得滚滚沸腾。做完这一切，天刚蒙蒙亮，二唤眯着双眼卸了门板，打开门，自己搬个板凳坐到门槛边，等候头一拨儿客人上门。这时天上的启明星若隐若现，空寂的马路刮着凛冽的寒风，二唤双手托腮，望着半明半暗的天空，遐想起匆匆逝去的往事。

孙三为了帮衬二唤，他不再拉胶皮，换辆手推水车，水车上装着七八个水桶，孙三推着它走街串巷。每天大清早从水铺装满生水，挨门挨户送——"送水的来啦——送水的来啦——"他洪亮的吆喝声响遍街头巷尾。

二唤的水铺讲信誉，水烧得开，价钱公道，生意特别火，四周几条马路的住家和商铺，都纷纷来她这儿买水。买水的人一多，大伙就排队等。怕人等久了心烦，二唤亲热地将她订的《晨报》叫人们看，手指上面的一幅大照片跟人家显摆，说："你们瞅哇，她是我姐姐——名角尚宝珠，这两天在中国大戏院主演《玉堂春》。"于是，南市一带的大人小孩没有不知道开水铺的二唤有个名角姐姐。

大约两年后的春天，拉胶皮的孙三得场大病，卧床不起。二唤寸步不离地守他身边喂饭喂水，端屎端尿。怎奈孙三寿命短，没挨过立冬便撒手归西。弥留之际，孙三把二唤叫到身旁，泪眼汪汪地说："二唤哪，我孙三要本事没本事，要能耐没能耐，穷小子一个。兴许上辈子积德，祖坟冒烟，我娶了你这么个好媳妇。值啦，我这辈子算没白活。"刚说完，脑袋一歪，咽了气。二唤的眼泪咕嘟嘟淌出来，从深夜一直淌到天明。末了，她像对死去的孙三也像对自己喃喃说，一切都是命中注定啊。

二唤给她爷们儿的丧事办得很体面，花钱请了天津卫有名的"福寿全"杠房操办葬礼，又请来和尚道士整整念了三天三宿经。出殡那天，孙三生前那帮三教九流的朋友全到了，杠房派出三十二人抬棺材，尘沙漫天的秋日里，纸幡飘飞，哭声如诉，送葬队伍浩浩荡荡。有人瞧见沈一啸出现在送殡的人群中，从慎益街一直追随到坟地。而二唤始终却没跟他说上一句话。

在以后的许多年里，二唤变得沉默寡言，常常坐在水铺门槛上冲着天空发呆。她也再没另寻人家出嫁，独自一人守着水铺。直到解放后，二唤开的水铺依然存在，在南市慎益街那间不显眼的门脸儿。小时候，我见过南市那家水铺，常去那儿打水，也见过那个叫作二唤的女人。不过，岁月像阵风刮走了一切，她年华尽失，成了白发苍苍、不爱说话的老太太。

小白楼往事

一

　　温少云温少爷坐在犹太人布曼夫开的莎卫饭店门外冰冷的台阶上，背靠僵硬的大理石墙壁，喘息艰难而急促。他估摸自己活不了多久，等夕阳没入利顺德大饭店楼顶后面，就挨到他该咽气的时候了。

　　不知何时刮起凛冽的西北风，卷起尘烟和纸片，在温少爷的眼前打旋。小白楼依然繁华如昔，路灯早已燃亮，昏黄的灯光混淆于茫茫的暮霭中。平坦的马路上奔跑着形形色色的轿车、胶皮车，行色匆匆的路人中有英国人、法国人、俄国人、德国人，还有穿着华贵的中国人。街对面幢幢小洋楼，被落日的余晖叠映成怪模怪样的，无数个雕着花饰的窗户闪烁亮晶晶的灯光。

　　下午的时候，温少爷脚上的一双皮鞋，被一个拾茅蓝的中国人扒走了，那是他身上最后的值钱东西。当时温少爷并不肯束手待毙，打算用脚蹬开那骨瘦如柴的脏老头儿，可惜他一点儿气力也没有，眼睁睁瞧着拾茅蓝的顺利脱下他的鞋，拍拍上面的灰尘，掖进竹筐里，慢悠悠走开。温少爷想，那人一定当自己是"倒卧"，横尸马路没人管。

一阵香甜诱人的气味飘过来，有位俄国老头儿拎个篮子，操着半生不熟的中国话叫卖："面包哩——面包哩——"温少爷想象俄国老头儿篮子里装的是甜面包夹火腿肠，过去他不喜欢吃这种廉价的东西，温少爷经常光顾德租界的鲁诺饭店，在那儿才能品尝到真正的西式大餐。如今，倘若有一只甜面包的话，他就能活命。可是温少爷身无分文，只能等死。

他已经五天水米没沾牙。五天前他只身逃到小白楼时，浑身上下精力旺盛很有力气，蛮可以偷点儿什么或者抢点儿什么，即便不偷不抢也能装要饭的讨点儿什么吃的。温少爷偏偏不愿意这么做。依他的禀性，五尺高的汉子活得体面，死得尊严，决不可行苟且之事。就像他爸爸，本可以苟且偷生，为了尊严却选择了上吊自杀，还拽上了他妈妈。

咸鸭蛋黄模样的太阳，半个坠落到利顺德大饭店后面。温少爷明白他活在这个世界上的时间只能用分秒来计算。同时，他隐约感觉死亡的麻木感开始从脚趾沿着大腿向腰部蔓延上来，很快就会彻底淹没他全身。再以后，眼前所看到的一切还有他曾经历过的荣华富贵和一夜间的破败，仿佛烟云一样转瞬即逝。什么都不存在了，什么都消失了，连同他自己。想到这儿，温少爷很超然世外地闭上眼睛……

这时，一阵急促的马蹄声惊觉奄奄一息的温少爷，他睁开眼睛，一辆洋马车停在莎卫饭店门前。马车夫拉开车门，从车上跳下一位肥胖的俄国将军，他一边将着沙皇尼古拉二世那样的"八字胡"，一边呜哩哇啦地冲马车夫大声吼叫。当时马车夫正奔到马车后面卸一只笨重的皮箱，胖将军的吼叫令他改变主意，又跑回车前拉开门，搀下一位俄国女人。那女人很年轻，惊人的美丽，她走下马车，恐惑地睃巡四周陌生的一切。

俄国将军昂首阔步地踏上饭店台阶，他发现了温少爷，冲羸弱的中国年轻人吼了一嗓子，意思是骂温少爷：猪猡，你挡了我的路，给我滚开。温少爷听不懂俄语，而且他没有气力挪开。这位流亡将军火了，在他的国度里平民百姓哪敢违背他的意愿。所以他对温少爷吼个不停，温少爷无动于衷，眼里涌满无辜的神情。胖将军就怒不可遏了，抬起脚，给了温少爷一下子。温少爷就像破麻包一样滚到台阶下面，额头跌破个口子，淌出鲜红的血。

走在后边的俄国女人尖叫一声，疾步奔过来，蹲在温少爷跟前。从狐皮袖筒里伸出手，摸摸他受伤的前额，用很温软的话音安慰他。温少爷听不懂女人的话，但女人怜悯的目光和柔情抚摩温暖了他的心。温少爷忽然觉得活着很好，很有意义。

饭店大门里面传出胖将军的呼叫，白俄女人顿时慌乱起来，她匆忙掏出一把铜子塞进温少爷手心，随后跟着拎皮箱的马车夫进了莎卫饭店。

温少爷紧紧攥着手心里的铜子，陡然感受一股力量，一股来自天外的力量。

夕阳彻底没入利顺德大饭店后面，夜"呼啦"一下子掉落下来。

温少爷没死，他依旧坐在莎卫饭店的台阶旁，大口大口嚼着甜面包夹火腿肠。他花去俄国女人给他的九个铜子，买了俄国老头儿沿街叫卖的面包。过去他讨厌的吃食，如今成了维系生命的东西。剩下的那枚铜子，他揣进怀里，捂了又捂，摸了又摸，生怕不小心弄丢了。

在温少爷以后的日子里，那枚铜子几乎与他生死与共。

二

二十世纪二十年代天津卫的小白楼很出名，也很特别，原先属于美国租界地，后由英国人托管。它位于九国租界的中心，成了华人和洋人杂居的地界。尤其1920年之后，被苏联红军驱逐的白俄纷纷流亡到中国，其中一部分人由哈尔滨逃到天津，便陆续在小白楼定居下来。

当时小白楼最有名的鞋铺叫作"华德美"，温少云是"华德美"鞋铺的少爷。

鞋铺可以理解为现在的皮鞋专卖店，那时的鞋铺又不同于现在的专卖店。那时的鞋铺不光卖鞋还做鞋，前边是店，后边是工厂。

"华德美"鞋铺早先在北门外的估衣街，高台阶宽门脸儿金字牌匾，在那条当时天津最繁华的商业街显赫一时。老掌柜温青山经营有方，他瞄准天津女人们赶时髦追潮流的心理，专做女士皮鞋。鞋样是专门从洋人那儿淘换来的，手艺秉承津门鞋业老字号"德华馨"传统手工技术，制作精良，可谓鞋之上品。温青山懂得一个道理：物以稀为贵。所以一种样子的女鞋，他只做大小型号的一套，绝不成批生产。这样，哪位女士买了"华德美"的皮鞋，同型号的就此一双，走到马路上绝看不到重号重样的。温掌柜还有一手更绝的——选样订货，谁来鞋铺定做，一种样子就做一双，做完便立刻将鞋样子毁掉。

谁定做了"华德美"的皮鞋，就等于买了绝品，从此独步天下。

温青山独到的经营秘诀，使"华德美"女鞋名噪津门。不论老城里豪门大户的贵媛、千金，还是居住在五大道的民国达官显贵的大太太、姨太太，甚至九国租界地的洋夫人、洋小姐，无不趋之若鹜，或坐轿车或乘马车或让胶皮车拉着，从四面八方赶到估衣街，以购得一双"华德美"皮鞋为荣。顾客盈门、生意兴隆，助长了温掌柜的野心，他又把目光瞄向小白楼，那个连接着英、法、德、美、俄五国租界的核心地带，在温掌柜眼里几乎就是个聚宝盆。1922年春天，温青山将"华德美"迁到小白楼，果然买卖好得一塌糊涂。商道忌贪，被胜利冲昏头脑的温青山关键时刻忘记祖辈的教诲，因贪图一笔大买卖，结果弄得人财两空，家败身亡。

那年刚进暑，东北皮厂的老客户郑富贵来天津看望温青山，顺便带来个好生意。军阀张宗昌刚刚上任直鲁联军总司令，忙着扩充兵马，要订制一批军靴，数量巨大。温掌柜顿时动了心，一万双皮靴，简直就是千载难逢的财运！他挽留住郑富贵，当夜设酒席招待。酒喝到酣处，郑富贵说，做军需不同做商，不但要保质保量，还要按期交货。一万双军靴必须在三个月之内完成。温掌柜一边赔着笑脸敬酒，一边拍着胸脯保证：那是当然，三个月内一定交货，绝不让仁兄为难。郑富贵又说，张总司令招兵买马，筹办军需，资金一时紧张，订金暂时给不了，等军靴交货之日，货款全部一次性付齐。不知当初温青山酒喝多了，还是被这巨大的诱惑蒙昏了头，竟然满口应承下来。

郑富贵离开后，温掌柜马不停蹄地进料、招工人。单说进料吧，万双皮靴的皮子就需要大批货款。他抵押了"华德美"，又从同行借了五千大洋，招进一百多名工人日日连夜赶制，终于在三个月后做出一万双军靴。交货那天，郑富贵来了，验货装车整整忙一天。约定好晚晌在郑富贵住的客栈结款。掌灯时分，温青山带着账房先生走进客栈，哪料到人去楼空，郑富贵早已跑没了影儿。温青山这才明白上当受骗了，登时口吐白沫，晕倒在客栈门口。

温掌柜连气带惊，一病不起。"华德美"归了人家，欠下的巨额债务无力偿还。温青山拿脸面比性命看得还重要，既然祖宗的家业败在自己手里，欠钱还不了，那么活着还有什么意义。他选择一个月明星稀的夜晚，在房梁拴两个绳套，拉着温少云他妈一块儿悬梁自尽了。

等温少爷从北京的大学堂赶回家，才明白一夜之间从天上掉地下，他已经是个无家无业、分文没有的穷光蛋。

人的命有时很贱，两个面包就能兑换。

1924年那个小白楼的黄昏，温少云吃了两个俄国面包，便从死亡边缘爬了回来。他能站起来、能走动，有力气了，可是他依然没有饭辙。也就是说明天太阳露头的时候，他仍将饿肚子。谁又会再施舍他铜子，延缓他的残生呢？

夜色阑珊，小白楼的夜晚比白天喧嚣，比白天五彩缤纷。洋楼的每个窗口都亮着灯光，如满天繁星。店铺饭馆人影幢幢，远处"蓝扇子"公寓那边传来性感的舞曲。不夜城的小白楼充满诱惑和欲望。

温少云迈开赤脚，执意要离开莎卫饭店，他的念头很单纯，不想让那位善良又美丽的俄国女人明早一走出饭店，就看到他这饿殍。他尽量走远一些，死到一个白俄女人看不见的地界。就这样，温少云走上马路，他的身体仍旧虚弱，走起路像风中芦苇那样摇晃。很快，他的脚步急匆匆了，影子一般飘到十字路口。

忽然，拐口出现一辆胶皮车。夜雾蒙蔽下，拉胶皮的没有瞧见温少云，温少云也没发现胶皮车。"吭"的一声，双方撞个满怀，温少云被撞出一丈多远，重重地摔在地上。

拉胶皮的赶紧撂下车把，车上坐的人跳下车，一起跑到昏迷不醒的温少云身旁。拉胶皮的用手试试温少云的鼻息，又抬头对坐车人说："周老板，他没死，还有气。"

被唤作周老板的人蹲一旁呼叫着温少云："先生，先生，您醒醒……咦，这不是温少云少爷吗？"

温少爷撞得不轻，脑子里一片空白，忽听有人叫他名字，他强撑开沉重的眼皮，面前蒙蒙眬眬晃动个人影。

"温少爷，不认得我啦？我是周宝祥……"

熟稔的名字，牵起过多的回忆。温少云眼缝里滚出一串清泪，他大呼一声："周伯伯……"随之扑到周老板怀中。

周老板让车夫将温少云搀扶进胶皮车，他扒着车帮，说："温少爷，我听说温老掌柜、老夫人双双走了之后，就派人到处踅摸你，想不到今儿个晚上在这儿碰见少爷。真是天意呀。"

温少云神色黯然："周伯伯，您别再称我少爷。如今我家破人亡，成了丧家之犬。"

周老板"扑哧"一声笑出声："少爷言重了。糖哪儿甜，醋哪儿酸，我周宝祥懂。当初若不是温老掌柜周济我，我一个穷伙计，怎么能开得起鞋铺?"他手指拉胶皮的说,"今儿个是该着扛着,我坐上这么个棒槌拉车的。本来去马场道鲁府,给那位下野的督军的少爷送皮鞋。他拉我东转西转,像是鬼打墙,竟转不出小白楼,这不就碰见了你,说明我跟少爷有缘。闲话少叙,这双新皮鞋那鲁少爷没福气消受,归少爷你穿。然后我领少爷先去华清池烫个热水澡,再去恩义德吃涮锅子。"

温少云忽然固执起来,他说:"周伯伯,我不吃涮羊肉,我吃西餐。"

周老板一拍脑门儿:"人老糊涂哇,我怎么忘了少爷爱吃西餐。走,先奔华清池。"他驱使着拉胶皮的,说:"你这棒槌再走错道,我扣你三斗红高粱。"

雪花飘起来的时候,天色才算真正暗下来。烫过澡、换上新西装的温少云,简直像换了个人,与生俱来的高雅气质和英俊容貌,俨然就是个货真价实的阔少爷。他和周老板面对面坐在鲁诺西餐厅靠窗户的桌子旁,可以隔着玻璃窗眺望外面寂静的雪景。餐桌点着蜡烛,摇曳的火苗散发着温暖,大厅那边有个洋女人在弹钢琴,舒缓的旋律荡漾过来,仿佛醇过的美酒。

温少云一改往时的斯文,甩开腮帮子狼吞虎咽。周老板吃不惯西餐,总觉着亮光闪闪的刀叉往嘴里捅很危险。他笑眯眯地端详温少云的吃相,一边说:"少爷,你对以后有打算吗?不如先去我那'宝船'鞋铺委屈些日子,将来你遇到好机会,再另谋高就。"

温少云鼓鼓囊囊的嘴说不出话,只是频频点头。

周老板这才松了口气。

酒醉饭饱之后，温少云从怀里摸索出白俄女人送他的铜子，拿叉子给那枚铜钱钻眼儿，使了半天劲儿，手划破条口子，才钻出个眼儿，又用绳子串起来，挂脖子上。周老板不明白他这是做什么。温少云一脸神圣地说："周伯伯，你别问。这叫天机不可泄露。它是我的护身符，到死我都戴着它。"

　　年轻轻的冷不丁提死干吗？周老板心底产生出一种不祥的预感。

<h1 align="center">三</h1>

　　两年后，温少云成了"宝船"鞋铺的账房先生。

　　温少云不像旧式账房先生那么老土，穿着长袍马褂，戴着瓜皮帽，鼻梁子上架副茶色水晶眼镜。他完全一副新式打扮：笔挺的西装，三接头牛皮鞋，乌黑锃亮的中分头，再加上他天生的一表人才，乍看像外国洋行做事的高级职员。"宝船"鞋铺坐落南市，南市一带娼寮密布，一些妓女闲着没事时，打着来鞋铺买鞋的幌子，专为目睹这里俊俏又时髦的账房先生。她们一踏进鞋铺，眼睛不够使地东张西望，不看鞋专找人。温少云坐柜台后面的小屋理账，门虚掩，只露他的侧影。妓女们边叽叽嘎嘎地说笑，边冲温少云挤鼻子弄眼。温少云不理睬，她们就说些挑逗的话，话很糙很露骨。温少云气急了，使劲儿摔上门。妓女们还不知羞地"咯咯"一阵笑，随后作鸟兽散。

　　周老板并不以为然，却惹恼他的独生女儿周天娇。那天，她趁周掌柜不在的时候，闯进鞋铺，径直奔入里间小屋，一手叉腰一手拍桌子，跟温少云叫板："你就是我爸爸雇来管账的？"

虽未见过面，温少云早有耳闻，周掌柜的女儿可不是善主，从小不学做针线活儿，也不读书识字，却喜欢舞枪弄棒。周掌柜一味地娇惯，言听计从。十五岁那年，周天娇独身到沧州学武，三年后回到天津卫，周掌柜不知宝贝女儿武艺学得精不精，周天娇当场给他表演一通眼花缭乱的拳脚，说："您就把心放肚子里，往后那帮杂八地们敢来捣乱，我一个人能把他们全打得屁滚尿流。"鞋铺伙计私下议论说，周家小姐不光武术高，人长得漂亮，性子刚烈，简直就是当代红线女。温少云听了，如清风过耳，今天他见了真人周天娇，漂亮是漂亮，脾气也够蛮横的。

周天娇多蛮多小也是主子，所以温少云站起来，欠欠身，说："是，周小姐。"

"天么天来店里的那帮浪窑姐是你招来的？"周小姐逮理不饶人。

"小姐你说错了。我没招引任何人。"

温少云不卑不亢的态度，招惹起周天娇的蛮性子。她说："还没人敢顶撞我。我说你招的就是你招的，过去那帮窑姐怎么不往咱鞋铺里钻？瞧你这身打扮，说中国人不像中国人，说洋鬼子不像洋鬼子，我看着堵心。"

"周小姐，请你出去。我该记账了。"温少云冷若冰霜地说。

"嚯，你轰我？！这是我的家，我想怎么着就怎么着。"

温少云忍无可忍，把抽屉一关，说："你不走我走。"他绕过周天娇朝外走，正好和进来的周掌柜碰个照面。周掌柜见温少云脸色铁青，一旁的女儿噘着嘴，顿时明白发生过什么事。"天娇，不是跟你说过嘛，不许你来这儿瞎闹。"周天娇也委屈，说："他欺负人。"周掌柜对温少云赔笑脸说:"少云哪,你别跟她一般见识,都是我宠惯了,宠坏了。"周天娇一把将她爸爸拽一边,说:"您真是越老越糊涂,明明我受了委屈,您还替外人拔闯。"周掌柜这回真急了,沉着脸呵斥女儿:"没大没小!少云的父亲是我的大恩人,没他老人家哪有咱周家的今天。往后你得管少云叫哥哥。"周天娇头回当外人被父亲骂,像蒙受天大的委屈,泪珠止不住滚落出来:"我就不认他这哥哥!"说完,一跺脚,奔出鞋铺。

晚间,"宝船"鞋铺打烊后,温少云拎个提琴盒走出来,他准备坐胶皮车去小白楼。

忽然,背后有人叫他,是周天娇。"喂喂,你去哪儿?我跟你去。"

温少云不想理这个疯丫头,顾自停马路边等拉胶皮的。

周天娇一溜小跑追上来,话音带着哭腔:"喂,哥,温大哥,我认你做大哥还不行?"

温少云有些不忍,转脸冲她笑笑。周天娇立刻高兴得像只麻雀,活蹦乱跳地跑到温少云身边,挺诡秘地说:"温大哥,我盯你好多天啦。知道你天天拿这个洋胡琴,去小白楼什么什么娜歌舞厅。"

温少云没吭声。他每天去小白楼的真实目的,任何人都不可能知道。

周天娇所说的"什么娜歌舞厅",实际是指小白楼很有名的"圣安娜"歌舞厅。

"圣安娜"歌舞厅在当时由白俄和中国人共同经营的光陆电影院的前楼,舞厅规模很大,伴舞的舞女大多是蓝眼睛、黄头发、白皮肤的白俄少女。负责伴奏的是一支庞大的乐队,温少云就是其中的小提琴手。

　　暮色褪去,夜色浮上来。胶皮车将温少云和周天娇送到光陆电影院门前。眼见穿着考究、神态自负的洋人和中国人川流不息地往里走,周天娇心发怯,揪住温少云的衣袖说:"我怕,在外面等你吧。"温少云故意逗她:"你身怀绝技,武艺高强,打遍天下无敌手,还会怕吗?"周天娇听出温少云的揶揄,说:"去去,来这儿又不是打架的!进去就进去,有你在,我不怕。"说归说,逗归逗,温少云还是叮嘱这位任性的小姐:"舞厅是很讲规矩的地方,我领你进去之后,找个僻静的地方坐下,少乱说乱动。等我演奏完了,我请你去吃西餐。"周天娇仿佛听话的孩子,乖巧地点点头。

　　舞厅内人如过江之鲫,舞曲响起前,衣着光鲜的男人们和珠光宝气的女人们端坐吧桌四周,优雅地品着洋酒,相互搭讪着。周天娇被温少云安排在一个角落里,她真听话,一动不动地坐那里,连大气都不敢出。乐曲响起来了,她知道里面有她温大哥弹奏的,真好听啊!像河水流淌,似鸟儿歌唱,仿佛天上飞下来的。四周的男男女女纷纷站起,携手飘向舞池。蓦地,周天娇惊恐地睁大眼睛,然后又用双手捂住发烫的脸……

　　拉罢最后一支曲子,温少云匆匆收拾好小提琴,拎手里就往外奔。这时跳舞的人几乎散尽,他在原先的角落并没有找到周天娇的踪影。温少云站原地四处张望,随后就喊:"周小姐,天娇,天娇!"没人应声。坏啦,周天娇随着散场的人群走出去了?平时不大出门的周小姐别迷了路。温少云赶忙奔出光陆电影院。

天色已晚，马路空阒寂寥。细雨不知何时落的，给凄凉的夜增添几分寒冷。温少云举目四顾，猛然发现周天娇蹲在马路对面的一家店铺门口，双手抱着肩头，犹如一只受伤的小鸟。

　　"天娇——"他叫一声，冲过马路，本想安慰她，不料周天娇霍地站起，抢着小拳头就捶他："都怨你，让你领我来这种鬼地方。"

　　温少云很懵懂："什么鬼地方，这里是歌舞厅，交际娱乐场所，是让人开心快乐的地方。"

　　周天娇依旧怒不可遏："你瞎说八道，你糊弄我！什么舞厅，黑灯瞎火的，男男女女搂一块儿，哎呀，恶心死我。这儿是洋窑子。"

　　温少云想，反正也和她解释不清楚，就笑着说："行行，往后你别跟我来。"

　　"我不来，你更不许来！"

　　"为什么？"

　　问得周天娇羞红了脸，她略显迟疑，说："温大哥，你来这儿不就为多挣一份钱嘛。我让我爸爸给你加薪水。"

　　温少云神色突变，心里沉甸甸的。"我天天往小白楼跑，不为挣钱，是为寻找一个人。"

　　"谁，女人吗？"

　　"是不是女人不要紧，要紧的是她救过我的命。"

　　"哦。她长得美吗？"

　　温少云所答非所问："她的心肠好。"

　　望着温少云一脸迷惘，周天娇暗自生气：哼，男人都这副德行，见着长得好的女人，跟丢了魂儿一样。"温大哥，那你非得老往这儿跑?"

温少云说:"是啊,直到我找到她那天为止。"

周天娇无奈,低下头说:"我要跟着你找她行吗?"

温少云未置可否,脱下西装披在周天娇的头上,说:"雨下大了。我说话算话,带你吃西餐去。"

两人共撑一件衣裳挡雨,温大哥离自己这么近,周天娇觉着一阵温暖和感动。忽然,一辆黑色雪佛兰轿车驶过马路,溅起点点水花,几乎溅到他俩身上。温少云猛抬头,发现轿车的车窗玻璃上映着一张俄国女人苍白的脸,那张脸是那么熟悉。两年前,这张脸与自己近在咫尺,散发着怜悯而慈爱的光芒。两年中,他天天在梦中梦见这张脸,和她说着无穷无尽的话。

黑色雪佛兰一闪而过,温少云久久伫立雨中。

周天娇惊叫起来:"温大哥,你怎么流眼泪啦?"

温少云依然凝望轿车驶去的背影,喃喃道:"我可遇见她了,她还在小白楼。"

四

鲍熙昆出现在温少云面前的时候,着实让他吃惊不小。

"鲍大公子,你怎么找到我这儿?"

鲍熙昆哈哈大笑,说:"温兄,甭说找你个大活人,就是大海里找根针,我也不费吹灰之力。"

鲍熙昆敢吹这么大的牛,自然有他的道理。鲍熙昆的父亲曾为北洋政府的财务次长，混进过内阁，不幸下野后，隐居天津卫当了寓公。即便如此，鲍家仍富可敌国，手眼通天。当初和温少云在北京的大学堂做同学时，鲍熙昆追求一浙江商人的女儿，给人家肚子搞大，又一脚将人家踹了。这位江南小美女含羞跳进什刹海，糊里糊涂地结束了年轻的生命。小美女的父亲不依不饶，要跟鲍熙昆打官司偿命。末了，鲍熙昆的父亲用钱轻而易举地摆平这件棘手的案子。

虽是同学，温少云与鲍熙昆素无往来，他从心里厌弃鲍熙昆这样有钱有势却无德无才的纨绔子弟，当然不清楚为何鲍熙昆突然找上门来。

温少云问了，问得很明确，问鲍熙昆找他有何贵干。鲍熙昆说他在鲍府待腻了，拉上老同学出去玩玩。温少云知道他所说的玩玩是幌子，一定另有目的，便谨慎地拒绝说自己给东家当差，身不由己，恕不奉陪。鲍熙昆一听，油光粉面的胖圆脸拉得老长，说："人穷志短啊！当年燕京大学的风流才子，如今熊成这样？什么东家，狗屁！赶明儿我叫警察局的人把鞋铺封喽。"温少云深知这位鲍公子犯起浑来，什么事都干得出来，担心平白无故给周掌柜添麻烦，连忙拾掇起手里的活儿，推搡着鲍公子离开鞋铺。

看样子，鲍熙昆真是闲着无聊。坐进轿车后，他一会儿提议去茂盛道的泰安俱乐部打台球，那里有他爸爸的股份。一会儿又说到马厂道赌赛马，说出来之后自己又摇头否定："没意思，没意思。要不我领你开开洋荤，到'蓝扇子'公寓玩玩？"温少云听说过"蓝扇子"公寓，在小白楼一带无人不知，表面上是舞厅，实际是妓院，里面的舞女大都是白俄少女。温少云不愿意去那种地方，蹙蹙眉说："我陪你出来时间太长可不行。"鲍熙昆误会了他的意思,说:"不就怕丢了你那倒霉的差事嘛。等哪天我跟我们老爷子说说,由他出钱趸下个鞋铺,让你当大掌柜的。"温少云还想解释什么,鲍熙昆显得不耐烦,招呼司机说:"走,走,去'蓝扇子'。"

很明显,鲍熙昆属于"蓝扇子"公寓的常客,他昂首阔步走进去的时候,坐两旁椅子上的舞女们纷纷朝他扬手帕打招呼。鲍熙昆脸上荡漾着得意的笑容,侧过头对温少云说:"怎么样? 还是洋娘们儿漂亮吧? 个个跟天仙似的,我就喜欢这一口。"鲍熙昆说得不错,舞女们年轻漂亮,身材高挑,湖水般的蓝眼睛,凝脂似的皮肤,个个身穿宫廷式晚礼服,袒胸露臂,仿佛一群花蝴蝶在舞池里飞来飘去。

小舞台上正表演脱衣舞,舞女们随着音乐扭腰摆臀,将身上的衣饰一件件摘掉,最后脱得一丝不挂……灯光猝然熄灭,幕布落下。

鲍熙昆目光四射,不错眼珠地盯着那群"花蝴蝶",搜索一番后,目光暗淡下来,他叫过管事的,问:"喂,丽莎小姐怎么不在?"管事的指指二楼,悄声对鲍熙昆说:"先生,丽莎小姐现在有客。您是不是挑一位别的小姐,她们都是很出色的。"鲍熙昆根本不搭理管事的,嘴里嘟哝句脏话,拽起温少云就往外走。"少云兄,咱不在这儿玩,没意思。喝酒去吧,我请你喝'50号'红酒。"

所谓"50号"红酒,是俄国人安德烈也夫家族的酒窖品,当时在俄租界和小白楼一带的上层社会风行一时。鲍熙昆拉着温少云进了一家西餐厅,点了一瓶"50号"。呷着酒,温少云忍住性子听鲍公子倾吐相思情:"你今天是没眼福哇,愣没见着丽莎小姐。我鲍熙昆也算见识过女人,从未拿女人当回事,过眼烟云而已。可一见丽莎把我迷死了，才明白天下竟有这等绝色佳人。相比之下，'蓝扇子'剩下那帮女人，统统算是丑八怪。"

鲍熙昆滔滔不绝，温少云越听越腻烦，不时瞅着窗外的天色。白云蜕变成红云，暮霭弥漫了街景。鲍熙昆窥察出温少云的心思，收住话头，招呼侍应结账。结完账，二人朝外走，鲍熙昆又说："你瞧着，哪天我用钱把丽莎赎出来，给我做姨太太。"

温少云瞥一眼鲍熙昆踌躇满志的样子，心想那个叫作丽莎的女人将要逃离狼窝，又进虎口。

餐厅外边马路沿周围是一溜摆小摊的，其中有中国人，也有落魄的外国人。温少云不经意地瞥了一眼，蓦地被一位肥胖的俄国老头儿吸引住目光。外国老头儿衣衫褴褛，白发蓬乱，浑身散发着烈性酒的气味。他面前铺着一席地毯，地毯上放着银质的器皿，还有胰子一类的日用品，一看就知道是俄国的原装货。鲍熙昆拽了温少云一把，说："快走，瞧那外国老要饭的身上多脏多味儿。他的东西你敢要？"

其实，引起温少云注意的不是那些银质器皿，而是胖老头儿的面容，好像在哪儿见过。尤其那人蓄留的沙皇式的胡子，唤醒温少云的记忆——

怎么会是他?!

温少云在白俄老头儿面前蹲下来，故意凑他很近，以便端详他是不是自己要找的那个人，同时也希望对方认出自己。没错，就是他，那个两年前在莎卫饭店门前像踢破麻袋一样踢自己的俄国将军。尽管岁月和贫穷摧毁了他的面容，但目光中残留的骄狂和傲慢，让温少云记忆犹新。

一旁站着的鲍少爷有些不耐烦："温兄，又不是漂亮女人，你搭理他干吗？快走哇。"

"鲍兄先行一步，我遇到一位久违的老朋友。"温少云催促鲍熙昆赶紧躲开。

鲍少爷很听话，带着一脸的不屑钻进汽车。车开起来时，他从车窗探出脑袋，冲温少云喊："哪天你去我家，让你开开眼。我新葸摸件好东西，勃朗宁手枪，烤蓝漆，象牙把……"汽车卷起一团尘土飞驰而去，他的话音渐远渐逝。

心怦怦剧跳。温少云竭力压抑心中的激动，用和缓的口吻对俄国将军说："你还认识我吗？"

落魄将军抬起头，很不经意地瞟瞟他，摇摇头，指着地毯上的东西，笨拙地吐出一个中国字："买？"

温少云实在想让对方辨认出自己，好继续打听出他所最想知道的人。"你仔细想一想，前年在莎卫饭店门前，我们见过面的。"

将军根本不愿多想，他暗自咕哝句俄语。温少云听不明白，从对方鄙夷的神态上猜度，那话的意思是说，我堂堂的俄国将军，怎么会认识你这个中国佬。不过，他仍旧指指摆卖的银器说出两个中国字儿："便宜。"

温少云不指望什么了，他直接问道："你的夫人呢？"

不知是听不懂，还是故意装蒜，将军把他肥硕的大脑袋扭到一边，不再搭理温少云。

尴尬，难言的尴尬几乎压迫得温少云透不过气来。他不能放弃，否则将永远难遂所愿。温少云从兜里掏出块大洋，丢到地毯上，说：

"这钱归你，你的东西我不要。请你告诉我怎么能找到你夫人？我想见她一面。"

将军抓住大洋如获至宝，赶紧揣进怀里。这回他听懂了温少云的中国话，抬起头，盯视温少云好半天，浑浊的眸子里混杂着淫邪和轻蔑。随后，他哆嗦着手，从地摊底下摸索出一张寸宽的纸条，在上面写下一溜字，丢给温少云。看样子，他经常这么派送类似纸条。

温少云急切地抢到手里，见那溜歪歪扭扭的中国字是这样写的："起士林餐厅，二楼。"他瞧不明白，打算跟将军问清楚。此时，将军已急匆匆收拾好东西，卷起地毯，佝偻腰，向马路对面的一家酒馆蹒跚而去。温少云唤他几声，他置若罔闻，根本没入耳，眼下只有酒馆里的俄斯克烧酒能勾住他的魂儿。

薄夜湛蓝，月如金钩。温少云忽然想起一首古诗："月上柳梢头，人约黄昏后。"他迈开大步，朝着起士林餐厅的方向疾奔。好在道不远，拐过一条马路就到。餐厅外灯光绚丽，贵客盈门。温少云步入前厅后，顺着楼梯上到二楼。今晚食客满座，温少云选择靠外廊的角落坐下，举目四顾。悠扬的钢琴声是从一楼大厅传过来的，一位金发碧眼的外国女郎弹奏着肖邦的《小夜曲》。四周的食客们个个西装革履、吃相斯文，乐曲中没有掺杂丝毫杂音。

蓦地，温少云发现二楼另一头端坐位白俄女人，穿着黑色晚礼服，面前放杯红酒，她不呷，也不去碰它，手托香腮，向这边凝望。温少云只觉着一阵昏眩，血往头顶上涌。不就是她吗？两年前赠给他十个铜子、救他一命的女人！怎么如今沦落成陪酒女郎？

温少云朝侍者打个招呼，叫他把穿黑礼服的女人请过来，侍者应声而去。温少云望着侍者的背影，心中掀起无尽的波澜。

五

女人悄无声息地在温少云对面落座，一阵似曾相识的香气迎面扑来，温少云感到久违的温情。

她变了，并不单指她的容貌，她依旧两年前初次相见时那么楚楚动人。也不是说她的气质，她依旧那么高贵和骄傲。是眼睛变了，曾经湖水般清澈的眼睛变得浑浊，曾经飘荡在里面的怜悯变成了冷漠。关键是她丝毫记不得面前的男人，只当是一般的客人。所以她提议要瓶酒，酒的价格决定她陪酒的酬劳。

温少云懂陪酒规矩，他招手叫来侍者，要一瓶"50号"红酒，并点一份俄式西餐。他知道别的客人只点酒，不会点别的。陪酒女郎么，陪客人喝点儿酒，乐呵乐呵就得了，其他奢望甭想。

侍者俯身斟酒的时候，温少云问她："请问，您怎么称呼？"

女人一怔，显然她听不懂中国话。但很快她聪敏地猜出温少云问的是什么，于是用蹩脚的俄汉混成语说："玛丽雅·卡拉耶夫娜。"多么动听的名字啊，两年间他曾在梦中无数次想象着她的名字。

玛丽雅·卡拉耶夫娜冷峻的脸庞浮出一丝微笑，意思很明显，邀请他一同就餐。温少云说："我吃过了，您请。"怕她听不懂，又做个补充手势。

玛丽雅·卡拉耶夫娜用俄语说句客气话，便顾自吃起来。温少云心疼地想，她恐怕很久没有来这种地方享受一顿美餐了。她那摆地摊的肥胖丈夫有人光顾赚点儿小钱，把自己灌个烂醉，丝毫不会顾及苦难妻子的死活。否则也不可能怂恿她去起士林餐厅做陪酒女郎。虽说落魄如此，女人的贵族气派毫无减弱。你看吃西餐的模样：使用刀叉时有条不紊，切牛排时细致入微，咀嚼时不动声色，整个用餐过程静得没有一点声音。用餐毕，她拿餐巾抹一下嘴角，然后挺直脖颈靠在椅背。

侍者撤去刀叉和碟盘。温少云宛如刚刚欣赏完一幕艺术表演。

温少云抿着红酒，蕴藏心底的千言万语已按捺不住。他一字一顿地对玛丽雅·卡拉耶夫娜说："玛丽雅小姐，您记得我吗？"

玛丽雅小姐听不明白，迷惘地盯着他。

温少云焦急起来，他解开衣扣，从怀里掏出那枚用铜子做成的护身符，举至玛丽雅眼前："您一定认得它，是您送给我的。"

温少云举止急切，令玛丽雅戒备地往后一闪身，茫然地摇头。

温少云边指自己边指她，连说带比画："两年前，我饿倒在莎卫饭店门口，您给我十个铜子，救了我的命。您还摸过我头上碰破的口子……"玛丽雅见他指着自己的额头，以为让她摸，便伸过手抚摸。她摸到的是一条伤疤。

她的手已不如两年前那么柔软，粗糙得像张砂纸。温少云的心抽搐成一团，两年间她遭受了何等的磨难？从贵族沦落为风尘女郎，从天堂坠入地狱，谁来拯救她？

温少云落泪了，男人会常常表现出同情和怜悯，但形式大不相同。温少云的怜悯是悲壮的，沉重的泪珠就是证明。

他突然做出一个连自己都吃惊不已的决定。

温少云第二次要了红酒，点名"风帆"，他的设想很好，既然玛丽雅听不懂中国话，那么可以拿酒的牌子给她一种暗示。这个暗示包含他庄重的诺言。

侍者用托盘举来一瓶"风帆"牌红酒，为温少云的高脚杯斟满，因为玛丽雅杯中的"50号"尚未饮尽。

温少云一饮而尽，接着又倒了一杯。他对玛丽雅，实际是对自己说："玛丽雅小姐，当初您救过我。我一辈子都忘不掉。我们中国人讲究知恩报恩，我一定要报答您。"

近在咫尺的玛丽雅小姐木头人一样，明知她听不懂，他执意说下去，重复多了，玛丽雅会理解的。"玛丽雅，原谅我直呼您姓名。您现在的处境叫我看了很难受，我要想方设法搭救您脱离苦海，离开这肮脏丑恶的地方。请您相信我。"

温少云喝尽第三杯红酒，有些微醉，但意识还很清醒。"您理解我说的话吗？不理解也没关系，懂我的心就行。瞧这瓶酒的牌子——'风帆'。我救您出去之后，用船，用大轮船送您去英国或者美国。您会一帆风顺的。"

侍者凑近玛丽雅的耳畔嘀咕几句什么，玛丽雅神色慌乱起来。侍者又转过这边，装作给温少云的酒杯添酒，温少云一把推开他，说："去，滚一边去，我自己会斟。"他给自己又倒满一杯。

侍者并没有滚开，反而俯身告诫他："对不起，先生，那边有客人招呼玛丽雅小姐。"

温少云勃然大怒："什么浑蛋客人，叫他也滚，滚远远的。"侍者觉着他已醉了，不跟他计较，冲玛丽雅挤挤眼，退到一旁。

玛丽雅站起身，向他道别。

　　温少云慌了："别别，先别走。我不会耽误您的生意，就听我说完最后一句话。人人都有尊严，富人有，穷人也有，得意时有，倒霉时更有。求您相信我，我会兑现我的诺言，不管多么难，我一定把您送出去……"

　　玛丽雅耐心地听罢温少云的肺腑之言，嘴角浮出一抹浅笑。随后，她用所有中国人都能听懂的话一字一顿地说："救我离开吗？需要钱。五千大洋。你的没有。谢谢。你的好意。我明白！"言罢，玛丽雅转身离去，头都没回一下。

　　温少云惊愕不已，原来玛丽雅能听明白他的话，这就足够了。他翘首望去，此刻玛丽雅坐在另外一个男人身边谈笑风生，便扬起酒瓶，将瓶中所有的液体一股脑儿地倒进嘴里。一阵剧烈的咳嗽之后，他瘫倒在椅子上。

　　至于过了多久被周天娇弄醒的，温少云实在说不清楚。迷迷糊糊中，有一条柔软而有力的臂膀挽扶他，一步步挪出起士林西餐厅。料峭的冷风一吹，温少云酒醒几分，睁开一瞧自己躺在周天娇怀里。他挣脱了几下，一个大男人被女人抱着算怎么档事，可惜他身子软得像摊泥，脚底下踩的像棉花，根本站不稳。一折腾，胃里翻江倒海，酸臭的秽物喷涌而出，喷了周天娇一脸一身。

　　"瞧你们男人都这副德行，高兴啦，别扭啦，就灌猫尿，灌了猫尿就撒酒疯。"周天娇没好气地边数落温少云，边使劲儿推他上了一辆胶皮车。

　　"你，你怎么知道我在这儿？"温少云彻底清醒过来，他猛然觉着周天娇出现在起士林西餐厅很令人生疑。

周天娇将他摁在胶皮车里，嗔怪地说："鞋铺大半天不见你人影，我爹和我谁放心？你就是投河溺井，上吊抹脖子，也事先告个信儿啊！我爹派我出来找，我跑遍小白楼，累个臭死，才在这个洋酒馆找着你。白费我们爷俩一番苦心，原来温少爷在这儿跟个洋娘们儿打茶围哪。"

温少云板起脸说："周小姐，别瞎说。哪有这么回事，我又没去逛窑子，和谁打茶围？"

周天娇比他理直气壮，手一指起士林西餐厅的大门，说："你和她！你瞅那洋娘们儿还站那儿依依不舍呢。"

温少云顺着周天娇手指的方向回首望去，见玛丽雅伫立西餐厅阳台上，朝他们这边眺望，眼光噙含的内容复杂而深邃。

六

温少云拜访老同学鲍熙昆，并非要见识他那把烤蓝漆、象牙把的勃郎宁手枪。他真正目的是打算张嘴管鲍熙昆借钱，借五千块大洋。

过午这段时光，鞋铺冷清得很，没几个顾客来买鞋。温少云跟周掌柜告了假，趁周天娇没来缠他的工夫，抽身溜出鞋铺，雇辆胶皮车，直奔法租界马厂道的鲍府。

坐在胶皮车里，温少云一个劲儿地犯踌躇。借钱舍脸不怕，可他跟鲍熙昆关系浅，会不会白张这个嘴？俗话说，君子一言，驷马难追。既然向玛丽雅小姐许下重诺，弄钱赎她逃离苦海，然后送她去大不列颠或者美利坚,那么别说舍脸,就算舍命,也决不可食言。何况玛丽雅对他有恩在前,滴水之恩,当涌泉相报。玛丽雅赠送的十个铜子,让他喂饱了肚子,活活救他一命,这恩比天大,就是赴汤蹈火也在所不辞。怎奈他家道中落,当个账房先生能挣几个铜子?攒一辈子都凑不齐五千大洋。唯一的辙就是借,找像鲍熙昆这样拿钱不当钱的阔少爷借。

胶皮车停在一幢洋楼前,四周高墙围绕,铁门紧闭。温少云付过车费,摁响铁门的电铃。大门开条缝,闪出个管家模样的人,他上下打量温少云一番,客气地问道:"先生,请问您找谁?"温少云说:"我姓温,是鲍公子的同学,前来拜访他。麻烦你禀告一下。"听说找大少爷,管家立马变得笑容可掬:"您稍候,小的去去就来。"

管家进去不久,大院内传来鲍熙昆高腔大嗓:"我说呢一大早喜鹊喳喳直叫,心里琢磨该是哪位贵客临门?想掉大天,愣没想到是温少爷光临。"鲍熙昆一露头,伸手拉住温少云往院子里拽,眼睛闪烁着狡黠的光芒:"好多天睡不着觉吧?天么天想着睐一眼我那支勃郎宁手枪。在北京上学时你就喜欢摆弄枪,还跟外国教官学过打枪,枪法又好。嘿,那玩意儿在我手里整个儿一聋子的耳朵——摆设。"温少云顺坡下驴,说:"鲍府家藏稀世珍宝多不胜数,从不对外示人,你舍得让我这个平民百姓开开眼吗?"鲍熙昆佯嗔道:"你我谁跟谁,别说让你开眼,你喜欢我就送你。"

二人说着话,已走进鲍少爷的书房。鲍熙昆从橱柜抱出个樟木匣子,掀开盖儿,揭开黄缎子的包裹,一把勃郎宁手枪显现出来!真是把好枪!温少云不禁暗自惊奇。烤蓝漆枪体瓦蓝瓦蓝的,象牙枪把还镶嵌一颗红宝石。温少云拿在手中，爱惜地抚摩良久。

"爱不释手了吧?"鲍熙昆一旁揶揄道，"今儿个我不能白让你开眼，你得让我开回眼。学校那帮女学生个个传你是神枪手，能百步穿杨，你当着我的面练一回。走，去后花园练枪去。"

鲍府的后花园不比皇家花园小，园内奇花异草，树木葱郁，凉亭曲廊，小桥流水，宛如南方园林。鲍熙昆举枪瞄准，照着池塘里的游鱼搂了一梭子，光溅起朵朵水花，一条没打中，惊得红鲤鱼四散奔窜。鲍熙昆把枪交到温少云手里，承认自己不行，让他打几条给他看看。温少云不忍心射杀池鱼，鲍熙昆就说："你是佛心，不杀生灵，那就打我。"说着，他从树枝上揪个鸭梨，站到四五十米开外的墙根，放头顶上，说："神枪手，来吧。只要你打中梨，才说明你不是吹大梨。"温少云心里有根，凭他的枪法，这么近的距离是击不中鲍熙昆的，他故意吓唬鲍少爷："我手一哆嗦，一枪毙了你怎么办?"鲍熙昆说："你毙了我我认命，你打中鸭梨，要什么我给你什么。"温少云想起那五千块钱，双手端稳枪身，平心静气地瞄了好半天，一扣扳机，子弹脱膛飞出，把鲍熙昆头顶的鸭梨击个粉碎。鲍少爷不鼓掌，不喝彩，捂住裤裆蹲地上。温少云赶紧奔过去，问他怎么啦。他痛苦地说："别提，我尿了一裤兜子。"话音未落，两人哈哈大笑。

再度回到书房，温少云心里一直惦记借钱的事，却羞于开口。吓尿的鲍熙昆忽然来了精神，他诡秘地对温少云说："你知道沙皇吗?就是被赶下台的尼古拉二世。"温少云只关心怎么借钱的事，沙皇八世跟他也没关系。鲍熙昆很得意地说："看你孤陋寡闻吧。我告诉你一个天大的秘密，在租界地全传遍了。尼古拉二世的亲侄女就眯在小白楼一带舞女中间，陆副总理的公子、福亲王的孙子、宁总长的外甥，还有孙督军的小儿子，一个个都到处暨摸这位外国公主……"

温少云无动于衷，鲍少爷的秘密对他来说毫无意义。

鲍熙昆急赤白脸地说："你是榆木疙瘩脑袋——不开窍。他们想当洋驸马！不行，我得抢在这帮家伙前面，先找到这位洋公主。洋驸马我当定了。"

不知为什么，温少云脑海里浮现出玛丽雅的丽影——她高贵的样子很像一位公主。

鲍熙昆依旧沉浸在他的美梦里感叹道："人家沙皇的侄女，过去比咱大清朝的格格牛多了。谁料到时运不济，改朝换代，咱们的格格照样有吃有喝，北洋政府花钱供着。沙皇的公主可倒了血霉，愣逃到天津卫小白楼，落魄成舞女。别以为我多么富有同情心，我这人连良心都让狗吃了。我是气不愤，五大道那帮小子，跟我比谁的老子官大，跟我摆阔。我认栽，比不过他们。现如今他们蓝了眼珠子找俄国公主，这回我不能栽他们手里！"

温少云越发忐忑不安，他担忧那些纨绔子弟所追逐的猎物正是玛丽雅小姐。"鲍少爷，你们寻找的俄国公主姓什么，叫什么？长得什么模样，究竟在小白楼哪家舞厅？总不会漫无目的地瞎找吧？"

"温少爷，你说的这些，我一概不知。嘛叫肉埋饭，金埋土。那位公主像个大金元宝，埋在小白楼的风月场中不露白。不光我，那帮小子同样是瞎猫乱撞死耗子。"蓦地，鲍熙昆哈哈笑起来，说，"前些日子陆军牛次长的公子听人说，皇宫酒吧的女招待就是那位公主，顾不上问明底细，敲锣打鼓地娶到家，纳为三姨太。后来弄清楚，女招待根本不是什么公主。爷们儿是白俄军官，叫苏俄红军打死了。牛公子娶了个白俄寡妇，空欢喜一场。"

温少云心思紊乱，如鲍熙昆所说的那样，天津卫那群阔少爷恶狼似地追寻俄国公主，说不定哪天就扑住玛丽雅。必须尽快地弄到钱，将玛丽雅送出中国。该向鲍少爷张嘴了，再顾脸面拖延，玛丽雅的命运就危在旦夕了。

"鲍少爷……"温少云发怵，没说话脸就臊得发烫。

"哈哈，瞧上我这把勃朗宁了吧？小意思，借你玩两天。"鲍熙昆误会了温少云的迟疑。

"不不不，我不借手枪，管你借钱。"话一出口，温少云浑身像散了骨架一般。

"钱不更是小意思？我们家穷得光剩钱啦，要多少？我这就教管家给你拿去。"

温少云怯怯地伸出一巴掌。

"嗨，才五十块大洋，值得哆嗦吗？管家，管家——"鲍熙昆连声招呼管家，温少云赶忙拦住他："……不是五十，是五千。"

鲍熙昆目瞪口呆："这么多大洋，你要干吗?!"

"我不能说。"在温少云心中，那个秘密比他命更重要。

这时，管家颠颠跑进书房，鲍熙昆一挥手，把他轰出去。脸色阴沉地对温少云说："你张嘴一借就是五千大洋，老同学，这可不是小数目。我家趁钱，也得花到明处。你不说明干什么用，我就把钱给你。拿我当冤大头吧?"

"别逼我，我真不能说。"温少云惶窘到极点，不敢抬头直视对方。

"算啦，算啦。你不便说，我别找讨厌。那我只好送客了。"鲍熙昆摆出一副绝情的样子。

温少云转过身朝门外走两步，又停住，问："跟你说，你借钱给我吗?"

"差不多。"

听到肯定的回答，温少云无奈地说："我借钱救一个人。"

"女人吧，白俄女人?"

鲍熙昆竟然猜得那么准，令温少云十分吃惊："你怎么知道?"

"哼，温兄这么矜持的君子，落魄到这步田地，也琢磨当洋驸马呀。"鲍熙昆满脸不屑。

温少云打算解释，他跟鲍熙昆这帮阔少不同，他只为报恩，根本不想凑热闹，抢着当洋驸马。但是，鲍熙昆不容他说下去，冷笑道："不是冤家不聚头哇。我又多出个竞争对手。温兄啊，烙饼怕翻个儿，假如你站在我的角度想一下，有人跟你争同一个女人，你能借钱帮他?"

"不，我们俩不是争同一个女人。我营救我的恩人，你要娶公主，两回事。"

鲍熙昆眼珠转了转，说："耳听为虚，眼见为实。我怎么知道你救的女人不是我要得到的女人?不如这样吧，明天你把她领出来让我见见，不是俄国公主，我立马借你。如果是，对不起，那女人就归我了。你敢吗?"

事已至此，温少云明白他犹豫不得，于是他答应鲍熙昆："好吧，一切由你，只要你别食言。"

鲍熙昆十分爽快地说："明天晚上鲁诺餐厅见！我请客。"

说不清是欣喜还是疑惑，温少云竟然忘记告辞，便脱身走出鲍府。

七

没料到后来懊悔食言的倒是温少云。

第二天傍晚，他孤身一人赴约，没有带去玛丽雅小姐，他根本不愿让玛丽雅蹚这浑水。当然，温少云也有不知道的。他心急火燎地叫上一辆胶皮车，奔向鲁诺餐厅时，他身后紧紧追随的另一辆胶皮车上坐着周老板的女儿周天娇。那天从傍晚开始，发生许多吉凶未卜的事，对于温少云来说，那是个多事之夜。

这些日子温少云行踪诡秘，已经令周天娇生疑。女人关心的都是眼么前那些事。她以为她的温大哥肯定被洋窑姐迷住了，迷得魂不守舍。说不准哪天染上杨梅大疮，就算悔青了肠子也晚三春了。黄昏时，鞋铺尚未打烊，温少云鬼鬼祟祟溜出来，坐上胶皮车便匆匆而去。周天娇决计偷偷盯梢他，一旦发现温大哥去洋窑子，跟那些洋窑姐混在一起，她就出手，将洋窑子搅个地覆天翻，彻底断了温大哥的歪念头。周天娇主意已定，不禁暗中摩拳擦掌。当后来她发觉温少云所去的地方不是什么洋窑子，而进一家洋饭馆时，周家小姐却有些茫然无措。

温少云踏进鲁诺餐厅那刻，鲍熙昆早已候在那里。他叫满一桌子饭菜，还要了瓶"50号"红酒，专等温少云领着美女公主到来。失望和尴尬在所难免，温少云光杆儿一个人戳立他面前，鲍熙昆心存一丝侥幸地问："温兄，那位玛丽雅小姐没和你一块来吗？"

温少云表情严峻回答："鲍少爷，我没让她来。我管你借钱，没必要牵扯上外人。"

鲍熙昆一听就恼了，做了一宿的美梦顷刻间化为乌有，他怎么不恼着成怒："话可不能这么说。你借钱为救她，她极有可能是我追求的目标。我总不能傻到为成全你，而坏了我的好事。"

鲍熙昆无意间暴露出他的用心，更加坚定温少云不让玛丽雅出现是对的。他说："讲老实话，我不想让我的恩人成了你们这些阔少爷的玩物。钱借不借随你，人你绝不会见到的。"

温少云越这样，鲍熙昆心里越发痒："温少爷，话可说绝，事别做绝。老兄，金屋藏娇，也让愚弟沾点儿光。我只要见一面你的玛丽雅，五千大洋立马归你。"他淫邪的笑容，令温少云感觉恶心。他说："鲍少爷，钱我不借了。"说完，他扭头就走。鲍熙昆仍旧不死心，从背后拽住他呵斥道："姓温的，你说话不算数，翻脸不认人，可别怪我对老同学不客气！"

温少云以为鲍熙昆虚张声势，凭他那废物样，根本奈何不了自己。谁料到旁边桌子站起两名壮汉，虎着脸，手骨节掰得"嘎嘎"直响，拥过来围住温少云。温少云怒目瞪着老同学："你想干什么？"鲍熙昆嘻嘻地笑，说："要钱要命，你自己挑吧。"

危机时刻，早在一边看得不耐烦的周天娇凭空而降，她果然在沧州练就一副好身手，闪电般地三拳两脚，把两个壮汉打出丈把远。周天娇一耳光扇得鲍熙昆晕头转向栽倒在地，她顺势骑他身上，说："贼胖子，看你往后敢跟我温哥过不去，我就把你废了，废成太监。"鲍熙昆连连求饶："女侠、大姐、姑奶奶，您高抬贵手哇。"此话提醒了周天娇，她站起来，手在衣襟擦拭两下，挽住温少云的胳膊，说："真不值得脏了我姑娘的手。温哥，咱们回家。"

走出鲁诺饭店，温少云有些心神不宁。周天娇安慰她说："温大哥，别怕，有我，看谁敢欺负你。"

温少云想笑，他忧虑的仍然是从哪儿弄到一笔钱，拯救玛丽雅逃离苦海。

"回去吧。"温少云快快不乐地说着，和周家小姐坐上一辆胶皮车。黑暗里，忽然拥过来几个要饭的，数双肮脏哆嗦的手伸过来："先生，小姐，行行好吧……"温少云从怀中摸索出几个铜子撒给他们。其中的一双手缩了回去，自语说："这，这不是温少爷吗？"

温少云一惊，闻声瞧过去："小蔡！"他一眼认出叫他"温少爷"的小蔡，过去在父亲的"华德美"鞋铺当伙计。

小蔡"哇"的一声哭起来，泪水像蚯蚓一样，在他脏兮兮的瘦脸上爬出两条沟。"温少爷，可找到您啦！"

温少云跳下胶皮车，把小蔡拽到一边，询问他怎么沦落成要饭的。温少云父亲死后，"华德美"鞋铺虽然换了主人，但小蔡依然在那儿当伙计，总不至于没饭辙吧？温少爷关切一问，激起小蔡满腔仇恨，他瞪圆血红的眼珠说："少爷，您记得一个人吗？郑富贵？"

怎么记不得他——郑富贵——那个坑骗了父亲、造成他家破人亡的仇人！

"就是这王八小子，拿坑老掌柜的钱盘下'华德美'鞋铺。他不做鞋也不卖鞋，跟俄国人做皮毛生意。他发了大财，却把鞋铺的老师傅和伙计都轰出来。有的去了别的鞋铺，有的回了老家。做鞋的靳师傅得了痨病，躺在南市'三不管'等死，我没能耐没辙，只能要饭了。"

温少云仰望天空，紧紧攥着拳头。世上有两种仇恨不共戴天：杀父夺妻。绝不能放过郑富贵！

他招呼拉胶皮的，先送周天娇回家。然后拉住小蔡，说："走，带我去看靳师傅。"

八

饭馆熄火了，戏园子散场了，妓院红灯笼摘掉了，马路人静了，南市的夜异常深沉和寒冷。

路边一个烤山芋的炉子里发出阵阵咳嗽声，过不久，靳师傅从炉里爬出来。几乎天天如此，卖烤山芋的收摊灭火离去后，靳师傅钻进里边，靠炉子的余温度过寒气逼人的冬夜。几天来靳师傅高烧不退，咳出的痰带血，他隐约感觉自己活不多久。一直等着小蔡要饭带回点吃的，从晌午一直盼到天黑，仍不见小蔡的踪影，靳师傅实在忍不住饥饿的折磨，自己爬出炉子，想蹓摸些什么填肚子。茫茫冬夜，哪儿找得到吃的东西。靳师傅奄奄一息，爬出炉子容易，再爬进去难，费尽最后一点气力，也没爬进炉子，结果昏倒在马路当央。等温少云和小蔡赶来时，他已咽了气。

之后温少云将靳师傅埋在父母坟旁，小蔡一边烧纸一边发狠："靳师傅，我拼了小命也要替你报仇。我要把那姓郑的绑了票，杀了，剁成肉酱……"

小蔡的话无意中提醒温少云，对啊，何不绑票郑富贵？这样不仅能从姓郑的身上弄到急需的那笔巨款，还可以替含冤死去的父母，包括靳师傅报仇雪恨。于是，一个天衣无缝的计谋已在悄然酝酿。

阜昌洋行买办郑富贵有个习惯，每天绝早出门不坐汽车也不坐胶皮车，遛着弯儿去洋行上班。他住在海大道，离洋行所在的董事道只有三里多路，走上一刻钟就到了。

深冬时节天亮得晚，五点多钟光景，天色如墨染，遥远的东方天际乍露一线微弱曦光。郑买办踱着四方步走在宽敞的海大道上，呼吸着清新空气，心情格外好。这几年他撞了大运，好事一桩连一桩。先是顺利蒙骗得手温青山的巨款，然后巴结上俄国贵族巴图也夫，简直像是巴结上了财神爷。巴图也夫在天津卫属于赫赫有名的人物，贩茶砖、贩皮毛、开洋行、搞房地产发了横财，郑富贵攀上他之后，财运亨通，当买办、买豪宅、纳小妾，从一个倒腾皮毛的小贩，摇身一变成了天津卫的巨贾。郑买办怎不得意？在那个冬晨，得意忘形的郑买办当然意想不到一场致命的灾祸降临到他头上。

郑富贵走到海大道拐角，猛然感觉身后一辆汽车急速驶过来，引擎声打破了凌晨的宁静。海大道上有谁比他起得还早？郑富贵纳闷儿的工夫，汽车跃过他身畔，刺耳的刹车声惊觉了他。郑富贵转身想瞧个究竟，忽见车门一开，跳下一高一瘦两人，蒙着面。绑票的！郑富贵情知不妙，掉头就跑。肥胖的身子拖累了他，那两人架住他的胳膊，用力往轿车里面拽。郑富贵张嘴要喊叫，高儿个的拿出条手帕，捂住他的嘴。呛鼻子的药味迷昏了他，很快郑富贵便不省人事了。

等郑富贵醒来时，发觉自己躺在农家柴房的秫秸堆上，双手被绳子捆绑，眼睛蒙着黑布。黑布有些透亮，影影绰绰能分辨对面站立一高一瘦俩人影。

"少爷，少爷，他醒过来啦。"话音出自瘦人之口。

高个儿并不搭话，默默逼视着近在咫尺的"肉票"。反而令郑富贵更加恐惧，他扑倒地上，连连磕头求饶："好汉饶命，好汉饶命！"

"你的命很贱，连狗都不如。"高个儿装腔作势的话语像从牙缝里挤出来的，隐含某种仇怨。

在此危急情形下，郑富贵承认自己猪狗不如。他说："好汉，咱们远日无仇，近日无怨，只要留我条狗命，你们要什么我给什么。"

"我就想一刀宰了你！"瘦个儿冲口而出，并朝他近前迈了一步。

完啦，这俩人是仇敌，不是绑匪。我郑富贵虽趁万贯家财，可小命要葬送在这荒郊野地。心发虚，身子发软，裤裆顿时湿了一大片。

高个儿比瘦个儿冷静，他说："郑富贵，你的命在我眼里一文不值。杀你跟捏死个臭虫一样，对我来说有什么意义呢？你在我手心攥着，乖乖照我们的意思做，兴许我心一软，饶了你。"

陡现一线生机，郑富贵感恩不尽："你请讲，我一丝一毫不差地照办。"

"很简单，"高个儿说，"我叫你给家里写封信，但必须照我拟好的样子誊写。"说完，高个儿丢下一张信纸，转身离去。

片刻工夫，小蔡戴上头套进屋把郑富贵誊写的家书取来，随手用黑布蒙上郑富贵的眼睛。这是绑票行当的规矩，让当事人认出你的面容，等于暴露你的真实面目。郑富贵也懂这个规矩，一旦绑匪露出庐山真面容，那么就是他们打算"撕票"的时候了。

温少云接过信，果然誊写得一字不差……

家驹吾儿：

　　见字如面。为父已被人绑架，生命危在旦夕。你务必取一万大洋，于明夜亥时在海光寺墙子河边进行交易。交接暗语为"问：明月几时有？答：把酒问青天。"

　　吾儿历来孝顺为先，遵听父言，无一悖逆。此事万万不可报告警局，否则为父命将不保矣。切切！

父郑富贵字

反复看过两遍，感觉没多大问题，温少云嘴角浮出一丝满意的笑容。

小蔡在一旁忽然问："少爷，谁去送信？"从他苍白的脸色和微颤嗓音里，温少云窥察出他的胆怯。本来么，一个老实巴交的鞋铺伙计，被逼得干这种玩命的勾当，他怎能不害怕呢？

温少云不禁叹息一声，搂住小蔡坐到农家土炕边。他说："千不该万不该，我不该把你牵扯进来呀，假如郑家报了警，把你我抓进去，我死不足惜，恐怕连累你坐上几年大牢。我对不起你，蔡师傅。"

一番话，说得小蔡很激动："少爷，您别这么叫。坐牢、砍头跟您没关系，是我个人乐意。谁叫他郑富贵坑了老掌柜，害死靳师傅的。"

"我本想救一个人，怎奈赤手空拳，万不得已才想出这条道。事成之后，我拿七千大洋救人，你拿三千大洋回老家，买几亩田，娶个媳妇，安安稳稳过日子。"温少云感慨已极，"世道险恶，逼良为娼，逼人为匪啊。"

小蔡问："少爷救那个人值得吗?"

温少云比喻说："像你和靳师傅，你们不过师徒之情，你能豁出命来为师傅报仇。她对我有救命之恩，我能眼瞧她受苦受罪袖手旁观吗?"

小蔡回答很干脆："不能! 那还算堂堂正正的天津爷们儿吗! 少爷，我去送信!"

温少云抬手拦住他，说："送信危险，还是我亲自去。你看住屋里边那位，想法弄点吃的，别让他饿个好歹。他是咱们的本钱哪。"

他离开农家小院，徒步往天津卫赶。昨晚偷的那辆轿车藏在院后面，大白天的不敢开出来上马路。用脚走，起码三个小时才能赶到市里。

临近黄昏时，温少云疲惫不堪地赶到劫持郑富贵的那条海大道，他散步那样漫不经心围着郑府转两趟，见里边灯火辉煌，寂静如常，观察不出有任何意外情况。这才掏出怀里的信，顺铁门前的信箱塞进去，然后疾速离开。

温少云并没有急于赶回藏匿郑富贵的农家小院，而是去了"宝船"鞋铺。一天一宿没露面，周掌柜一定心生疑窦。

鞋铺亮着灯光，说明还有生意，温少云迈腿走进去，柜台后平时那几个都不见踪影，只有周小姐趴在那儿打瞌睡。温少云不想惊动她，抽身要溜。偏偏周天娇醒了，一嗓子喝住他："大坏蛋，你往哪儿跑，滚回来！"

温少云克制住自己，冷脸问道："周掌柜在吗？"

周小姐已然冲到他面前，横眉立目地说："问我爹干吗？现在我问你，昨晚玩美了吧？搂着你那洋窑姐去哪儿开房间？我爹叫我拿你当哥哥，哼，我压根儿不承认你这个坏蛋哥哥！"

温少云明知缠不过她，不做任何解释是逃不过她这关的。"我昨天回老家给父母上坟。事先跟周掌柜请过假的，周小姐别疑心生暗鬼。"

"骗谁呀！拿我当小孩？"忽然，周天娇眼窝蒙上一层泪翳，"昨天晚上我亲自跑到小白楼起士林西餐厅，等了一晚上愣没见着你的那个玛丽雅。有这么巧的吗？你不在，她也不在。你们准就在一块哪。"

怎么玛丽雅小姐不在起士林？温少云心中一阵寒意袭过。眼下顾不上想别的，周天娇的眼泪和爱怜，打动了温少云，他牵住她的手，说："小妹，你抬起脸，仔细看着我的眼睛。温大哥真的没骗你，昨晚绝对没和玛丽雅小姐在一起。你相信吗？"

周天娇端详了温少云的眼睛许久，最后点下头。

"我看出来了，那你也没去上坟，对不对？"周天娇自有她聪明的一面。

温少云无法否认，保持缄默是唯一可取的。他拉住周天娇，说："大人的事不许多问。温大哥饿了，陪我去吃东西吧？"

周天娇立刻又欢天喜地的了。

九

温少云心急如焚，他为玛丽雅担忧。既然周天娇无意中说在起士林不曾见到她，难道玛丽雅突然失踪了？

他雇辆胶皮车，催促拉胶皮的奔跑着拉他来到起士林西餐厅。塞进车夫手心两铜子，便不顾一切地奔上二楼。果然在玛丽雅平时等候客人的餐桌旁，没有见到她的人影。温少云左盼右顾，冷不丁发现上次那位侍应生恭立暗影里，用一种嘲弄的眼神瞟他。

温少云走过去，问他："向你扫听一下，坐那边的白俄小姐怎么不见了？"

侍应生不酸不淡地回答："对不起先生，我们做下人有规矩，不许向客人泄露陪酒女的秘密。"

"轰"地一下子，血直往头顶涌。搁平时，温少云早就跟面前的"下人"发火了。但现在不行，决不能发作，他需要知道玛丽雅的确切去向。于是，他掏出块大洋，偷偷攥给侍应生："拜托啦。"

钱一到手，侍应生立即变换了一副面孔，谄媚而殷勤："先生，您是扫听伯爵夫人吗？"

伯爵夫人？玛丽雅小姐原来是伯爵夫人，难怪她浑身上下处处透着一股尊贵。

侍应生继续说："伯爵夫人已经不在我们这儿陪酒，她去了蓝扇子公寓。"

蓝扇子公寓，那种龌龊的地方。玛丽雅在那里表演脱衣舞？温少云简直不敢相信自己的耳朵，心像被刀剜。

为什么？温少云话未出口，已被狡黠的侍应生猜度到。他回答说："夫人是被伯爵老爷卖到蓝扇子公寓的。伯爵夫人并不乐意去，伯爵老爷领两三个人来，把她连打带拖弄走的。"

"伯爵老爷，那个摆地摊的醉鬼将军？"温少云感觉天旋地转，站不稳脚跟。

"是的。伯爵老爷哪还有心思摆地摊。他天天喝酒，像个醉猫，搂着酒瓶子满大街'嘟里嘟噜'唱歌，唱完歌又喝，好像对酒比对他夫人更亲。"

温少云不忍心听下去，似乎受苦难的是他自己。他又塞给多嘴的侍应生一块大洋，堵住他的滔滔不绝，然后脚步踉跄地冲出起士林餐厅。

天完全黑下来，暗红色阴云越沉越低，空气中飘散着风雨欲来的腥味儿。马路阒无一人。他等着胶皮车，等了半个时辰，光见拉座的一晃而过，空车却不见过一辆。索性不等了，温少云悬挂的心弦每时每刻都会崩断。他甩开大步，径直向蓝扇子公寓奔去。

巧合的是，温少云在蓝扇子公寓门口，邂逅了鲍熙昆。他正从一辆轿车下来。

鲍熙昆好像忘掉那天在鲁诺餐厅和老同学翻脸的事，一副喜气洋洋的样子，碰见温少云便扑过来亲热拥抱，凑近他耳畔说："告诉你一件大喜事，我娶到洋公主啦。对对，就是那位尼古拉二世的侄女。你说，我多有福气。"

温少云半信半疑："真的?"

"是真是假，待会儿你见着她就明白。"得意忘形的鲍熙昆竟然没问温少爷干吗来蓝扇子公寓，他拉起温少云的手，一起朝里边走。

照例的开场脱衣舞刚刚结束，灯光乍亮，一丝不挂的舞女们鞠躬谢幕，观众纷纷起立鼓掌。鲍熙昆惊叫起来："你快瞧，温少爷。领舞的那位就是。"温少云顺着他手指的方向望去，站一排舞女前边的白俄少女，二十岁模样，棕色头发，娃娃脸，身材丰腴，根本不像公主，倒像公主的侍女。

温少云如释重负，暗含讥讽地说："多时把她娶到家? 这么高贵漂亮的公主，可别让你那帮情敌抢了先。"

"把心放肚子里，我已经交了赎金，签了合约，煮熟的鸭子飞不走。"他嘴叼根烟卷，朝半空吐出一串烟圈，"不瞒老兄，我哪敢把她娶进家，我那老爷子还不把我生吞活剥了。在南市买间房子，算是外宅吧。赶明儿我就接她出来。"

鲍熙昆的话提醒了温少云，原来赎出这里的女人，还需要签合约才能领人。合约怎么签，人怎么领? 他急于了解这些，以便将来领走玛丽雅小姐。没容他开口问，那位侍女模样的俄国公主款款走来，一屁股坐到鲍熙昆的大腿上。鲍熙昆忙着相互介绍："这位，大名鼎鼎的温少爷。她，尼古拉公主殿下。"温少云欠身冲尼古拉公主殿下客气地点头，那女人回赠温少云一个飞吻。

鲍熙昆大为赞赏："瞧人家公主，多热情，多大方。温少爷，我办喜事那天，你得来捧场。"

"那是当然。"温少云爽快地应承着，脸赶紧扭向一边，人家二人卿卿我我的样子，很让他尴尬。

灯光猝然暗淡下来，说明第二场脱衣舞即将开始。坐在鲍熙昆膝头的公主殿下飘然而去，留下温少云、鲍熙昆俩人终于有了密谈的机会。

当温少云追问他如何从蓝扇子公寓这种地方赎人时，鲍熙昆顿时来了精神。他如数家珍地道出了蓝扇子公寓的内幕——

蓝扇子公寓名义上是会员俱乐部，实际上是高级色情场所。沦落至此的白俄人，大多出身贵族名门，逃亡到天津卫之后，靠带出来的那些钱依然过着奢靡懒散的生活。钱总有花尽的时候，一旦穷得身无分文，他们又不肯卖苦力。男的上街摆摊，女的堕入风尘，成了烟花女。

并非所有白俄女人都肯出卖皮肉，有的光卖艺，譬如脱衣舞女郎和陪酒女郎就属于这一类。尽管如此，她们身陷地狱，毫无自由可言。因为蓝扇子公寓背后由一个黑帮团伙控制着，黑帮头子也是位白俄，叫恰利耶夫，外号"大力士"。他掌握着这些女人的生杀大权，在色情场所混生活的女人们都跟他签署了卖身契，有人想赎谁，钱是一方面，还要看恰利耶夫高兴不高兴。倘若他瞧你不顺眼，就是凑足再多的大洋，也甭打算领走人。鲍熙昆事先了解过细情，当他认定领跳脱衣舞的女人是俄国公主时，先在玉华台饭庄摆下一桌丰盛的宴席，邀请恰利耶夫尝尝中国菜。恰利耶夫生性好酒，也属于酒鬼一类，被鲍熙昆的"茅台"灌得晕晕乎乎，当即签下合约，鲍熙昆才如愿以偿。

温少云一一记下赎人的程序，对于恰利耶夫没怎么往心里去，事后证明这是他犯的一个致命错误。

第二场脱衣舞表演落幕的时候，已将近子夜时分。观众的情绪反而亢奋起来，像粪池里的蛆一样骚动，一个个的眼珠子冒着贼光，紧盯住圆舞台的上场口。鲍熙昆俯身跟温少云咬耳朵："今晚'蓝扇子'最后最勾魂的节目就要开场啦。洋妞们轮番上场亮相，由客人挑，谁被挑上，就跟客人走。"温少云不解地问："去哪儿?"鲍熙昆咧他一眼说："还能去哪儿? 上楼开洋荤嘛。"

话音未落，所有灯光集中照向舞台。一个白俄少女走上来，可能长得丑一些，肥胖一些，无人理会。她灰溜溜地退下去。又一个高挑个儿的登台，很快被人要了，然后一个又一个……

丑恶的交易进行过程里，温少云的心弦一直紧绷。他担心玛丽雅小姐会出现其间。真是怕什么有什么，玛丽雅最末一个登场，雪亮灯光照射下，她显得格外美丽，光彩照人，俏脸上隐含一丝忧郁，更加招人爱怜。鲍熙昆直勾勾瞧着台上的玛丽雅，嘴里喃喃道："他妈的，这娘们儿我以前没见过，比我娶的那位更像公主。"

台下，几个客人同时抢着要玛丽雅，险些造成不小的混乱……

温少云的心在撕裂，在淌血。他几乎忘记跟鲍熙昆打声招呼，疾步走出令他伤心欲绝的蓝扇子公寓。

外面大雨如注。

十

温少爷彻夜未归，吓得小蔡一宿没合眼。

早上，风停雨歇，温少云一身湿淋淋地赶回农家院子。小蔡关切地询问是不是出了什么意外情况。温少云面容铁青，说："没事，晚上一切照旧。"

天一擦黑，温少云和小蔡悄悄离开荒僻的小院，朝约定的八里台方向赶。离开之前，两人将郑富贵捆个结实，唯恐无人看管，让他偷偷跑掉，那么他们就白费功夫了。

那时的八里台一带，到处是冰窖。夏季来临时，人们为了驱暑纳凉、冷冻食物什么的，都来此处买冰。夏天一过，这里便冷清许多，人烟罕至，成了一片开洼野地。温少云之所以选择八里台跟郑家人进行交易，正是看中这里僻静安全。

两三个小时后，他们潜入埋伏地点。温少云估摸着九点多钟，也就是说再过半个多小时，对方将出现对面河岸。

刚下过雨，岸坡湿滑泥泞。没有路灯也没有月亮，四周漆黑一片，只有墙子河水一闪一闪着波光。

不知过去多久，对面河边出现七八个人影，打着灯笼。他们没有在对岸停下，竟然大模大样地过桥往河这边走来。

温少云见对方人多势众，赶忙喝住他们："喂，对面的几位兄弟，站住，别往前走了。"

桥上的人立即警觉地停住脚步，冲这边说暗号："明月几时有？"

温少云就答："把酒问青天。"

对完暗号，那边人丛中站出一个壮汉，气势汹汹地朝这边喊："对面的爷们儿竖起耳朵给我听好喽，也不扫听扫听这里是谁的地盘，竟敢在我万德庄七爷的碗里扒食？活腻味啦？回去跟你们的爷传话，明儿个乖乖把郑老爷放回来，再摆上一桌酒席向我赔罪。要不七爷我带着弟兄砸了你们老窝，杀你个鸡犬不留。"

温少云恍然大悟，原来郑家人不但不想交钱赎人，反而搬动了黑帮杂八地。他气就不打一处来，索性挺身站起，冲那边喊："用不着回去传话，我就是头儿我就是爷。老子一直单干，不认什么七爷八爷、混蛋王八蛋的。想让我给姓郑的留条活命，就准备好一万大洋，没钱就等着收尸吧。"

大话压茬，镇住对方。那些人嘀咕一阵，又一个人站出来，朝这边喊："这位爷别急别恼，都怪在下不懂事。您绑了我家老爷，拿钱赎人天经地义，可怎么着也得见见面，商量商量。那位爷请过来一见。"

小蔡扯住温少云的裤腿，说："少爷，说嘛您别过去。他们人多，圈住您就麻烦了。"

温少云略加思索，说："遇事怕不得，我不过去，他们就会冲过来，将咱俩一网打尽。你待着别动窝，听我招呼见机行事。"说着，他迈开大步向桥头走去。刚一上桥，便被那些人围在中间，那个自称七爷的家伙迎上前，上下打量温少云，放狂话，说："你胆子不小，独来独往。不怕我们把你扔河里喂王八。"温少云微微一笑，答道："恐怕你们没这个胆儿。不等把我扔进大河，你们的郑老爷就成喂我家的狗食了。"躲在七爷身后穿狐皮袍的中年人插话说："年轻轻的干吗不好，绑票？我们不为难你，你说出我们老爷的藏身之处，这儿有一百大洋，你先拿去花。"温少云哈哈大笑："打发要饭的吗？老子我行走江湖多年，做人命买卖从不划价。一万大洋一位，少一个铜子，你们的老爷就得上西天。"七爷听不下去了，一把揪住温少云的脖领子："哼，你如今在我们手中，先把你小子送上西天，我们再找郑老爷也不迟。"

忽然，温少云吹声口哨，冲河对岸喊道："弟兄们，买卖不成，抓工夫回去撕票。"那边的小蔡心领神会地应了一声。情况突变，吓呆了郑家一伙。穿狐皮袍的中年人匆忙推开七爷，冲温少云连连作揖："这位爷足智多谋晃我们，说是自己，原来同伙不少哇。有事好商量，今天全怪我们遇事不周，一万大洋还没凑齐。好汉高抬贵手，明天晚上还在此地交易，您看好不好？"温少云双手抱拳，说："好，一言为定，咱们后会有期。"趁那些人愣怔的工夫，他迅疾回到刚才的埋伏地。

小蔡见到他，喘着粗气说："少爷呀，我真替您捏把汗哪。"

第二天深夜，温少云带着小蔡提前埋伏在八里台一处空着的冰窖里。郑家人按时到的，这次来的人比较少，那位杂八地七爷不在其中。显然，昨天他没镇乎住温少云，自然失去了利用价值。隔岸望去，为首一人举着灯笼，紧随其后的是穿狐皮袍的中年人，他手中拎着一只很沉重的皮箱。中年人身边一左一右两个人，他们围护中年人和那只皮箱。

小蔡很兴奋，说："少爷，那箱子里盛的准是大洋。"

紧要关头，还是小心为妙。温少云让小蔡待原地别露面，自己前去拿赎金。

夜风凛冽，寒意袭人。温少云发觉从未有过的寒冷，自心内往外渗透，情不自禁打个寒战。温少云走向河畔，郑家人迎过来，中年人将皮箱往地上一撂，说："抱歉哪，这位爷。时间太仓促，少东家东凑西借，才凑了五千大洋。钱您先拿，等放了我家老爷，剩下的五千大洋保证给您凑齐。郑家是天津卫的豪门大户，从来尊奉德义仁信。"

郑家人明显耍花招。温少云瞟都没瞟皮箱一眼。他说："你们郑家的德义仁信我早有耳闻。两年前郑老爷坑得'德华美'鞋铺老板温青山家败人亡，天津卫的老少爷们何人不知，哪个不晓？老子信得过谁，也信不过你们郑家。"他踢一脚那皮箱，说，"这五千钱大洋你们原封不动拿回去，跟你们少东家讲，三天之内凑齐一万元则罢，要不就筹办着给他爹出殡吧。"不等郑家人醒过神来，温少云已纵身墙子河畔，消失茫茫夜雾中。

马不停蹄地赶路，后半夜才回到藏匿郑富贵的农家院子。那老家伙睡得跟死猪一样，"呼噜呼噜"打着鼾。小蔡心里窝火，对准他腰眼狠踢几脚。郑富贵号叫一声，在地上滚了几个滚。小蔡就骂："你们郑家没好东西，说话跟放屁似的。诓了我们爷们儿两回。"

温少云说："你儿子并不打算花钱赎你，恨不得借老子的手杀了你，他好独吞万贯家财。"

郑富贵完全清醒过来，明白温少云此话的含义，儿子贪财，那么他的老命就危在旦夕，他连磕几个响头，央求道："好汉别急，别急。我那混小子是比我贪比我毒，我早有防备，没我随身所带的印鉴，他一分钱也甭想得去。我再写封信，看他敢不如数交钱。"于是，在温少云的监督下，郑富贵亲手手书一封信，信是同时写给他儿子和管家的，信上措辞严厉，告诫他儿子不可继续拖延，若明天晚上再不凑足赎金，老父将命丧他人之手。家中所遗财产由五姨太接管，没他的份。另一方面命令管家监督执行，不可怠慢。郑富贵双手捧着信纸，浑身哆嗦如筛糠："好汉再辛苦一趟，虽说逆子不孝，这次他断然不敢卖乖耍刁。"温少云冷笑说："姓郑的，这叫作善有善报，恶有恶报。你郑富贵作孽太多，才有今天这个下场。"郑富贵听了，不禁浊泪纵横。

温少云和小蔡单独在一起的时候，温少云忽然说，他趁天黑赶回市里。小蔡不问为什么，他知道少爷是个聪明人，着急往市里赶自然有他的道理。小蔡提醒温少爷多保重。温少云叮咛他一定看住郑富贵，最后关头别出什么岔子。

其实，温少云急不可耐地星夜折返市里，主要是想见一见玛丽雅，跟她详谈怎么赎她出来的事。照目前情况看，郑家人肯定按照郑富贵信中所写的意思办，那么最迟明天晚上钱将顺利到手。俗话说，夜长梦多，钱一旦拿到，就抓紧赎人，避免陡生意外。既然要赎玛丽雅，就应事先通知她，让她有所准备。

凌晨时分的蓝扇子公寓灯熄门闭，不远处的便道牙子上坐个人，头埋进环抱的双臂间，看样子已沉入梦乡。温少云紧走两步，仔细一瞧，是周天娇。他的心骤然紧缩成一团，愧疚之情油然而生。可怜的姑娘，她一定是昨晚出来找他，没找着，就在这儿等，等困了乏了，不知不觉便睡着了。

他悄悄凑过去，脱下上衣披到周天娇肩头，却惊醒了她。只见她一个箭步跃开，落地时成弓字步，紧握双拳，摆出准备进攻的架势。当她认清站面前的温少云时，情不自禁地扑过来，搂住他，呜咽着说："温大哥，我可见着你啦。"

十一

片刻，周天娇猛然收敛哭泣，伸脖子朝温少云身后四周张望，问："她呢？"

"你问谁？"温少云也回头望，马路空寂无人。

"就是那洋窑……"想说"洋窑姐"，半途改了口，"你要救的那白俄女的？"

温少云长叹一声，说："喔，你说是玛丽雅伯爵夫人吧？我正是来这儿找她。"

伯爵夫人？周天娇头回听到，想往下细问，忽然发觉温大哥的注意力被远处驶来的一辆汽车所吸引。黑色的雪佛兰轿车开得飞快，眨眼间行驶到蓝扇子公寓门前，车停门开，抛下一位貂皮大衣裹得严严实实的女人，遂之扬长而去。

女人低头往公寓里走，温少云从背后唤她："玛丽雅！"

玛丽雅很不情愿地站定，头依旧低垂。

温少云好像唯恐她瞬间消失，忙不迭地说："赎你的钱已经准备妥，后天中午你在维多利亚花园等我，我来找你的雇主办理赎人手续。"

玛丽雅光点头，却默不作声。

温少云又说："告诉我应该找谁？恰利耶夫吗？"

听到恰利耶夫的名字，玛丽雅惶恐不安起来，她说："不不，千

111

万不能让他知道！你找阿列娜班主。"

温少云理解阿列娜班主相当于中国妓院的老鸨子，说："好吧，我知道怎么做，你辛苦一夜，快进去休息。"

玛丽雅闪身钻进公寓门里，像躲避瘟疫那样，头都没回一下。

周天娇气得直跺脚："什么屁伯爵夫人哪，无情无义，任嘛不懂，你帮她救她，她连个谢字都不说。"

温少云一把拥过周天娇，说："我救她，实际是完成我的一个心愿，兑现我的一个诺言。"

"温大哥，你没心眼儿，你傻。"周天娇满怀怜惜地说。

温少云抚摸她的头发，说："你更傻，干吗在这寒冷的冬天等我一夜。如果我不来的话，你不白等一场？"

周天娇羞红了脸："白等我也乐意。就怪我爹，怕你被狼叼了去。"

温少云一时感动，搂住周天娇的肩头，说："天娇，你和你爹对我实在太好了。我遭难时，周伯父收留下我，你们待我胜过家人。只是我行事固执，总给你们添麻烦。"

"可不。"周天娇噘起小嘴嗔怪道，"咱们平民百姓就求过个安稳日子，你可好，瞎折腾。前些天往小白楼跑说是找恩人，恩人找着了吧，又闹着赎人家。从窑子窝里赎人得花钱，你有那么多钱吗？你真为她偷去，骗去，抢去？叫我和爹为你整天提心吊胆。"

"好妹妹，作为一个男人为人行事应当有准则，恩必报，言必信，诺必行。既然我答应营救玛丽雅夫人，我就是豁出命来，也不能反悔。等我把她赎出来，送她去国外，完成我的诺言，我就回到你们身边，按你说的那样，过安稳日子。"

周天娇不再吭声，她明白她的温大哥讲信用，说出话来落地砸坑。那她还求什么呢？

太阳已经升得老高，温少云心想赶紧打发走周天娇，自己好去郑家送信。他说："天娇，在马路冻了一夜，你该回家睡觉。别让你爹担心。我去办件重要事，晌午回鞋铺吃饭。"

周天娇很听话，临别时还叮嘱温少云："温大哥，我和爹等你吃晌午饭啊。"

温少云靠近郑府所在的海大道徘徊很久，发现跟几天前有所不同。郑府进进出出很多人，个个神色慌张，虽然没见到穿"黑皮"的警察，最好谨慎为妙。

有个半瞎的老太太坐在马路口，衣裳破旧，面前放个盛钱的盘子。温少云走过去，丢盘子里十个铜子，说："老太太，麻烦你把这封信送给对面的郑府门房。"他亲眼瞧见老太太举着信，塞进郑府门前的信箱后，撤身离开那是非地。

他故意绕个大圈子，晌午时分跨进"宝船"鞋铺，周掌柜在后间屋早就准备好一桌饭菜，和女儿周天娇陪他，仨人围着炕桌边吃边聊。周掌柜阅历广，为人沉稳，他不问温少爷这些日子忙什么，只是一语双关地劝慰他，做事要三思。温少云默然领受。

吃过饭，周掌柜撵走女儿，说让温少爷休养精神。周天娇八个不乐意，最终没拗过她爹。温少云在鞋铺小屋美美地睡到黄昏，起身和周掌柜告别。周掌柜紧紧攥着他的手不肯松开，说："温少爷，处处小心哪。忙完你的大事，赶紧回鞋铺，我们爷俩儿没你不行啊。"温少云领悟老人的心意，说："周掌柜，您对我恩同父子，少云将来像儿子一样为您养老送终。"

依依惜别过周掌柜，温少云赶到八里台与小蔡会面。小蔡说："少爷，怕耽误事，我连晚饭都没吃。"温少云笑着说："先饿一顿，等拿到钱，让你天天吃炖肉。"

夜里十点钟，郑家人准时赴约，拎来的皮箱子里面装满一万大洋。交接完毕，郑家管事的还有些不放心，说："好汉，钱您拿走了，我家老爷怎么办？"温少云答道："君子一言，驷马难追。今晚你们老爷准时到家。"双方不再多言，匆匆分手。

回到藏匿地，究竟放了郑富贵，还是就地撕票，温少云和小蔡发生争吵。小蔡坚持杀掉姓郑的，为温老掌柜和靳师傅报仇。"少爷，平常我听你的，今天的事不行。郑富贵干尽坏事，丧尽天良，不杀他对不起老爷和靳师傅，更难解我心头之恨。"温少云死说活说，小蔡犯上拧了，就是不听，举着刀子便要冲进里屋杀郑富贵。

这时，温少云发觉院子有动静，他和小蔡大惊失色，难道警察跟踪而来？房门突然大开，周天娇出现在门口。

她怒瞪双眼，冲温少云扑过来，"温大哥，你为那女的，竟干出这样伤天害理的事！不要命啦？你口口声声说不喜欢她，光为报恩救人，我不信！"

一边小蔡嚷着要撕票，一边周天娇对他产生莫大怀疑，温少云精神近乎崩溃，他不知如何说服面前的两个人。

十二

第二天上午，温少云穿着黑呢子大衣，戴着毛线围脖，坐在英租界的维多利亚花园的长椅上，心静如水地等待玛丽雅小姐。

这是个暖和的冬日，阳光温馨，微风如少女之吻那么柔软。他心情很好，因为过会儿就要了结自己的心愿。

昨夜发生在郊外农舍的风波依然历历在目，在他苦苦劝说下，周天娇明白他的心意，小蔡也遵从他的愿望。饶了郑富贵一条命，死里逃生的郑富贵给他们磕过头，连滚带爬地消失于浓浓的夜色里。温少云将赎金分为两份，其中的一份三千大洋了小蔡，让他迅速逃离，拿这笔钱回老家买房子置地，从此别在天津卫出现。小蔡含泪而别。剩下的七千，他拎着，牵住周天娇的小手，离开那荒僻的农家院落。

一阵清脆的高跟皮鞋叩击地面的声音响过来，温少云抬头一望，玛丽雅小姐进了花园大门，正朝这边走来。她今天打扮得很华贵，头戴狐皮帽子，身着过膝的貂皮大衣，穿着玻璃长袜的小腿在大衣下摆处若隐若现。她走到温少云跟前，客气地用中国话说道："温先生，我来了。"然后坐到他旁边。

温少云指着长椅下面的皮箱，换一种称呼，说："伯爵夫人，那是您赎身的钱，一会儿您领我去见阿列娜班主。"

玛丽雅平静地颔首，随便问了句："随后我跟你去哪儿?"

温少云迷惑不解："随后您就自由了，去英国或者美国，随您的愿。路费我已经筹好了。"

玛丽雅犹疑地追问："不和你回家，做你的姨太太?"

仿佛蒙上莫大的耻辱，温少云心痛不已，他正色地说："夫人，您想错了。同时您污辱了我的人格。准确地说，当初您救过我，现在我救您，对于我们中国人来说，这叫以恩报恩。希望您收回刚才说过的话。"

沉默。

刹那间，玛丽雅陷入沉默，一种火山即将爆发前的沉默。果然，她哭了，先是无声的，两只手掩住脸，泪水从手指缝隙流淌出来。哭声压抑不住，爆发出来，双肩不停地抖动。温少云有些慌乱，不停摇动她，希望她停住哭泣。

过了许久，玛丽雅才平静下来，她说："温先生，对不起，我误会您的好意。您是我见过的天下最好的好人。"

一个经历欺凌和迫害的女人，她自然不会轻易相信世间还有好人和幸运。误会冰释，玛丽雅又说出一桩令温少云感到意外和气愤的事。她说，一位叫作鲍熙昆的中国男人认定她是什么公主，也要掏钱赎她，赎回家做他姨太太。温少云安慰她说："别去管他。您有选择的权利。"

他们不敢迟疑，连忙带着钱去找阿列娜。肥胖如邮筒似的阿列娜见钱眼开，很顺利地替玛丽雅办好解约手续，然后吻着玛丽雅的脸说："祝福你，我的宝贝。你遇到了好男人。"

真是冤家路窄，温少云和玛丽雅并肩朝蓝扇子公寓外面走的时候，偏巧同鲍熙昆撞个满怀。鲍熙昆见到他和玛丽雅在一起，顿时明悟几分，挺着胖身子横在他们面前，冷冷地对温少云说："说破大天，你我还是同争一个女人。"温少云鄙夷地瞥他一眼，回答说："可你我目的不同，你为了个人欲望，我图的是情义。"鲍熙昆不屑地冷笑："狗屁，什么情义什么欲望，都不顶用。这地盘恰利耶夫说了算。老同学，我明明白白告诉你，你白费心机。恰列耶夫说了，伯爵夫人是非卖品。我刚刚碰了一鼻子灰。"

温少云以为鲍熙昆唬他，便说："非卖品也罢，准卖品也罢。我刚办完手续，玛丽雅已经自由了。"

话音未落，从楼上拥下一伙人，为首的白俄个头又高又壮，他摇晃着身躯一步步下楼，木楼板被他踩得"咚咚"直响，他身后簇拥着七八个彪形大汉。鲍熙昆慌忙躲一边，悄声对温少云说："提醒你，老同学，这家伙就是恰利耶夫，外号大力士，杀个人跟捻死个臭虫那么容易，连眼皮都不眨一眨。"

恰利耶夫扬起下颏，一副不可一世的模样端详面前英俊的中国年轻人，说："先生，你赎玛丽雅？"

温少云凛然不惧，他明白此时此刻，任何软弱和退缩都可能败事。"是的，除了我，谁都不能赎走她。"

恰利耶夫仰面狂笑一阵，说："我这里漂亮的女人有的是，温先生任意赎谁全是可以的，何必单单赎玛丽雅。"

"我就赎玛丽雅，别的都不赎。"

大概没有人敢跟他针锋相对，恰利耶夫沉下脸，说："你不能赎她，我不容许。先生，你大概要问为什么，我可以直截了当地告诉你，玛丽雅是真正的伯爵夫人。懂吗？十分高贵的血统，她留在这里，能为我挣很多很多的钱。"

温少云愤懑不已："你应该讲究信义。我付了钱，你就该还给玛丽雅自由。"

恰利耶夫一挥手，打手一拥而上，架住玛丽雅。

"信义我不懂，对你们这些卑贱的中国人，我想怎么样就怎么样。"

恰利耶夫的狂妄，已使温少云忍无可忍。他傲视着对方良久，随后说："在我眼里，你才是卑鄙小人。谁也不能阻止我这样做，否则拿我命或者他的命兑换！我想你明白我的意思。"

充满生死威胁的话语，恰利耶夫却欣然领受。他阴险地笑着，脱下手套，狠狠往地上一摔，说："很好，我很喜欢这种符合我们俄国人性格的解决方式，我们决斗！"

场面顿时沉寂下来，空气凝结了，掉根针在地上，都清晰可闻。

鲍熙昆偷偷扯住温少云："决斗是干什么？玩命呀！"玛丽雅是懂得俄国人的这种很彻底的解决方式，她边挣扎边喊着央求温少云："温先生你不要答应，不要……"

恰利耶夫表现出轻蔑的样子，他假装善意地劝温少云："温先生，为一个女人不值得牺牲性命。如果你向我道歉、决定退出的话，还来得及。"

所有的目光全集中温少云身上。他以异乎寻常的平静，说："我接受。"

那边，传来玛丽雅绝望的哭声。

决斗定于三天之后进行。

到最后，鲍熙昆站在了温少云一边，他慷慨激昂地表示："我是中国人，老毛子算什么狗东西，我打心眼里瞧不起他们。"不过，他对决斗的后果，充满悲观情绪。他说："温兄，我挺佩服你的勇气和胆量，敢跟'大力士'一赌生死。可是我想来想去，到了还得你输。"

当时，鲍熙昆说这番话的时候，他和温少云正在"宝船"鞋铺的账房里，旁边还有周掌柜父女。周天娇最关心她的温大哥的生命安全，急切地问："为啥呀，没交手之前，怎么就知道我哥输？"

鲍熙昆说："周妹妹，你温大哥的枪法我了解，百步穿杨，弹无虚发。一上场就准把那恰利耶夫撂倒，他自己保证还毫发无伤。问题不在这儿，温兄打死了恰利耶夫，等于彻底得罪了老毛子的黑帮组织，他们能放过你温哥，能放走玛丽雅夫人？这叫武大郎服毒——吃也死，不吃也死。"

周天娇一听，急得眼窝进出泪花："照你说，温大哥只能输，不能赢？那就别去决斗啦？"

"不去又不行啊，"鲍熙昆反正都有理，"外国这种玩意儿缺德，你当场输了行，是汉子，但不能不去。温兄放弃决斗，那还救得成玛丽雅吗？钱白花了，劲儿白费啦。"

周天娇觉着跟天塌下来一样，黑漆漆的，不见一丝希望的亮光。倔强的她光哭，却束手无策。

周掌柜一旁插言道："鲍先生，您好歹要想个万全之策。不如我将'宝船'鞋铺抵押出去，也许能兑出三四千大洋，全给那老毛子，求他不决斗、放了什么伯爵夫人。您看这样行不行？"鲍熙昆焦急地打断周掌柜，说："老掌柜，您老不明白。到这步田地，钱已经没用了。现在是尊严问题，换句咱们中国话，就是面子问题。恰利耶夫要的就是面子。温兄去决斗，当场输给老毛子，等于给他个面子，一切都好解决。"

"我终于明白了。"周天娇满脸泪水，说，"温大哥得去，还得站着挨枪子，那样老毛子就脸上有光，放了玛丽雅。可……"她不顾一切地扑到温少云怀中，呜咽说，"你的命就没了！温大哥，咱不去决斗，咱老老实实过日子多好。"

"对对，"周掌柜说，"温少爷，你先后这么忙乎，也算对得起那位什么伯爵夫人了。老毛子头不放她，是她命中该有此劫。俗话说，救人救不了命。我已年迈，正琢磨把鞋铺传给谁。你来当鞋铺掌柜，小女和我将来正好有了依靠。行不行啊？"

一直沉默不语的温少云，挺身站起来，冲周掌柜深深鞠一躬，说："您和小妹对我的恩德，我一生难忘。决斗我必须去，男人不能言而无信，让那横行霸道的坏人瞧笑话……"

"哇——"的一声，周天娇恸哭着奔出门去。

温少云低声对鲍熙昆说："走，到你府上，我去练枪。"

十三

在以后的两天里，温少云始终待在鲍府，没脸见周家父女。其实他根本没练枪。还用练吗？他娴熟的枪法，即使不瞄准，足能一枪击中恰利耶夫的眉心，那号称"大力士"的家伙会像狗熊一般应声倒地。所以，两天来他和鲍熙昆整日饮酒聊天，叙说上学时的旧事。说到酣畅处，二人不禁开怀大笑。

第三天起个绝早，鲍熙昆取出那支勃朗宁手枪，双手举到老同学面前。温少云简单地检查一遍，就和鲍熙昆一起上路了。

墙子河畔一片旷洼野地，晨雾尚未褪去，刚刚萌芽的野草飘散着清香。两人伫立河边，温少云面无表情，凝神深思，鲍熙昆反而显得十分慌张，不时地擦拭额头的冷汗。大约七点钟光景，恰利耶夫晃动着健壮的身躯走过来，后面跟着他的副手。决斗的规矩之一，就是当事人双方都要配副手，一来监督和公证决斗两方是否犯规，另一个作用是哪方人受伤或被打死，由副手弄走。

恰利耶夫走近温少云对面，用挑衅的目光傲视他。温少云不卑不亢，嘴角含着微笑，好像他已经把握了这场决斗的胜负结果。确实，温少云预先把握了结局。

二人背对背站立，在副手命令下开始向反方向行走。步子并不快，很短的距离仿佛长过百年。终于，他们到达各自的位置，待等副手一声令下，他们同时转身，同时出枪，同时射击。生死就在这一瞬间……

时间到！副手快速发布命令。

温少云比恰利耶夫转身快，出枪也快。可是出乎所有人的意料，他没有朝恰利耶夫射击，而是抬起枪筒，对着天空放了一枪。

对面的恰利耶夫看到温少云出枪比他快，慌乱间仓皇开枪。清脆的枪声打破河畔的宁静，硝烟散尽，温少云倒在地上，鲜血从他下腹部汩汩淌出。

"温兄，温兄……"鲍熙昆奔跑过去，趴在温少云身旁。目睹刚才一幕，鲍熙昆冲着恰利耶夫就骂："你他妈的，还算人吗！我同学真想射你，把你脑瓜子能打成柿饼子！"

恰利耶夫走过来，单腿跪温少云身旁，竖起大拇哥，说："温先生，我非常敬佩你。你是中国人的这个！"

温少云大口大口喘着气，剧烈的疼痛使他蹙紧眉头，末了，他嘴里说出一个人的名字："玛丽雅……"

恰利耶夫明白他想表明什么，郑重地说："我发誓，一定送玛丽雅伯爵夫人离开中国。"

温少云笑了，一种完成某种使命而满足的微笑。他颤抖着手，从怀中摸索出一枚铜钱，那枚已经跟随他三年之久的铜钱，血染红了它。温少云用最后一点儿力气将铜钱远远一抛，铜钱在空中划个美丽的弧线，最后落入墙子河水中。

仅仅泛起一圈涟漪，很快沉入河底……

在以后的很多年里，人们发现"宝船"鞋铺的掌柜换了新主人，是个瘫子，整天坐在木椅子改成的轮椅里，由一个漂亮的女人推着走街过巷。熟悉他的人，都唤他作"温掌柜"。

日本人侵入天津卫后，"宝船"鞋铺毁于日军炮火，"温掌柜"夫妇二人失去了踪迹。解放后，有人在小白楼街头经常看到一个修理皮鞋的，很像当年的"温掌柜"，每到晌午时，总有位中年女人来送饭。之后，中年女人陪他待上一下午，等天色暗下来，女人才推着那辆带轮的木椅子缓缓远去。

天津大寓公

一

　　十六岁少年沈义生坐在一列开往天津的火车包厢里，呆头呆脑地
眺望窗外瞬息变幻的风景，脑子里胡思乱想：他父亲让他寄寓的徐公
馆什么样？徐寓公若是个孤寂无聊的老头儿，那么，几年的求学寄宿
生活将多么索然无味。

　　父亲沈东霖在南京国民政府担任军职，去年初，日本军队挑起
"一·二八"事件围困上海，沈东霖突然接到上峰的紧急命令，率部
前往淞沪前线驰援。军令如山倒，临行前，他唯独放心不下独生儿子
沈义生，沈家一线血脉，万不可出什么差池。恰好沈义生考入天津南
开中学，沈东霖一面写信拜托在天津做了寓公的老上司收留犬子，一
面派亲信马弁沈琪一路护送赴津。

　　火车铿铿锵锵地行进。沈义生看厌了外面的风景：阡陌纵横的土
地，刚抽出绿茸茸的麦苗，而此时南方遍地油菜花已然黄灿灿一片。
掠过一条条河沟、一片片池塘，唯独不见大海的踪影。都说天津临

海，海在哪里呢？沈义生收回目光，见随从沈琪趴桌子上酣睡，不停地打呼噜，便敲敲桌板唤他："大琪哥，大琪哥——"其父沈东霖家教严谨，讲究自由平等，从不许家人对下人直呼其名。沈义生习惯了，与沈琪始终称兄道弟。

沈琪抬起头，眨眨惺忪的睡眼，下意识摸摸腰间的手枪："少爷，有情况？"

沈义生笑起来："别紧张，没情况。我问你，家父为我找的这家寓公，长什么样？"

沈琪警觉地环顾四周，说："报告少爷，我不清楚。"

"你追随家父多年，没见过这位姓徐的寓公？透露一点儿此人的身世。"越这样，沈义生越想打破砂锅问到底，"他原先是家父的下属，还是上司？"

沈琪摇摇头，说："报告少爷，我不知道。反正是个老头儿。这次出来，沈司令严饬在下：进了徐府，不许多看，不许多言，不许多听，不许多问。更不许串房间。少爷，你也必须遵循司令的命令。"

沈义生眸子里焕发出异样的光彩，胸有成竹地说："家父定了这么多规矩，那姓徐的老头儿一定是个了不起的人物，对我来说，他充满神秘感。大琪哥，你猜他有儿子或女儿吗？要不谁和我玩哪？"

"少爷，沈司令怕你贪玩，派我守着你。"沈琪换成一脸严正的模样，说，"时局危难，少爷应该安心学习，完成学业，将来报效国家。"

沈义生平添几分郁闷，未来三年中将和沈琪这么个木头疙瘩形影相随，不知多别扭。他扭脸望向车窗外，景色依旧，火车在减速。

沈琪忽然说："少爷，火车进站了。天津的老龙头火车站挺

126

洋气。"

下了火车，走出月台。城市笼罩在薄夜之中，车站外一条宽敞的河流，远处高楼大厦的万家灯火，恍然如置身于上海外滩。老龙头车站外停靠一辆辆胶皮车和洋马车，沈义生打算坐胶皮车，沿途观赏天津卫的市井风情。沈琪不答应，他说坐胶皮车抛头露面不安全，坚持让沈少爷坐洋马车。沈义生拗不过他，勉强同意了。反正待天津不是一天两天，哪天趁他看不住的时候溜出来，尽情地玩耍。

沈琪扶沈少爷进了马车车厢，倒不如说把他硬塞进车厢的。沈义生拉他一起坐。沈琪说不行，他得站外面保护少爷。说着，他关上马车门，笔直站立在车阶上，冲马车夫叫一嗓子："开拨！前方目标：英租界爱丁堡道。"

马蹄嘚嘚。洋马车缓缓行驶，驶向繁华的市区。

显现眼前的徐公馆是沈少爷最不愿见到的模样，严肃得像座监狱，宁静得像个坟墓。远远望去，一幢三层小洋楼，典型的意大利风格建筑。墙高院深，围墙架设铁丝网，大铁门涂着黑漆，显得很不协调，仿佛铁皮包裹的一块意大利面包。大门口站立俩警察，慵懒地抽烟卷，聊闲天。

沈少爷踯躅不前，暗自抱怨父亲哪是安排寄宿的地方，纯粹关他禁闭。他拉沈琪到一边，说："我不情愿蹲监狱。你给我找家饭店住下。"沈琪执拗地摇头，说："不行，少爷。沈司令命令只能住徐公馆。"沈义生要起少爷脾气，当街就发火："提我父亲干吗？他在淞沪前线，管不了我。你马上带我离开这儿！"沈琪钉子似的纹丝不动："对不起，少爷。在下必须执行命令。"沈义生气得嫩白的脸蛋泛起红晕，他欲夺沈琪手中的皮箱，夺了两下没夺过来，跺着脚叫："好，你不领路，我自己走。"

这时，黑色大铁门移开一条门缝，走出个管事模样的中年人，花白头发，穿一袭青布长衫，鼓眼泡下面闪动捉摸不定的神情，走近前向他俩问："请问，哪位是沈义生沈公子？"沈义生正在气头上，睬也不睬。沈琪向前跨一步，挺直身躯行个军礼，说："这位就是沈少爷。"中年人立刻笑容可掬地弓下腰，说："徐老先生请二位进府。"

穿过一片偌大的庭院，赫然入目的是一幢很气派的米色楼房，楼高三层，砖木结构，建有地下室。在二十世纪三十年代的天津卫，应该算数得上的雄伟的洋楼。楼正门朝东，多级石阶上矗立高大的罗马柱，背后是巨大的雕花木门。二层是圆柱与矮栏构成的外廊，廊外沿的浮雕图完好如初。三层是阁楼。这所庭院式建筑，整体气派庄重雄浑，主楼顶部中央突出成圆形，远远望去恰似个皇冠。

中年人小心翼翼地拉开客厅的雕花木门，做个请的姿势，沈义生猛然嗅到一股怪异的气味，实际是檀香木的气味，沈义生不懂，嘟囔道："死人味儿。"领路的中年人狠狠地瞪他一眼。

客厅十分幽暗阴冷，沈义生所说的死人味儿越发浓烈。菲律宾木地板上铺着厚厚的地毯。迎面有一条檀木案，两旁设明式太师椅，雕镂着精美的花纹。太师椅上端坐一位瘦削的老头儿，窄脸，尖下巴颏，鬓发如霜；唇上两撇微翘的胡须，也是灰白相间。着布衣长衫，形容枯槁但腰板挺直。不用问，他正是徐公馆的主人。见沈义生他们进来，徐寓公动也没动，敷衍地说："来啦，坐吧。"

为客人同样设置了太师椅，不过没有徐寓公坐的那么高大。沈义生坐下来。沈琪机灵，双腿一并，朝公馆主人行个军礼。徐寓公露出笑模样，说："沈琪呀，一眨眼长成大小伙子喽。"沈义生倏然一惊：原来徐寓公早就认识他的随从，也就是说沈琪在火车上跟他撒谎！

徐寓公对中年人挥挥手："隋管家，你先下去吧。"唤作隋管家的人唯唯退出去。

一时无话。

沈义生偷眼瞟瞟徐老头，发觉他具有说不出的威严。周身好像笼罩一股气，从他炯炯发光的眼睛和毫无表情的脸庞散发出来，摄人魂魄。沈义生自觉应该说些什么，欠身起来，说："徐老伯，小侄寄宿贵府，必定给您平添不少麻烦。晚辈如有不周之处，请您多多海涵。"

徐老伯拈着胡须，板着毫无表情的脸，下了逐客令："贤侄不必客气。你旅途劳顿，且先去西楼房间歇息吧。"沈义生听了不舒服，老头儿不通情理，将来同他相处的日子，一定无聊至极。

当沈义生起身告辞的时候，隋管家急匆匆奔进来，对徐寓公说："老爷，刚才警察局崔局长打来电话，请您明儿晚上不要去大舞台剧院听那出《扫除日害》的京戏。"

"唔?"徐寓公不悦地竖起眉毛。

隋管家为难地扫一眼沈义生，上前几步，凑近徐寓公耳畔嘀咕着什么。徐寓公的脸色越发严峻起来，说："知道啦。你赶紧领沈贤侄去客房歇息。我累了。"

同隋管家走出客厅，绕过主楼，穿过后花园，绿树掩映一处独楼。仿西式建筑，虽无主楼雄伟，却也精巧别致。

隋管家将小楼的钥匙交到沈琪手中，撤身离去。沈义生环望四周，依然心存不满，嘴里嘟嘟囔囔地嫌小楼僻静，风景差，形同坟地。沈琪不搭茬，打开楼门朝里走。西楼长期无人住，空气中释放一种潮霉的气味，一楼大厅摆放一架钢琴，盖布上面落满浮尘。他们的房间在三楼，沿铺着地毯的楼梯走上去，拐入幽暗的甬道，右手头一间是客房，带套间。套间兼客厅和书房，里面沙发、座椅、茶几、书柜、电话，一应俱全。沈琪拉开落地纱帘，外面的景色一下子扑进来：城市仿佛漂浮在一片浓浓的夜色里，高楼如海，街道似网，近处西开教堂的圆顶，远处中原公司闪烁的霓虹灯尽收眼底。沈义生不禁慨叹说："天津真美呀！"

在沙发上刚坐定，沈义生似乎听到歌声——一个女人在忧伤地歌唱——隐隐约约，如泣如诉，不知来自何处。

"大琪哥，你听，有人唱歌。"沈琪支棱耳朵专注地听了片刻，随后点点头。沈义生又说："唱歌的女人一定心情很苦，那歌声多么忧伤啊！"这时房门被叩响，隋管家在门外说："沈少爷，请二位到东楼饭厅用餐。"沈义生主仆二人走出来，沈琪锁门的工夫，沈义生急不可耐地问隋管家："我刚才听见有女人唱歌，那是谁呀？"隋管家微微一怔，随即说："沈少爷一定听差了，连用人算在内，徐府里根本没有女眷。"沈义生很固执："不对，我听得清清楚楚，是一个女人在歌唱。"隋管家耐心解释："租界地这边住的寓公比较集中，左边紧挨着下野的北洋政府甄副总统的府邸，右边是内阁贺总理的公馆，马路对面住着前陆军总长。他们都有家眷，唯独徐公是独身。备不住是从他们那边传过来的。"说着，他疾行几步，到前面领路。

沈义生悄悄对落在后面的沈琪嘀咕："他说谎话。我瞧见他的眼珠在眼皮底下乱转。"

二

吃饭期间，沈义生向隋管家提出两个请求，结果均遭到对方拒绝，令他在那个傍晚很不开心。

餐厅在东楼，格局不大，徐公并没出现，由隋管家一旁站立陪着。餐桌放两台，一台沈义生独占，八道菜，二凉六热；另一台归沈琪，四道菜，两凉两热，这叫主仆不同席。沈义生不习惯，向隋管家提出和沈琪并桌同食，隋管家眼皮也不抬地说："徐府的规矩不能破。"沈义生窝口气，胡乱扒拉几口，吃得没滋没味，索性撂下筷子，招呼沈琪说："走，随我逛街去。"沈琪尚未吃饱，赶紧抓了个馒头追出来。隋管家伸手拦住他们说："请二位留步。沈少爷要离开徐府，须等我向徐公请示之后再说。"沈义生不禁又耍起少爷脾气，气呼呼质问隋管家："怎么？关我禁闭吗？我沈义生寄宿徐府是花钱租房子，不该谁不欠谁的，凭什么限制我的自由？"隋管家皮笑肉不笑地说："沈少爷，您别发火。徐公也是为您的身家性命着想。这两年租界内治安不靖、绑匪猖獗。前年英国怡和洋行的陈买办遭遇绑架，勒索不成被撕了票；前些日子天津首富梁家的大公子又被绑匪劫持，至今生死不明。沈少爷人生地不熟，万一出了差池，我们担当不起啊。"隋管家的话滴水不漏，堵得沈义生哑口无言，他一甩袖子，扬长而去。沈琪在他屁股后面连喊带追："少爷，少爷，你消消气。买什么东西，派我出去还不成?"沈义生驻步一想,也好,支走沈琪,他趁机去寻找那唱歌的女人。

他对沈琪说:"你出去买两张戏票,明天晚上你陪我看那出《扫除日害》。刚才我一听戏名就知是反日的京剧。日本人占我东三省,屠杀我同胞,看这样的戏解气。""好好,"沈琪应着,不时地嘱咐他,"少爷,在下马上就去。您在客房温习功课,千万别乱跑。徐府规矩多。"沈义生嘴上应着,心中暗忖:徐府规矩多,说明它秘密多,我偏要查个究竟。明明听见女人歌声,隋管家却说徐府没女眷。明显在欲盖弥彰。怪里怪气的徐公,狡黠的隋管家,寂静的洋楼,透露着某种诡谲的气氛。

天色逐渐暗淡下来,周围景物模糊不清。杨树叶子在微风里哗哗作响,藤萝架垂挂的枝条仿佛女巫瘦骨嶙峋的手。沈义生沿弯曲小径,穿过花园,绕过西楼,行至杂草丛生的开阔地。他忽然停住脚步,似乎听到一阵奇怪的声音,犹如谁在低声絮语。抬头四处睃巡,发现院墙边有一间平房,窗口亮着昏黄的灯光。声音是从那里发出来的。沈义生蹑手蹑脚地朝亮着灯光的平房凑过去,侧身扒窗往里张望,原来是间佛堂。

烛光长明,香火袅袅。佛龛前跪着徐公,他手握念珠,口中念念有词。沈义生看了一会儿,撤身想离开,徐公在佛堂里唤他:"沈少爷慢走,等老夫一步。"沈义生很吃惊,徐老头耳音这么灵,他刚移动脚步,其实很轻,竟让他听见了。而徐公已出现面前,却不曾听到任何声息。

徐公猜透他的心思,说:"我当了大半辈子军人,一点风吹草动都逃不过我的耳朵。贤侄，这里不是你该来的地方。"

沈义生埋下头，讪讪地说："徐老伯，我在房间闷得慌，闲遛遛到这儿。"

徐公哂笑，说："年轻人活泼好动啊！明晚去南市大舞台听戏要当心，那地界不是租界地，杂八地多。我让大琪把枪带上，以防万一。"

沈义生又一惊，准是沈琪向徐老头告了密。他感到脊背掠过一阵寒战，先前沈琪瞒着他说不认识徐老头，现在他们串通一起监视他，他们原本穿一条裤子。沈义生喃喃道："我记下了，徐老伯。"

转天傍晚，沈义生同马弁沈琪在坐什么车去看戏的问题上发生了争执。沈义生是故意的，他恼火沈琪不跟他一条心，吃里爬外。沈琪说坐马车安全。他执意坐胶皮车，还说："你是我的随从，难道事事我都要听你指使吗？"沈琪觉着委屈，说："在下执行沈司令的命令，全力保护少爷的安全。"沈义生不禁无明火起："沈琪，不要忘记你的身份。假若你再阻拦我，我就不出去了，然后电告家父，把你召回去，我再换个听话的随从。"沈琪不敢吱声了，他赶忙扬手拦下一辆胶皮车，扶沈少爷落了座，招呼拉胶皮的奔向大舞台剧场。沈义生瞪起眼睛："你下去。别忘记徐公的规矩，主仆不同席。"沈琪乖乖下来，又叫辆胶皮车，在后面紧紧相随。

当年的南市属于天津最为繁华的娱乐区，剧场、影院、饭店、茶馆、妓馆、星罗棋布。大舞台剧场是当时顶级的戏园子，能容纳五千观众，独有旋转舞台，换场不落幕。国内不少京剧名家梅兰芳、杨月楼、杨瑞庭、刘汉臣以及河北梆子名伶金刚钻、小香水等皆在此粉墨登场过，大舞台因此名扬海内。

沈义生他俩下了胶皮车，剧场门口围聚许多人。戏票早已销售告罄，那些人大多是在等富裕票的。沈义生眼尖，发觉其中有一些学生打扮的年轻人，学生看戏不稀奇，稀奇的是他们手里拿着标语。尤其一名女学生格外引人注目：她留齐耳短发，穿毛兰布上衣，藏蓝色裙子，圆脸蛋，一双朗星般大眼睛。她像是这群学生中的头儿，指挥他们排队进戏园子。蓦地，大眼睛女学生一回头，无意间对沈义生瞥一眼，这惊鸿一瞥，竟然使沈义生的心如钟摆一般摇荡起来。他被女学生迷住了，鬼使神差地尾随人家往里进，来到前厅。沈琪提醒他："少爷，咱们的包厢在二楼。"沈义生边上台阶边频频回首，依恋不舍地呆望那女生的背影。

坐包厢里，沈义生伸长脖颈，往楼下寻觅大眼睛女学生时，沈琪机警，觉察今晚戏园子里边的气氛不对劲儿。戏未开演，舞台上大幕低垂，台角立着的水牌子上写着："京剧名家盛君卿主演全本《扫除日害》"。观众席人满为患，许多人没座位，挤站在两边过道。台下左边聚集那群学生，他们神情激动，大眼睛女学生正指派着什么；右边的人个个敞胸露怀，歪戴呢礼帽，为首一人戴着黑色墨镜，紧紧盯住左边的学生。左右两边泾渭分明，相互警惕对方。沈琪指着右边的那群人，说："少爷您瞧见没有，台右边那群人就是流氓杂八地，他们袖筒鼓鼓囊囊，不是藏了砍刀，就是藏了棍子。他们专门对付那群学生的。"沈义生顿时紧张起来："学生赤手空拳，还不光挨打吃亏？大琪哥，你想法保护他们。不能让柔弱的女学生挨欺负呀！"沈琪说：

"少爷，我的任务是保护你，管不着他们。"沈义生执拗起来："不行！你怎么不懂得怜香惜玉呢？我命令你拼了性命也要保护好女学生。"沈琪并不搭腔，蔫人自有蔫主意。

锣鼓点阵风般响起，接着管弦齐鸣，灯光骤亮，大幕徐徐拉开。名角盛君卿扮成天神后羿，手持三头戟走上舞台，到台中央一亮相，顷刻间博得一阵喝彩。《扫除日害》改编自传统京剧《嫦娥奔月》，主要表现天神后羿射毒日，拯救黎民于苦难的故事。自1931年日本军队侵略东三省，全国一片抗日的浪潮中上演这出戏，其寓意很明显。盛君卿高亢的嗓音正演唱的时候，舞台下出现骚乱，学生们展开一幅标语，上面用黑字写着："扫除日害，抵制日货，中国人民不可辱！"早在旁边虎视眈眈的杂八地一拥而上，抢夺学生手中的横幅标语。很快，抢夺演变成厮打。果然像沈琪所说的那样，杂八地们从袖子里掏出砍刀、棍棒，冲学生身上砍打。登时血光四溅，戏园子乱作一锅粥。

沈义生急得直跺脚，冲沈琪喊："你赶紧去救他们哪！"沈琪纹丝不动，紧紧守在他身畔。沈义生顾不得许多，喊一嗓子："你不去我去，就冲出包厢，往楼下奔。"沈琪急忙紧追不舍。沈义生冲进混乱人群中，挺身护住大眼睛女学生。混乱中，他的脑袋挨了一棒子，鲜血流淌下来。见主人挨了打，沈琪急中生智，朝天空开了一枪，"砰——"枪声乍起，观众哭着叫着四散奔逃，杂八地们吓懵了，以为中了守备队便衣的埋伏，戴墨镜的家伙一声口哨，他手下的那群人惊慌地撤出大舞台。

趁乱，沈琪掩护沈少爷和大眼睛女学生挤上一辆洋马车，女学生受了伤，右臂中一刀，伤口不深，但血流了很多。沈义生掏出白手帕替她勒紧胳膊止血。女学生用她的花手帕捂住他头顶，血依旧浸淫出来。沈义生连说"不打紧，一会儿就好"。沈琪催促赶洋马车的迅疾穿过黝黑的街道。在洋马车上沈义生和女学生相互通了姓名。他说："我叫沈义生。"女学生说："我叫顾念娇，在南开中学上学。"沈义生一下子惊喜地叫起来："哎呀，我也在那所中学。咱们是同学呀！顾小姐，天色这么晚，你随我到徐公馆休息吧。"刚一提及"徐公馆"，顾念娇脸色阴沉下来，问道："哪个徐公馆？爱丁堡道的徐副总统的公馆吗？"沈义生连连点头："对呀，你知道？"顾念娇怒冲冲地说："哼，我不去！姓徐的早在北洋政府任内阁总理、副总统时，就是有名的亲日派。他是日本人的铁杆走狗！想不到你寄宿在他家。"说着，她怄气似的扭脸望窗外。沈义生被顾念娇突然变脸弄蒙了，一时不知该如何应对。直到洋马车停在徐公馆门前，放下沈义生二人，顾念娇也没再搭理他，冲赶车的说："拐弯，去伦敦道。"

推开徐公馆大铁门，隋管家在门里恭候，他客气地对沈义生说："沈少爷，徐公在客厅等您哪。"沈义生蹙了蹙眉，见徐公恐怕凶多吉少吧！

三

放过春假，学校正式开学。东三省沦陷后，不少东北学生辗转流落天津。南开中学收留下他们，为他们安排食宿，和其他学生一起上课。沈义生作为插班生进入新的班级。国文老师孔文达向全班同学介绍他："沈义生同学的父亲沈将军正在淞沪前线与蔡廷锴将军并肩抗日。让我们一起欢迎抗日英雄的儿子！"同学热烈鼓掌，掌声经久不息。沈义生激动得涨红了脸，他在学生中间飞快地扫了一眼，结果挺失望，没有发现大眼睛的顾念娇。他们不同班。

南开校园鼓荡着抗日热潮，除了上课，学生们自发组织各种团体印传单、写标语，上大街演讲游行，呼吁民众抵制日货，声援东三省的反满抗日活动。沈义生投身轰轰烈烈的运动里，血液在沸腾，浑身的细胞在燃烧……

一次，孔老师组织沈义生和同学们上街张贴抵制日货的宣传画，那张当时流行很广的宣传漫画设计很特别：一名穿旗袍的女子手举红缨枪，勇敢地戳向象征日货的臃肿男人，一旁题词——"不买日货，就是置倭的死命！"宣传画贴满大街和商铺的门板。随后，孔老师带他们在估衣街查抄商人私自贩卖的日本货，恰好与顾念娇不期而遇。

那天顾念娇带领她们班的学生当街焚烧日本产的棉布，火苗映红她的脸蛋。她活蹦乱跳地奔过来，拉住沈义生的手："真羡慕你呀，有一位那么伟大的父亲！再有啊，谢谢你那天救了我。"顾念娇的落落大方倒让沈义生很慌窘，心怦怦剧跳，说话语无伦次："不谢，不谢。"顾念娇扒开他的发丛寻找什么，关切地问："你的伤好了吗？哎呀，秃了一块。"说着，她朗朗地笑起来。沈义生不禁埋怨自己：怎么忘记先问候人家的伤势，人家是个女孩子！他偷眼瞧瞧顾念娇的胳膊，挥洒自如，就说："你胳膊上的伤口怎样？"顾念娇逗他："刚想起问我哪？粗心大意的家伙。给你瞧瞧。"她一撸袖子，露出鲜藕一般的胳膊，"可惜留下一道疤。为这道疤我哭了两宿。"一道半尺长

137

的刀疤刻在白嫩的皮肤上格外醒目。忽然，顾念娇摊开小手，举至沈义生鼻子前："我落你那儿的手帕呢？该物归原主啦。"沈义生的脸顿时热辣辣的，顾念娇的花手帕已被他偷偷夹在日记本里，每天夜里拿出来端详来端详去，深情地吻了又吻。

"我，我，顾小姐，我没带身上。"顾念娇抿着下唇，爽快地说："那好，你不用给我，你那条手帕我也不还你，留它作纪念。从今以后，我们是好朋友啦。"

孔老师凑过来，说："噢，你们俩同学认识?"二人同时向孔老师鞠躬，齐声说："孔老师好!"孔老师对顾念娇说："那边的男生纪振国在喊你。"顾念娇顺着孔老师指的方向望去，焚烧布匹的学生中间有一位东北逃难来的男学生，高高的个子，浓眉大眼、阔脸膛，眉宇间透一股英武之气。他频频朝这边的顾念娇招手。沈义生发觉顾念娇的神情有些异样，一抹绯红浮上她俏丽的脸庞。

顾念娇跟孔老师道声："再见。"又朝沈义生摆摆手，向那群学生跑去，孔老师疾追几步，把一张字条悄悄塞进顾念娇的手心，然后折返回来，对沈义生说："眨眼快晌午了，走，我们集合回学校。"

沈义生愣在原地。他在想，东北男生和顾念娇究竟是什么关系呢?

过午，骄阳似火。沈义生躲在操场的杨树荫下看一本外国小说。其实他根本看不进去，顾念娇的音容总在书页上浮现。自从大舞台戏园子冒险救美，到上午在马路意外邂逅，为什么这么巧呢? 是不是他俩之间存在一种缘分? 沈义生认为自己的胡思乱想非常合理，顾念娇像粒种子埋进他心灵的土壤里。迫不及待地生根、萌芽，开出一朵绚丽的鲜花。我爱上她了吗？沈义生不止一次地追问自己，继而自问自答：爱，一种让灵魂出窍的爱！

一个女人的影子覆盖了书页，沈义生抬头，见骑着"双枪牌"自行车的女学生停他面前，她叫花璧君，学校出名的校花。同学们传她是清朝王室的格格，人送外号"花格格"。"花格格"在学校属于另类，打扮出奇，不像学生，倒像交际花。涂脂抹粉，留男式中分发，戴环形耳坠，着猎装，穿马裤。她一只脚撑地，一只脚搭在脚镫子上，同沈义生打招呼："密斯特沈，你看什么书？我瞧瞧。"花格格比沈义生高一年级，算他师姐，沈义生乖乖把书递过去。花格格草草翻两页，说："嗨，《少年维特之烦恼》，你失恋啦？"沈义生心想：我还没恋爱，怎么就失恋呢？他摇摇头。花格格很瞧不起的样子望着他，说："不失恋看这种书？说明你无聊空虚。得了，陪我去看电影《三个摩登小姐》，光陆影院刚公映。"沈义生想拒绝，心里又发痒。《三个摩登小姐》是上海联华公司刚拍摄完毕的新电影，立时风靡全国。主演有金焰、阮玲玉，全是他崇拜的影星。犹疑当口，花璧君向他伸出手，说："来呀，你坐我后架，我带你。"光陆影院在小白楼，离学校不远。沈义生腾身坐上后架，花璧君带他穿过校园，拐上马路，箭一般奔向小白楼。

从过午到黄昏，沈义生一直陪着花格格度过的，并不愉快。花璧君任性而风骚，令他感觉十分别扭。

他们俩赶到光陆影院，电影已经开演。二人摸着黑找了座位，刚落座，花璧君暗中拧他胳膊一下，嘻嘻嘻地低语："你身上有股挺好闻的味儿。"沈义生不敢搭茬，挪离她远一些。花璧君的心思不在看电影，不停扭动身子，呼出的气不停地斯磨他的脸庞，香香的，痒痒的。沈义生顽强地想着顾念娇，抵御近在咫尺的诱惑。那时电影没有配音，靠现场乐队伴奏。影片进入高潮，乐池里的乐手们演奏起主题曲，花璧君懒懒地说："片子挺没劲，咱们走吧。我请你跳舞去。"沈义生不舍得离开，电影已临近尾声。他一步一回头地随她走出电影院。

花璧君拽他走进前楼的"圣安娜歌舞厅"。光线幽暗的舞池内浮动一对对男女，其中一些白俄少女陪舞，舞台上一位摩登女郎扭动着腰肢，嗲声嗲气地唱着流行歌曲。他们在离舞台最近的包厢落座，那里被舞台的灯光笼罩起来。沈义生并不讨厌花璧君，却怕她。怕什么？他搞不清楚。所以他抢先声明："罗小姐，我不会跳舞。"花璧君莞尔一笑，说："可以呀，我们喝酒。"她叫过侍应生，要了瓶"52号"红酒——一种俄国人酿制的红酒，在当时的小白楼上层社会十分流行。不久，侍应生用托盘送来红酒和两只玻璃杯，分别放在她和沈义生跟前。花璧君将自己那只酒杯放回托盘，打发走侍应生后，她往沈义生的杯子里斟满红酒，举到他嘴边："密斯特沈，你不会酒也不喝吧？知道你不开心，以酒解愁。来，干掉！"沈义生僵在那里，只好接过酒呷一小口。刚放桌上，花璧君夺过去，"咕咚咕咚"将剩下的大半杯红酒全喝光了，立时俏脸蛋上泛起一片红晕。沈义生惊慌不已："花小姐，您这是为什么？"花璧君星眸迷离，说："向你赔罪呀！谁让我搞得你今天很不开心。""不不不，我今天很开心。"沈义生连忙示弱。

舞台灯光乍亮。摩登女郎唱起当时流行天津的歌曲《毛毛雨》——

> 毛毛雨下个不停，
>
> 微微风吹个不停，
>
> 微风细雨柳青青，
>
> 哎哟哟，柳青青。
>
> 小亲亲不要你的金，
>
> 小亲亲不要你的银，
>
> 奴奴呀，只要你的心，你的心
>
> ……

花璧君盯问沈义生："你和我在一起真开心吗？"

沈义生点头称是。花璧君一下子喝下半杯酒，把酒杯推至他面前："你说的是心里话？那就把剩下的酒干了。"沈义生举起酒杯，手微微颤抖，说："我怕喝醉。"花璧君咯咯笑起来："你想啊，不醉我会放了你？"

二人全喝醉了，相互搀扶偎依着，走上夜幕低垂的大街。沈义生的意识还算清醒，说："花小姐，你的单车呢？"花璧君冲天空摆手，说："不要了，我送你回家。你醉成这样，掉河里淹死，我要后悔一辈子。"然后她扯开嗓子，沿途哼唱着《毛毛雨》："小亲亲不要你的金，小亲亲不要你的银，奴奴呀，只要你的心……"

不知过了多久，终于来到徐公馆门前。沈琪早就候在那里，他瞧见少爷醉得东倒西歪，赶紧上前扶住，瞪着眼睛呵斥陌生的时髦小姐："你是干什么的，把我家少爷灌成这样?"花璧君不理睬他，哈哈哈哈地笑，朝大街尽头蹒跚走去。

沈义生"哇哇"大吐，沈琪撑住软如一摊泥的沈少爷，说："少爷，急死我了，我和隋管家到处找你。徐公很生气，这么晚还不肯安寝。"沈义生用拳头捣他胸口，说："嘘——小声点儿，别叫徐老头听见。"

四

徐老头——徐公板着脸孔训斥沈义生一番，训斥他日后除去上学，不可擅离公馆，指令沈琪寸步不离监督他。沈义生垂头不语，心里埋怨丛生：徐老头对我心怀偏见，成心找借口圈禁我。

沈义生失去了自由，整日无所事事地在公馆闲逛。坐后花园秋千上看书，伫立露台眺望远方的家乡。夜深人静的时候，他支棱起耳朵谛听，企图搜寻曾经出现过的女人歌唱，但那女人好像消匿了似的，只有佛堂传来徐公的诵经声。

其实，徐公馆里并不平静，常有形形色色的人光顾，那些人来历不明，形迹诡秘。

每天上午准时叩响徐公馆大门的是个落魄少爷，被隋管家称作"罗少"，明显地带有鄙意。"罗少"穿件洗得发白的青布长衫，手里总拎着把油布雨伞，一踏进公馆，见了人便点头哈腰，窄脸爬满谄媚的笑纹。他每天的任务是教徐公打台球，陪徐公下围棋，完成这两项任务，他就跟徐公论中国茶道，反正得耗到晌午，蹭一顿饭。罗少与沈义生同餐厅进餐，另起一桌，四热两凉六道菜，按徐公馆的规矩比沈琪规格高，比沈义生规格低。初识沈少爷，他使出巴结的能耐，竭力夸赞沈义生面相好，说他天庭饱满，地阁方圆，是大富大贵的命，将来必定拜相封侯。沈义生嗤之以鼻，这套摆摊算命瞎子骗人糊口的鬼话，他听过八百遍了，根本不信。罗少也识趣，既然沈少爷不买账，以后在餐厅碰见，光作揖寒暄，决不多说半句话。罗少虽然很贱，徐公却喜欢他，唯有见到他的时候脸上露出少见的笑容，而且天天厮混在一起也不觉得腻烦。罗少每天必到，不用事先禀告也不用通报，他俨然已成徐公馆的座上客。

这天，徐公馆来了位稀客，一身军人打扮，满脸大胡子，气宇轩昂，肩章上镶嵌着两颗将星。大胡子将军的到来，徐公格外破例不学打台球，不下围棋，更不论茶道，用两块大洋打发了罗少。徐公从不让外人见他的客人，那天凑巧，沈义生路过东楼，与拾阶而上的那位将军打个照面。将军肩头的两颗金星令他注视片刻，和他父亲沈东霖一样，来访者同样是中将。中将将军也瞥见他，驻步问徐公："徐公，这位大概是小沈的公子吧？实在相像，简直一个模子抠出来的。"徐公颔首。"大胡子"对徐公格外谦恭，俯身弓腰请徐公先走入客厅。

好大口气，管父亲称"小沈"。沈义生心里恼火，"大胡子"什么来头？他拜见徐老头有什么秘密？他决计探听究竟，但客厅进不去。对了，沈义生忽然想起东楼右侧有扇窗，直通客厅。藏在那儿，完全可以听见徐公和"大胡子"的谈话。沈义生溜到东楼窗根底下，恰好窗开着半扇，他贴近墙壁，屏息静气地偷听。"大胡子"口口声声管徐公称"大帅",说:"大帅,您执掌内阁兼管陆军部的时候,公正廉明,有功者奖,无能者贬。您下野之后,北洋政府污浊不堪。好不容易等到国民党掌了权,殊不知,蒋氏的国民政府更加腐败,任人唯亲、同党伐异。狗屁青天白日,纯粹昏天黑地没日头。"徐公微微一笑,说:"此一时彼一时也,怀广啊,何必替古人担忧。今天叫你过来,老夫受人之托,劝你和崔将军言归于好吧。"躲窗下的沈义生忽觉"怀广"的名字很熟悉——程怀广——听父亲提到过,他当过长江巡抚使。不用说,那位所谓的崔将军自然是山东督军崔维利了,两人是死对头。

　　果然,"大胡子"程怀广拒绝了徐公:"大帅,不是在下驳您老的面子。我同姓崔的不共戴天。当年直奉之战,他临阵反水,造成我部全军溃败,三千多弟兄啊,惨死敌人枪下,我险些被俘。此等背信弃义之徒,我岂能与他和好?大帅,您命令我死我绝不眨下眼睛,但此事断然不可。"徐公轻轻叹口气,说:"怀广,听老朽一言,过去的事让它过去吧。崔将军现今如日中天,你让他一步,避免吃亏。"程怀广气咻咻地说:"姓崔的会那套趋炎附势,投靠了蒋某人,得以重用。大帅的好意,在下明白,得罪了姓崔的,等于得罪蒋某人,我没有好果子吃。哼,他们倘若真挤对我,我就投靠日本人!"忽然,徐公沉下脸,呵斥他:"程怀广你越说越不像话了。"程怀广梗着脖子不服气,说:"在下不愿出此下策。谁叫他蒋某人贬斥忠良,信任奸佞?且说前日发生的事,东霖率部支援淞沪前线,将家眷送回老家。您说,国民政府是不是应该派人保护?他们根本不管不理。致使沈夫人惨遭日本特务暗杀,这怎不令忠臣心寒?!"

沈夫人？妈妈！难道我妈妈被日本特务杀害了？沈义生只觉天旋地转，眼前一黑，就什么都不知道了。

他醒过来，床前晃动几个模糊的人影。当人影渐渐清晰时，沈义生看清站面前的是随从沈琪、隋管家和穿白大褂的医生。医生说："好啦，他悲喜过度所致的昏厥。喝点镇定药，休息些时日，便安然无恙。"说着，医生拎起药箱走了。沈琪语声哽咽："少爷，你怎么啦？真有个三长两短我无法向沈司令交代！"

他支撑身躯坐起来，高声叫着："徐公呢，我要见徐公。"沈琪上前抱住他，说："少爷别动，大夫要你多休息，养好身子。"他在沈琪的怀抱里挣扎："放开我。我必须马上见徐公，隋管家，求求你替我通报一声。"隋管家冷静如常："沈少爷，对不起。徐公正在会客，他没工夫面见你。"沈义生忽然恸哭起来："我就要见徐公！他为什么不见我？他知道我家的血海深仇，知道我那亲爱的妈妈究竟怎么遇害的！"隋管家语气缓和下来，说："沈少爷，过于激动伤身体。徐公让我告诉你，程将军的消息未必可靠，他已派人暗查，回来禀告说，前日沈家庄确实被日本特务血洗，村庄被烧，但并没有发现沈夫人的尸体，有可能事先已顺利转移。您尽可安心养病，徐公必然会查个水落石出。"隋管家转身嘱咐沈琪："你照顾好沈少爷，我告辞了。"隋管家的身影很快消失门外。

沈琪悄声对沈义生说："少爷，您又坏了徐府的规矩，不该偷听人家谈话。"沈义生勃然大怒："徐老头是冷血动物！我母亲遇害，生死未明。他根本漠不关心。父亲也犯糊涂，把我寄宿在这儿，如果我在沈家庄，在母亲身边，我会保护我母亲，发生不了意外。"说着，沈义生再度悲伤地哭起来。沈琪陪着掉眼泪，拳头攥得"嘎吧"直响，说："我恨不得亲赴前线，多杀几个日本鬼子，替沈夫人报仇！"沈琪的话点燃沈少爷的愿望，他止住哭泣，说："大琪哥，你带我溜出徐府，乘火车找我父亲去。咱们一块上前线杀敌！"沈琪自知一时失口，连忙安抚少爷说："如无沈司令的命令，不能离开徐府半步。少爷，您还是安心养病，等等再说。"沈义生愠怒了，他指着沈琪的鼻尖，嚷："哼，别以为我什么都不知道，不愿点破你罢了。你早就认识徐老头，跟他穿一条裤子。现在我命令你立即去东楼，等徐老头的客人走后，回来通知我。今晚我一定要见他。"沈琪哪敢反驳，乖乖去了前院。

在等待沈琪回复的时候，沈少爷完成了他的一套设想：今夜沈琪睡熟之后，偷出他的手枪藏好，枪到手就好办了。然后伺机溜出徐府，登上南去的火车，那么他就像支脱弦的箭，飞向上海战场，同父亲并肩战斗，一雪国恨家仇。思谋得当，沈少爷的心境平息许多。

沈琪比预想的返回来快，进门后一言不发，脸色凝重坐一边。沈义生问他："客人走啦？"他说："没有。"沈义生不悦："那你跑回来干什么？"沈琪吭哧半天，才说："客人我见过。"沈义生追问："谁？"他低头不语。沈义生焦急万分，你倒是说话呀！沈琪抬起脸，眼睛射出一股杀气："那客人是日本特务头子土肥原贤二。"沈义生顾不得许多，拉起沈琪，让他带他去前院。二人穿过花园，刚行至东楼门前，碰见徐公送客人出来。他们赶紧掩藏在一棵大树后面。

徐公同日本人边走边窃窃私语，看样子两人的关系非同一般。土肥原说得多，徐公频频点头，一直陪同土肥原走出大铁门。

沈少爷和他的随从久久地呆立原地，宁谧的院落只有微风吹过。"徐老头勾结日本人！"沈义生恍然冒出一句话，他话音未落，隐约传来一阵女人的歌声，断断续续，凄凄厉厉。"徐府是个魔窟！"他像对自己说，也像提醒他的随从沈琪。

此时，沈义生更加坚定他潜逃的决心。

<h2 style="text-align:center">五</h2>

一个女人破坏了他的全盘计划。

天刚蒙蒙亮，沈义生从沈琪的枕头底下抽出那柄手枪，别在自己的腰间。然后蹑手蹑脚地走向房门，当他拉门的瞬间，蓦然听到一阵急匆匆脚步声，很快门外显出一个人影，很像隋管家。

"沈少爷，沈少爷……"隋管家急切地呼唤他。

沈义生故作镇定："隋管家呀。大清早找我有事吗？"

"哦，外面有位女学生请求见您。请少爷谅解，徐公不许外人随便进出。"

女学生？沈义生既惊讶又喜悦，心怦怦跳起来。在这个异乡城市，他认识的女学生没几个，那么肯定是顾念娇。她找我做什么？

"好，我出去见她。"沈义生掩上房门，跟着隋管家一路走到前院，隋管家帮他拉开大铁门，明媚的晨光里，亭亭玉立着一位女郎。她不是顾念娇，而是花璧君。她身畔停辆簇新的"雪佛兰"轿车。

多少有些失落，沈义生忽然冒出个念头：不妨利用花璧君逃离虎穴。他用眼睛的余光瞟瞟盯视他的隋管家，快速靠近花璧君。花璧君不明真相，一副懒散的模样同他打招呼："密斯特沈，今天我带你去个好地方玩。"沈义生已走到她面前，压低声音说："快，让我上你的车，尽快离开这个鬼地方！"花璧君顺从地打开车门，放他进去，随后加大油门，轿车飞驰出爱丁堡道。

在车上，沈义生不时地催促花璧君："快呀，快点开。去火车站。"花璧君反而减慢车速，扭脸问他："清晨赶火车吗？"沈义生说："只管开你的车，到了车站我再告诉你。"花璧君一踩刹车，车停在路边，她点支烟卷，慢吞吞吸一口，仰脸吐一串烟圈，说："要说你现在就说，要不你立马下车。"沈义生情知拗不过这位花格格，便一五一十地把两天发生的事讲述一遍。说话间，他掏出那把手枪，在花璧君面前晃了晃，说："我带枪上前线杀日寇，给我死去的母亲报仇！"花璧君抿嘴一笑，答应声："好吧，我帮你。"遂扔掉烟头，重新发动了轿车。其实，花璧君并没有按照沈义生指的方向驶向火车站，反而调转车头，带他奔向一个陌生的地方。

"雪佛兰"行驶一刻钟左右，缓缓停在一家咖啡馆前，沈义生发觉不对头，拧着不下车，说："我去火车站。"花璧君糊弄他："下午才有一趟去上海的火车，我们进里边待一会儿。要不我送你回徐府？"沈义生信以为真，跟随她踏进咖啡馆。

咖啡馆十分冷静，除了他们俩无旁的顾客。尽管如此，花璧君神秘地拉他进了屏风后面的包厢里，随后招呼侍应端来两杯咖啡。花璧君呷口咖啡，用审视的目光紧紧盯住沈义生，那种目光复杂而尖锐，绝非一个十七八岁女学生所具备的。沈义生则显得烦躁不安，不停地看手表、张望窗外。天空阴沉起来，仿佛他忧郁的心绪。

"密斯特沈，你真心想杀敌报仇？"花璧君一本正经地问他。

"对，我不惜鲜血和我的生命！"他激动地涨红着脸。

花璧君抓过沈义生的手抚摩，忽然轻佻地笑起来："您娇嫩的手哪像拿过枪？恐怕也没长一颗杀人的胆子吧？"

沈义生如同受了侮辱，霍地站起身，说："花小姐，请你不要轻视我。不信，我出去杀个人让你看。"

"好啦，我信。"花璧君变得正经起来，"既然沈少爷一心图报国恨家仇，用不着坐火车远途跋涉，更不用去前线，我可以给你提供个机会。"话音未落，她挽起他的手，他感觉花璧君的手心冰冷而坚硬。

咖啡馆的楼梯间有个小门，打开门经过漆黑的甬道，露出一间宽敞的地下室。沈义生随花璧君走进地下室，他很失望地看到里面到处摆放着演戏穿的行头和刀枪剑戟。花璧君揣测他心里所想，说："去年我在学校第一个组织了'国风社'，演出过《西厢记》《红娘》《二进宫》好几出京戏哪。过去这里是存放行头的仓库。"沈义生拿起一柄木制宝剑挥了挥，讥诮地说："我拿它杀日本鬼子？"花璧君不理会他，说："现在这里是我们'铁血团'的秘密总部。"沈义生不禁自语道："'铁血团'？"花璧君一字一顿地说："专杀日本人和汉奸！"

紧接着，她郑重宣布："沈义生同学，今天我正式吸收你成为我们组织的成员！"

当时沈义生有些犹豫，经不住花璧君再三怂恿，他略微一想，这主意也不错。就说，只要能杀日本鬼子我就干。花璧君对他讲，组织现有六名成员，加上他就七名了，有的是在校学生，有的是招募的热血青年。铁血团的主要目标是暗杀在津的日本人和汉奸，唤起民众抗日的信心，为东三省遇害的同胞报仇雪恨。

说话间，其他五名成员陆续到齐，他们互不通姓名，分别按号码相称。沈义生排最后，是"七号"。花璧君是"二号"。"一号"呢？花璧君说"一号"是他们的头领，他不面对大伙，和她直接联系，分派任务。于是，她率领大家歃血为盟。将大海碗倒满酒，每个成员划破手指，血滴进酒中。由花璧君带头依次喝干大海碗里的血酒，花璧君领着宣誓："我辈不才，歃血为盟，绝不叛变，不成功，便成仁。"宣誓完毕，花璧君开始布置任务。她说："'一号'的最新指示，一名大汉奸近日潜入天津英租界，命令我们时刻监视他的行踪，瞅准机会，将大汉奸干掉。"大家不禁热血沸腾，跃跃欲试。"三号"问："大汉奸是谁呀？"花璧君说："此人姓龙，名跃海，曾为东北军张学良将军手下，后无耻附逆，担任了伪满洲国军政部的高官。"沈义生听说过龙跃海，插嘴说："'九一八'事变后，龙将军曾发誓守土为责，绝不做投降将军，率部血战嫩江。他怎么成了汉奸？"花璧君说："他后来叛变了，当了日寇的走狗，所以必须除掉他。'七号'你要懂得组织纪律，以后只管执行命令，不要多嘴问为什么。"沈义生便不吱声了。

花璧君又说："从今天开始同志们不能擅自离开这里，等候'一号'指示行动。"沈义生暗自窃喜：这样多好玩，我不用回徐公馆，沈琪他们更找不见我。着急去呗。

晚间，花璧君独自开车出去一趟，说去见"一号"接受命令。不大工夫便折返回来。关上地下室铁门，她紧张兮兮地说："赶紧分头转移，'一号'在英租界西芬道 10 号租下一幢楼房，对面正好是龙跃海的寓所。他命令我们转移到那里，日夜监视龙跃海。为了避免外人注意，大家一个一个离开此地，随后到西芬道 10 号集合。"她对沈义生说："你跟我开车去那儿。"命令一下，其他人陆续离开地下室，最后花璧君和沈义生走出咖啡馆，钻进那辆"雪佛兰"轿车。

夜幕垂落，天津城喧嚣的夜生活至此上演。商场灯火辉煌，饭庄、酒馆宾客如云，跳舞厅、戏园子乐声嘈杂，妓馆挂起招客的红灯笼……人们忘我地沉沦，好像把对战前的恐慌淹没在堕落的繁华中。轿车游鱼般在人潮车流的马路上穿行，沈义生愤然地咏叹出一句古诗："商女不知亡国恨，隔江犹唱后庭花。"

隔一会儿，花璧君试探他："你紧张吗？"

实际上，沈义生并不觉得紧张。他回答说："我心中只有仇恨！"花璧君十分赞赏他："对啦，你把仇恨化作杀敌除奸的力量。不过，你不可轻举妄动，一切都要按照'一号'的指示行动。"他摸摸腰间的手枪，心里琢磨，"一号"是谁？他那么神秘，仿佛一只无形的大手，控制着花璧君和"铁血团"。他突发奇想，说："花璧君，我想见一见'一号'。"花璧君立刻说："不行。如果他想见你的话，我会通知你。"沈义生又说："花璧君，你能跟我讲讲他长什么模样吗？"花璧君说："也不行。"

轿车停在一幢灰色的洋楼前，他们开车快，其他人尚未赶到。下车的时候，花璧君叮嘱沈义生："如果以后你见到'一号'，千万别直呼我的名字，管我称'二号'。"沈义生点头说："我懂，这是组织纪律。"

六

如果说潜伏起初被好奇、刺激和仇恨鼓动着，五六天下来，沈义生则让孤独和寂寞折磨得疲惫不堪了。尽管身边有铁血团战友，但他们之间不允许通话，甚至谁都不多瞄谁一眼，形同陌路人。

沈义生挂念在前方浴血奋战的父亲，看不到报纸，听不见电台广播，父亲的音信皆无。他想沈琪，自己失踪的这些天，恐怕大琪哥愁得饭也吃不下。他最思念的是顾念娇，她那双水汪汪的大眼睛总出现在无眠的黑夜里。沈义生克服想念的唯一办法是盼着天亮，太阳早早升起，那么他便可以全神贯注地伏在望远镜后面，绷紧心弦盯视对面的楼房。

望远镜拉近了对面楼房的距离，龙跃海在里边的一举一动都尽收眼底。龙跃海几乎足不出户，整天闷在二楼房间抽烟、喝茶，或打电话。很少来客拜访他。龙跃海的随身卫队负责警戒，里三层外三层地将小楼围个水泄不通，生人休想踏进一步。沈义生必须把每天观察的情况记录下来，交给"二号"花璧君，花璧君汇总后，呈报给幕后的"一号"。沈义生渐渐渐明悟他们监视的目的，就是寻觅龙跃海的防卫出现缝隙的那一刻，铁血团见缝插针，干掉汉奸龙跃海。经过多日观察，他们终于寻觅到了"缝隙"：每逢周末，龙跃海常常离开寓所，去大舞台戏院看戏。而且必然脱离英租界，途经日租界的宫岛街。他乘坐一辆别克轿车，由四名随从保卫，两名坐车里，另外两名随从一左一右站立车厢外面。这是龙跃海防卫最薄弱的环节。花璧君对于这个发现十分兴奋，她十分得意地说："太好啦！终于等到下手的机会。我一定到'一号'那儿给大家请功。你们再辛苦些日子，一定摸准规律。此举只许成功，不可失败。"

除去花璧君，其他人不许随便走出灰楼。只有每天清晨城市尚在酣睡的时候，大家轮班出去买水，到街拐角的一家水铺花四个铜子打两暖瓶喝的开水，来去也就十来分钟光景。沈义生拿它当作"放风"的机会。

轮到沈义生打水，他故意拖延时间，行走的步履不紧不慢，尽情享受清晨新鲜的空气。打满两暖瓶热水，他拎着走出水铺，突然被闪出的一个人拦住去路。

"你，顾念娇！"他险些失手摔了暖瓶。

顾念娇紧张地四处张望，然后拽住他，说："快，不要吱声，跟我走。别叫你的同伙发现。"

懵懂的沈义生被她拉进旁边一家杂货铺。顾念娇冲杂货铺掌柜的示意地点下头，随后撩开门帘，进了后面一间小黑屋。屋子里坐着国文老师孔文达。沈义生错愕不已，莫非孔老师为他逃学而来？

孔老师面如沉水，他跟顾念娇交换一下眼色。顾念娇急赤白脸地说："你怎么参加铁血团？跟日本特务组织搅到一起？"

沈义生大惊失色，说："我？是花璧君拉我加入的。她说是抗日组织，专门暗杀日本人和汉奸。"

"什么呀！"顾念娇余怒未消，"铁血团是日本在津的特务机关建立的秘密组织，他们头子的外号叫'黑幽灵'。你幼稚！"

孔老师接过话茬："沈义生同学，你上当了。龙跃海将军是抗日英雄，不是汉奸。虽然他一度受蒙骗被利用，现在他揭竿而起，又一次举起抗日的大旗。时间紧，你不赶紧回去，会遭到他们的怀疑。现在，快把他们的暗杀计划告诉我们，设法让龙将军免遭危难。"

沈义生将铁血团趁龙跃海周末晚上出来看戏的机会，途中伺机刺杀的计划统统告知孔老师。说完，他疑惑地问："为什么他们相中我？"孔老师说："这叫一箭双雕！一位抗日将领的儿子暗杀一位抗日英雄的事件传出去，势必造成抗日阵线的内乱。沈义生同学，铁血团哪天采取行动，你出来打水的时候，秘密通知水铺老板。你千万不要暴露自己。放心吧，到时候我们会保护你的安全。"末了，孔老师对顾念娇说："你赶紧送沈义生同学离开，不要让特务们产生怀疑。"

沈义生匆匆走出杂货铺，看一下手表，正好十分钟。

到底应该相信谁？花璧君还是孔老师和顾念娇？让沈义生苦恼很久，最后他决定相信顾念娇，他爱她！信任是爱的基础，这理由足够了。沈义生扳着手指头数日子，尽快脱离铁血团，回到顾念娇身边。

早上，花璧君从外面那里归来，宣布今晚按"一号"指使，全体出动刺杀龙跃海。沈义生焦急不安起来，如何将消息传递给水铺老板？时间在等待中一分一秒地流逝，将近中午的时候，沈义生料定不能再等待下去，他急中生智，用脚勾倒暖瓶。"砰——"的一声炸响，暖瓶内胆迸碎了。房间潜伏的铁血团成员以为发生什么意外，纷纷拔出手枪。"三号"是个满脸络腮胡子的家伙，他不满地嘟囔："妈的，你倒好，一脚踢没了热水，让大伙跟着你干渴。"沈义生像做错了事的孩子，拎起另一只暖瓶，说："我出去打水。""不行！"花璧君拦住他："今天谁都不能离开房间一步。""三号"上前央求花璧君："打这阵儿到晚上七八个小时，连口水也喝不上，还不渴死大伙？"花璧君犹豫片刻，嘱咐沈义生："你快去快回。"沈义生像得了圣旨般奔下楼梯，他听见"三号"埋怨花璧君："你弄进的小白脸，兔子胆。别毁了组织大事。"花璧君斥责他："少多嘴。'黑幽灵'自有他的用意。"

"黑幽灵"？顾念娇说对了，铁血团真是日本特务的秘密组织！沈义生不禁浑身冒出冷汗。他穿过大街，跑进水铺，买水的时候偷偷将事先写好的字条塞进老板手心，随后拎着暖瓶返回洋楼。他一踏进门，花璧君开始布置暗杀计划："四点钟全体换便衣分批出发，进入埋伏地点宫岛街。六点左右龙跃海乘坐的别克轿车将经过宫岛街，你们分成三组轮番向车内开枪，把子弹打光为止，然后四散撤退。这必将成为轰动全国的大事件，你们一定名垂青史。"那几个人跃跃欲试，而沈义生心中忐忑不安，他不知道该怎么办，更不知结局如何。

窗外的太阳慢慢收敛光芒，暮色渐起。沈义生那颗一直剧跳的心脏梗堵在嗓子眼。花璧君发出命令："出发！""三号"率领其他成员分批溜出洋楼，沈义生依然坐着花璧君的车奔赴埋伏地点。

宫岛街属于日本人控制的租界，正值黄昏时分，大街上人来车往、川流不息。沈义生忽然在行人丛中发现了顾念娇。顾念娇装扮成卖花小姐，在人行便道徜徉。同时，他瞧见沈琪，沈琪扮作拉胶皮的，脏衣破帽蹲烟摊旁抽烟。沈义生心里有了底，一种从未出现过的暖意涌遍全身。

花璧君略有察觉，她疑惑地问他："你东张西望什么？"沈义生恐慌地回答："我，我……大汉奸的车还不到呢？"花璧君说："你别慌张，十分钟后才到呢。"此时，十分钟长于十年！

　　天色逐渐暗淡下来，暮霭弥漫了大街。花璧君的手痉挛了一下，沈义生侧脸望去，大街那头急速驶来一溜车队。一共三辆车，前头一辆警车开道，后边是卫队的车押后，龙跃海的别克轿车夹在中间。车队越驶越近，隐约可见穿将军大氅的龙跃海端坐别克轿车内。花璧君短促地发出命令："上！"埋伏在大街两边的铁血团成员一跃而起，冲到大街中间，一起举枪朝车队疯狂扫射。"啪啪啪——"子弹横飞，炒豆子那么乱响。顿时将龙跃飞乘坐的别克打成筛子，瘫在大街中央不动窝了。街头乱作一团，人们尖叫着，四处奔逃。几乎就在同时，人群中冲出另外一些带枪的人，其中有顾念娇，他们持枪朝铁血团成员射击。铁血团突然遭背后偷袭，顾不上别克轿车，转过身来跟顾念娇他们对射，后面那辆车纷纷跳下龙跃海的卫队士兵，铁血团腹背受敌。枪声大作，子弹横飞，场面陷入一片混乱。沈琪猴子般灵活地从马路另一头跳出来，他枪法精妙，接连击倒"三号"和"六号"。沈义生一时忘乎所以了，他拍着手掌叫好："真棒！真棒！"蓦地，一支冰冷的枪管抵住他的太阳穴。

　　"原来你背叛了我们！"花璧君阴沉着面孔说。

　　沈义生显得很冷静，他气愤地叫喊："你欺骗我。你是日本特务！"

　　花璧君一阵狞笑："可惜，沈义生同学你知道晚了些。本来打算事成之后除掉你，看来只能提前要你的小命。"

　　沈义生情知难逃此劫，他闭紧眼睛，痛苦地叫："妈妈，儿子不孝，没替您老人家报仇。"

"砰——"一声枪响，脸上溅了湿漉漉的东西。他睁开眼睛，见花璧君晃了两晃，从面前倒下去。他抹把脸上沾染的花璧君的血，茫然四顾，想弄清怎么回事。沈琪蹲他面前，说："少爷，快跟我走！"说着，将他推进胶皮车，拉起来就跑。沈义生拼命用脚跺车板，喊着："放我下去，我们一起去帮助顾念娇！"沈琪根本不理他。沈义生回首望向宫岛街，此时枪声顿息，街头横七竖八地躺着铁血团成员的尸体，而顾念娇那些人已不见踪影。这样，他的心才落平。

他问沈琪："你拉我去哪？"

沈琪说："还能去哪？回徐公馆。"

他不吭声了。

末了，沈琪对他说："少爷呀，你闯下塌天的大祸了。"

七

东楼客厅内，打捆好的行李摆放一溜。徐公倒背双手，面朝里站着，高昂的头、挺直的脊背透出一股威严和霸气。

隋管家引领沈义生走进客厅时，沈义生偷眼瞥见地上的行李，顿悟徐公打算轰他出门。张张嘴欲解释，不料徐公先开口了："贤侄，老夫的庙小，留不住你。我已给沈将军拍了电报，他准许你先回南京居住。"沈义生情知理亏，他跨前一步，朝徐公的背影深深鞠一躬，说："徐老伯，我知错了。恳求您留下我，让我在天津完成学业。"徐公转过身，用锥子一样犀利的目光盯住他，想窥测出面前的少年后生的真实心理。徐公说："老夫留住你的人，只怕留不住你的心哪。"语气虽渐缓和，但仍显露一丝狐疑。沈义生趁热打铁，连忙说："晚辈保证绝不再出去招灾惹祸，安心学习，不辜负老伯一片苦心。他日若学业有成，能为国家效力，小侄定不忘您的知遇之恩。"徐公丝瓜般的长脸终于露出笑容，说："既然如此，贤侄可暂且屈居寒舍，待学校放暑假时再说吧。"

沈义生战战兢兢退出来，久候外面的沈琪拽住他胳膊，说："少爷，我替你捏了一把汗。"沈义生窃笑道："嘿，我吓出一身白毛汗呢。徐老头子真厉害。"沈琪说："徐公对你够宽大。凭他当年的脾气，早把你拉出去一枪崩了。"沈义生梗着脖子说："他敢！"沈琪怕他执迷不悟，说："少爷，听在下一声劝。您不可再闯祸了，即便徐公不管你，沈将军知道也不会饶恕你。"沈义生冷笑道："我懂，寄人篱下、身不由己嘛，要学会装乖。"

实际上沈义生的真实想法，任何人都无法洞悉。单凭情绪上讲，他巴不得立即逃离徐公馆，远远躲开既讨厌又令人生畏的徐老头。但他离不开这个地方，因为有根线牵着——那就是大眼睛的顾念娇。过去顾念娇留给他的印象仅仅是漂亮、大方、善解人意；宫岛街伏击战的一幕，让他领略了顾念娇的另一面，英姿飒爽、冒险杀敌——犹如当代的女侠客。自古至今谁能与她相比？古代的红线女，今日的鉴湖女侠秋瑾。沈义生对她已经顶礼膜拜了。世上爱情许多种，崇敬的爱属于顶级的，是最深、最纯、最死心塌地的爱！源于这个原因，他怎能独身离开？那不等于丢弃今生今世的爱吗？从理智上讲，接近顾念娇，追求顾念娇，就必须继续留在天津上学，继续留在徐公馆。不管遭受怎样的境遇，他也要忍受，一切为了爱情，为了顾念娇。

在徐公馆幽闭几日，周一的清早，沈义生像一只放飞的鸟，活蹦乱跳地走出黑色大铁门。天空多么透明，空气多么新鲜，阳光多么温暖，自由是世界上最美好的东西。尽管他的自由并不完全彻底，沈琪亦步亦趋地尾随身后，监护他的一举一动。而一旦进了校园他就完全自由了，沈琪只能守在校门外边，乖乖地等上一天，等他放学一起回公馆。这么一想，沈义生的心情欢畅许多，恰似路旁白杨树随风跳跃的叶子。

胶皮车将沈义生和他的随从撂在校门口，沈义生顿时感觉学校的气氛不对劲：门楣四周围着一圈白花，进进出出的学生脸上挂着悲戚而凝重的神情。"坏啦，一定出了什么大事！"他喃喃自语着，拔腿朝校园里奔。身后沈琪一把拽住他，央求说："少爷，您尽管上您的学，其他事别搀和。"他甩开沈琪的手，用鼻子哼了一声。

天空阴云密布，雷声在乌云后面低吼。学生们源源拥向操场，他们个个胸前佩戴白花。沈义生不约而同地跟随他们汇聚操场。不知谁搭了个台子，台上悬挂着孔文达老师的巨幅照片，两旁的白布上用浓墨重笔书写一副对联：英烈不死，浩气长存。台子上方挂着横幅：愤怒声讨日本特务惨杀我爱国人士的暴行！

沈义生猝然一惊，孔老师被日本特务杀害了！

远望孔老师的遗像，他不禁想起遇害的母亲，泪水止不住地流淌下来。顾念娇挤过来，用小拳头捶他胸膛，说："那天你没受伤？"两人劫后重逢，沈义生一时不知说什么好。他揩干泪水，动情地说："念娇，我白天夜里地思念你。"闻言，顾念娇的脸庞飞起一片红云，连忙扯开话题说："那天营救龙将军的行动很圆满。幸亏有你的情报，事先孔老师通知了龙将军，一名和龙将军长相相似的士兵代替他坐车里……可是孔老师死得很惨。昨天早晨他离开家门，刚走出胡同，两个便衣特务骑自行车冲过来，然后朝他举枪射击。孔老师身中十几枪，当场倒在血泊中……"沈义生仿佛遇见亲人那样哽咽起来，说："我母亲也被日本人杀害了。"顾念娇鼓励他："别像个女人似的哭鼻子，挺起胸膛，跟大家一起去声讨日本特务的暴行。"身畔竖立起森林般的手臂和怒潮般的吼声，沈义生也高扬起拳头，和同学们一起怒喊："打倒日本帝国主义！为孔老师报仇！"

追悼会结束后，学生们组织浩大的队伍，拥出校园到外面游行。沈义生在游行队伍中再度碰见顾念娇。当时他伫立在篮球架下，犹豫着去不去游行。顾念娇从队列中走出来，塞他手里一面小旗，说："参加我们吧。"他觉得浑身涌起一股豪气，举着小旗融进游行大军中。游行队伍浩浩荡荡地走上大街，沈琪发现少爷也在其中，企图挤进来拉他，被学生们拥推出去，急得沈琪直跺脚。游行示威黄昏时才结束。顾念娇拉住沈义生，说："走，跟我去一个地方。"沈义生问："是宫岛街上那个水铺吗？"顾念娇说："不是，那里危险，水铺已被日本特务盯住了。"沈义生说："那去哪儿？"顾念娇说："你甭多问，跟我走就行。"沈义生同顾念娇情人一般地牵着手，慢悠悠穿过几条街道，拐进一条胡同。一位妇女坐胡同口纳鞋底子，顾念娇认识她，两人相互递眼色，顾念娇带沈义生钻入小院，踏着吱呀乱响的木楼梯，来到一间小屋前。顾念娇轻轻叩响三快二慢五次屋门，只听里面有人说："进来吧。"

拉开房门，呛人的油墨味扑面而来。房间里有五六个学生，满头大汗地在油印机上印刷传单。顾念娇欢跳着朝高个头的男生跑过去，冲他耳畔嘀咕一阵，高个男生放下手里的油印辊，绕过桌子走来，同沈义生握手，说："欢迎你，沈义生同学，我叫纪振国，'抗日救国同盟会'南开分会的负责人。"沈义生感觉对方的手很有力。同时，他发现纪振国有些面熟，带着浓重的东北口音，他猛然想起与纪振国有过一面之缘。前些日子上街抵制日货，他和顾念娇说话时，纪振国打老远唤她，顾念娇的大眼睛登时绽放异样的光彩。从那时起，沈义生断定顾念娇与纪振国的关系非同一般。

纪振国没留意他的呆痴，热情地拉他躺在安乐椅上，安乐椅一起一落很悠闲。沈义生心里酸溜溜的又迷惑不解，不明白顾念娇拉他到这里和纪振国见面做什么。

一旁，纪振国对他说："日本特务机关十分卑鄙，他们买通当地的流氓杀害孔老师。英烈的血不会白流，总有一天我们跟他们算账！沈义生同学，希望你加入抗日救国同盟会，大家一起宣传抗日，唤起民众，呼吁国民政府抗击日本侵略者，把日本人从中国领土赶出去。"

沈义生顾虑重重："我不会打枪，也没杀过人，怕完成不了组织交给的任务……"

纪振国会心一笑，说："抗日救国同盟会有许多工作，比如上街宣传抗日，抵制日货；组织集会游行，散发传单；监视敌特的活动；等等，每项任务都十分光荣。"

"我，"沈义生显得很为难，"我愿意参加抗日救国运动，可眼下我寄宿在徐公馆，徐公管束很严，我身不由己。上次我误信人言，参与劫杀抗日将军龙跃海的敌特组织。徐公知道后，更不让我随意行动，派我的随从时刻监督我。我现在简直就是个囚犯，毫无自由可言。倘若他听说我参加抗日救国同盟会，说不定轰我回南京。"

纪振国拍拍他的肩头，安慰他："从今天起我们就是革命同志了。沈义生同志，组织了解你的一切情况。不让你抛头露面，不暴露你的身份。但交给你的秘密任务十分光荣。"

沈义生睁大眼睛问："什么任务？"

纪振国说："监视徐公。"他故意停顿一下，观察沈义生的神色，"日本侵略军占领东北全境后，继而企图控制华北地区。敌人开始拉拢旧军阀、政客建立伪华北自治运动欺骗国联。据我们所知，军阀程怀广已卖身投靠，日本特务下一步的重点目标一个是北平的吴佩孚，另一个就是天津的徐公。他是皖系的头领，曾任北洋政府副总统，拉他出来充任华北伪政权首脑，政治影响力大，欺骗性强。"

"要我怎么做？"沈义生从安乐椅站起来，他突然感觉自己很重要。

"你利用寄宿徐公馆的便利条件，密切关注徐公的一举一动，跟他来往的是些什么人？他们之间密谋什么？然后向组织汇报。"说着，他唤过来顾念娇，对他俩说，"往后你直接同顾念娇同志单线联系。为了方便工作，你们俩扮作谈恋爱的情侣。徐公就不会怀疑你，也不会干涉你的自由了。我们的目的就是防止他投靠日伪，充当汉奸。"

沈义生心底滚过一股暖流，同顾念娇扮成情侣，这是他梦寐以求的事呀！可惜是假扮，假若是真的该多好！

纪振国布置完任务，让顾念娇马上带沈义生离开抗日救国同盟会分部。临出门的刹那间，他忽然想起什么似的问纪振国："假若，我是说假若徐公真投敌怎么办？"纪振国愣怔片刻，一束冷峻的目光射过来，"那就不是你的任务了。"沈义生领悟他话的含义，不禁打个冷战。

顾念娇挽住沈义生的胳膊，情侣一般地走在大街上，他感到无比幸福，一时竟忘记他的"光荣任务"，约顾念娇看电影。顾念娇出言委婉，说："你该回家了，免得让徐公怀疑。"他羞愧难容，怎么能把假情侣当成真的呢？顾念娇猜中他的心思，又柔声地说："人家担心你的安全。你要处处小心，轻易暴露自己的身份很危险。"他点点头。

这时，他们回到学校大门口，顾念娇亲昵地将头靠在他肩头。沈琪不知从何处蹿出来，拦在他俩面前，面带不悦地说："少爷，你该回徐府了。"同时，不怀好意地审视顾念娇。顾念娇松开手臂，跟他道别："亲爱的，明天学校见！"沈义生恋恋不舍地望尽她离去的身影。沈琪嘟囔说："少爷，你干吗又跟女人搅一块儿。女人是祸水呀！"沈义生瞪他一眼，说："我的事轮不上你管。她是我的女朋友。"

八

沈义生终于明白他所接受的"光荣"任务是一块烫手的山芋时，可惜为时已晚。自从他违背诺言又去参加追悼孔文达老师的集会游行后，徐公对他防备森严，避而不见。除去吃饭，他难以踏进东楼，更接近不了徐公。沈琪寸步不离地跟着他，他失去了作为"内线"的资格，无法获得有价值的情报。万般无奈的情形下，沈义生决定拉拢罗少，雇佣他成为自己的"内线"。说准确点，是"利用"罗少，在他不清楚自己身份和目的的情况下，替自己获取组织所需要的情报。

沈义生打心眼里瞧不起罗少，无非是一个唯利是图的家伙，整天陪徐公玩，陪徐公乐，混吃混喝，骗俩零钱花。但徐公最信任罗少——这就是一个下野的民国副总统和一个落魄少爷友情的特殊之处。沈义生想利用他，首先要雇佣，用钱拉拢收买。战战兢兢混日子的人都敏感，罗少感受了沈家少爷释放出的善意，他投桃报李，谄媚地向沈义生讨好，目的在于想从这位年轻幼稚的阔少爷身上揩油。两厢情愿，随后一拍即合。

这天，在东楼餐厅吃过晌午饭，罗少紧追几步，赶上沈义生，从怀里掏出个翡翠扳指，用袖子蹭了蹭，说："沈公子，您上眼瞧瞧。庆王府淘换出来的玩意儿。"沈义生不懂玉器珍玩，假装内行地端详半天，说："不错，不错！"罗少见沈义生这么好糊弄，挑起大拇哥夸赞："沈公子您好眼力！俗话说，好马配好鞍，名将配宝剑。这东西就配您戴。得了，沈公子若不嫌弃，我送您啦。"沈义生不笨，罗少哪里是送，纯粹是"踹"给他。他不动声色，说："哪敢要你这么贵重的东西。这样吧，你出个价，我买。"罗少乐的眼睛笑成一条缝："明眼人跟前不打诳语。真正宫里的翡翠扳指，市面上价格六百大洋，您要，就三百。便宜那一半，算我高攀跟您交个朋友。"沈义生接过扳指，冲沈琪努嘴，说："给罗先生支钱。"早在一旁瞧不过眼的沈琪火了，吵嚷着说："什么破玩意儿值三百大洋。少爷，他蒙您。"沈义生自有他难言之隐，说："少废话。叫你拿钱你就拿。"沈琪犯起牛性子："我不给！少爷，您这样乱花钱，就是败家的少爷。""混账！"沈

164

义生没料到随行当外人面顶撞他，一时怒不可遏。罗少怕主仆俩闹起来，砸了他的买卖，赶紧劝架："二位有话好好说。"沈琪一把揉他摔个屁股蹲儿，骂道："去你娘的。"转身走了。

　　转脸，沈义生歉意地对罗少说："下属不懂事，让你见笑。不过这个东西我要定了。"罗少拍拍屁股上的尘土，说："货卖于识家，沈公子识货呀！"沈义生有意无意地顺口问他："你今天没陪徐公打台球？"罗少啧啧嘴，说："本来说打台球的，程将军突然造访，生生给搅啦。"沈义生又问："程怀广将军吗？他最近老来公馆，一定有要紧事。"罗少顺口搭音："可不。我听了几句他们的话。程将军要徐公到华北自治政府主政，徐公说考虑考虑。"沈义生唯恐继续扫听下去，罗少生疑，就说："罗先生，晚上吃过饭，请到寒舍小坐，我顺便将钱给你。""好好，谢谢沈公子。"说完，罗少美滋滋地拱手道别。

　　晚间，罗少溜进沈义生的书间。沈义生将封好的三百现洋交他手里，说："罗先生，你过过数。"罗少掂了掂分量，紧紧搂进怀中。因为他偷眼瞟见外间屋的沈琪正在摆弄手枪，边故作心不在焉地说："沈少爷何等人物，我信得过。"沈义生怕他拿了钱，抬屁股就走，便抓紧时间打听想知道的事，说："程将军同徐公的关系非同一般吧？"罗少说："可不。程将军足智多谋，号称'小诸葛'。当年徐公主掌内阁陆军部的时候，最赏识程将军，封他幕僚长兼长江巡抚使。可以说，徐公对他言听计从。"沈义生顺藤摸瓜，问："程将军干吗拉徐公进华北自治政府？"罗少叹息一声，说："嗨，说来话长。自打徐公下野之后，程将军失去靠山，在军界受中央军排挤，万不该得罪了崔维利将军，一赌气投靠了日本人。日本人想在华北站住脚，得推出有名

165

望、有号召力的人充当华北王，就请徐公出山，派程将军说服徐公……"话说一半，他连打几个哈欠。沈义生试探地问："徐公那么轻易被他说动？"罗少刚说句"不好讲，不好讲……"便哈欠连天，鼻涕眼泪流个不止。

他是大烟鬼！沈义生很兴奋自己的发现，似乎找到又一种控制罗少的方法。本想趁热打铁追问下去，忽闻女人的歌声从遥远处传来。"谁在唱歌？"沈义生情不自禁地自语。罗少搭腔说："徐公的独生女儿，关在东楼。"沈义生对这件事起了好奇心，企图继续追问下去。罗少犯了烟瘾，忙不迭地起身告辞："让沈公子见笑了，我撑不住了，找地界吸两囗'福寿膏'。改日再叙。"

罗少走后，沈义生凝望乌云笼罩的夜空，心里愤愤地想：连自己的女儿都囚禁，徐公不是恶魔，也是个霸道鬼。

那一夜，沈义生激动得难以入眠。拿着从罗少口中掏出来的情报，足够有理由明天同顾念娇相见了。他盼望那个时刻。

夜太漫长，仿佛流淌不尽的河流。似睡非睡间，母亲的脸庞浮现眼前，面带慈爱的笑容。他急切地呼唤："妈妈，儿子想念您哪！您在人间还是在天堂呢？亲爱的妈妈，儿子最想跟您说一件事，我爱上个女孩儿，她叫顾念娇，她美丽、开朗、贤淑、纯洁、勇敢……反正您见到她一定会喜欢的。我对她一见钟情，今生今世不会再爱上别的女孩。可是，妈妈，我只能和您一个人讲，顾念娇另有心上人，我看得出她爱那个人，儿子很痛苦，我该怎么办呢？……妈妈，您放心，我已经想好了，只要顾念娇幸福，我会默默地祝福她。如果真爱一个人的话，不该希望她获得幸福吗？为她而牺牲一切又算得上什么？妈妈，您在听儿子的倾诉吗？……"

晨光照透窗帘，沈义生翻身坐起来，急不可耐地招呼沈琪："大琪哥，赶紧起床，送我去学校。"沈琪揉揉睡意惺忪的眼睛，说："少爷，还早哪，刚五点钟。让我再眯瞪会儿。"沈义生说："耽搁不得，今天学校出早操。"其实根本没有出早操这么回事，沈义生打算早点到学校，在那里等候顾念娇。

学校阒无一人，沈义生独自在操场踱步。一夜秋风起，扫落遍地杨树叶，脚踏枯黄的叶子，发出"咔吱咔吱"的声响。他心如潮水，忽涨忽落。一想到即将见到心爱的人，激情沸腾；转念想到顾念娇并不属于自己，热度又降至冰点。情感被反复折磨到精疲力竭时，顾念娇出现了，她从操场另一头姗姗走来，披一身霞光。

二人见面后，顾念娇开口就问："徐公那儿有新情况吗？"沈义生说："有。已暗中投靠日本人的程怀广，频频拜会徐公，说服徐公出任华北自治运动的首脑。"顾念娇焦急地问："徐公怎么表示？他打算卖身投靠吗？"沈义生说："据可靠消息，他仍旧在犹豫。"顾念娇一听就发怒："什么叫犹豫？犹豫就是动摇，说明他已经产生了坏念头。危险哪！"沈义生自以为了解徐公，辩解说："目前还不至于。徐公不是轻易被说服的人，良心也不会叫他这么做。"顾念娇蛾眉倒竖，说："你呀幼稚，头脑简单。像他这样的老牌亲日派、镇压学生运动的刽子手，什么事做不出来？你竟然相信他的良心？！我必须立刻将情况报告纪振国……我已经好多天没见到他了。"沈义生故作不明白："你和他都是抗日救国同盟会成员，应该天天在一起呀。"顾念娇神情黯然："抗日救国同盟会分会的秘密地点不许暴露,除非我有重要情报,否则他不让我去。"原来如此,罗少的情报反而凑成他俩的接近。沈义生如同翻倒五味瓶,说不清什么滋味。

他幽幽地说:"念娇,昨夜我梦见我母亲,我对她说我爱上个女孩。"顾念娇眨着大眼睛逗他:"谁呀?不会是我吧。"沈义生说:"真是你。"顾念娇笑起来,一副无所谓的样子:"今夜再梦见你妈妈,你就跟她老人家说清楚,我俩是假情侣,为了抗日救国而掩人耳目。假的永远成不了真的。你妈妈准放心了。"沈义生说:"不,我不能骗妈妈。"顾念娇有些烦,说:"不跟你瞎啰唆,我马上赶去救国同盟会。沈义生同学,你别忘替我跟老师告假。"

顾念娇匆匆离去,沈义生依旧伫立操场上,朝阳将他孤单的身影拖得很长。

九

沈义生请罗少吃馆子,说去马厂道的西湖饭店吃。罗少觍着脸说:"沈公子,我腻味吃西餐。您真心请我的话,咱们去南市的燕春楼。天津卫有名的八大楼之一,地道的回回菜。"沈义生抱着无所谓的态度,上哪儿吃都行,重要的是从他嘴里套出情报。

沈义生晌午放学后,直接坐胶皮车到了南市牌坊,借此甩开了跟屁虫似的沈琪。燕春楼二楼雅间里,罗少早已等在那里。见沈义生撩开门帘走进来,罗少一边起身让座,一边斟满一碗茶水,双手端他面前,说:"沈公子,请品品这茶,上等的高末。我从增兴德茶庄掌柜那儿淘换来的。"沈义生不懂茶，呷一口果然香气沁脾。他半讥讽半夸赞地说："罗先生了不起，对吃喝玩乐研究到家了。"罗少摇头说："沈公子此言谬也！我虽出身皇家贵胄，但落魄至津门。这点小小伎俩全是跟天津人学的，天津卫最懂得'吃喝玩乐'这四个字的真谛，'吃'要吃出道（学问）；'喝'要喝个绝（境界）；'玩'要玩出（花）样；'乐'要乐个明（白）……"沈义生担心他滔滔不绝下去，白耽误工夫，赶紧拦住他说："该点菜了。"罗少捧上菜单，说："我已点下，请您过目。个个都是燕春楼的看家菜。"沈义生摆摆手，说："我不用看，叫他们上菜吧？"

片刻工夫，菜肴摆满一桌子。罗少特意点一瓶"泸州老窖"，让茶房用热水烫了，亲手为沈义生斟酒。沈义生说："罗先生，你自便。我一个学生不喝酒。"罗少也不客气，把酒盅放自己跟前，说："那好，我就来双杯。"一扬脖一个，连喝尽两盅酒。

沈义生无心吃喝，光惦着切入主题，假装闲聊的模样，问："程将军三番五次来徐府当说客，也不知徐公动心没有？"罗少正用筷子夹块黄焖牛肉往嘴里送，咂摸着滋味，说："光是程将军一个人来吗？徐府这些天跟走马灯似的，徐公原先的部属挨个登门，劝说徐公出山。常言道，树大招风。徐公算得上一朝宰相，半个皇帝，名头大，日本人拉他，下属们推他，人哪，各揣着各自的心思，徐公当上'华北王'，就是棵大树，好让他们乘凉。"沈义生暗恨自己得罪了徐老头，靠近不了东楼，对这些情况浑然不知。他愤愤地说："什么宰相，副总统，不就是一个封建大军阀吗？国难当头的时候，头一个卖国。"罗少脸如土色，刚塞进嘴的鱼片又吐了出来："哎哟，沈公子，您可别乱说。日本人如狼似虎啊！不归顺他们，他就要你的脑袋。先前张作霖大帅不听他们的，结果在皇姑屯被炸得血肉模糊。事关生死呀，哪个不怕？蝼蚁尚惜性命，何况人呢？"沈义生听着就有气："既然贪生怕死便卖国求荣呗。罗先生，假若日本人打进天津，你也当汉奸？"罗少"嘿嘿"笑两声，不正面回答，只说了句："好死不如赖活着。"

酒再喝下去索然无味了。罗少停下筷子，说："无功不受禄啊！敝人虽然混得不济，但从不吃白饭。送沈公子一件小礼物，以酬今日一饭之恩。前天国民政府派密使拜访了徐公，还带来蒋委员长的亲笔信。信的内容不知，密使来访的目的不知。"

沈义生暗自吃惊，国民党的南京政府历来同旧军阀势不两立，一直是打打杀杀的死对头，怎么现在往一块靠拢？毋庸置疑，情报极具价值，转交给顾念娇，她一准高兴得活蹦乱跳。一想到有机会约会顾念娇，郁闷的心情一扫而光。他巴不得立刻打发走罗少，飞到心上人身边。罗少很识趣，离座作揖，说："谢谢沈公子款待，在下先走一步了。"踱至雅间门口，忽而扭头问道："沈公子，敝人问一句不该问的话，您是不是替革命党搜取情报？还是趸了新闻到海河边贩给小报记者？像徐公这样的大人物，一举一动都受外界的关注。价值千金哪！"一下子说愣了沈义生，他强作镇定回答说："噢，罗先生过虑了，我只是好奇而已。寄宿徐府，自然要对房东了解一二。"罗少含笑点头，弦外有音地说："光是好奇就好。嘻嘻，沈公子，我还有一条新闻送上，想换您五块大洋，进烟馆吸两口。"

沈义生略带迟疑，弄不清他意在卖关子呢或许是讹钱，慷慨地掏出五块大洋拍桌上，说："罗先生用钱说话，不必东拉西扯。"罗少说："后天是徐公六十大寿，徐公处事谨慎，又赶上混乱年头，他不打算做寿。可是程将军在玉华台饭庄摆下寿宴，特意请来日本领事和他背后的主子——日本驻天津特务机关的大头子出席，据说那个叫什么土肥原的也参加，就是去年送宣统皇帝上东北那位。您说，我的消息值不值五块大洋？"沈义生猝然一惊："那，那徐公答应了吗？"这时，罗少已将大洋揣进怀中，瞟一眼愣怔的沈公子，说："敝人不是徐公肚子里的蛔虫，您等着后日瞧个真诈吧。"

沈义生觉着晌午这顿饭没白请，五块大洋没白花，两条重要情报足以讨得顾念娇开心。

在约定地点，沈义生久等顾念娇不来，不免产生一阵阵不安。偌大的操场光他一人独自徘徊，时间一分一秒地流逝，他的心越来越沉重：莫非顾念娇在赶赴约定地点半道发生不测？或许救国同盟分会遭到日本特务雇佣的流氓破坏？不管出现哪种情况，顾念娇的性命堪忧。绝不能被动地等下去了，他决计亲自去抗日救国同盟分会探个究竟。

他疾步匆匆奔出校门，一直等在那里的沈琪从胶皮车跳下来，问："少爷，回公馆吗？"他说："不，你跟我去个地方。"沈琪犹豫："少爷，别到处乱跑。惹出麻烦又惹徐公不高兴。"沈义生嫌他啰唆，说："用不着你多嘴，我去救人。"说着他上了胶皮车。沈琪阻拦不住他，就跟在胶皮车后边跑。沿途，沈义生始终在行人当中寻觅顾念娇的人影，直至救国同盟会分会所在的胡同口，仍没见着顾念娇。他忧虑地想：抗日救国同盟会那儿真出事了吗？

他让沈琪在胡同对面的杂货铺候着，抗日救国同盟会分会的秘密地点绝不能让沈琪知道。沈琪不放心，拍拍腰间的手枪说："我陪您进去。"沈义生说："不用，你老实在杂货铺里待着吧。"胡同静悄悄，异常的宁谧倒叫沈义生紧张。他溜进小院，蹑手蹑脚地攀上二楼，采用上次顾念娇的方法，三慢两快地叩了叩房门。屋子里面悄无声息。他压低声音说："我是沈义生。"片刻，房门大开，纪振国端着手枪抵住他前胸，横眉立目地怒斥："谁叫你擅自来这儿？"沈义生有些发傻，纪振国一把拽他进屋，然后关严房门。

屋子里的气氛很不对劲儿，沉闷得让人透不过气来。所有会员围坐一圈，唯独顾念娇坐中间。她如同犯错的小学生那样低着头，眼泡红肿，好像刚哭过。沈义生不顾一切地奔过去，问："念娇，你怎么哭啦？谁欺负你？"顾念娇刚说句"用不着你管"，旁边纪振国盯住沈义生说："你无组织无纪律，没得到我的命令，私闯同盟会是犯了严重错误。"沈义生辩解："我有重要情况呈报。"纪振国仍旧不依不饶："有情况也必须通过顾念娇向我报告，允许你来你才能来。这是革命纪律。"沈义生语塞，一时不知该怎么办。顾念娇用央求的声调对他说："你快点向纪组长报告吧，刚才他正严厉批评我们行动迟缓，拿不来像样的情报。"原来纪振国组织会员批评顾念娇哪！沈义生窝了一口气，他说："纪组长，我得到的消息绝对有价值。南京的国民政府给徐公发了一封密信，但信的内容不明；另外，后天程怀广给徐公做寿，拉上日本领事和特务头子土肥原，至于徐公是否出席，尚不得知。"说完，他得意地瞥着顾念娇，他的情报准能帮顾念娇脱离困境。

不料，纪振国哑然失笑，说："顾念娇哇，瞧瞧你举荐的人，既蠢又笨，还盲目乐观，竟把过时的消息当宝贝。蒋委员长给徐公的信我们早已获知；徐公过大寿的消息都见了报。他配做革命组织成员吗？不配！还有你，念娇同志，患了严重的幼稚病，轻信而不负责任，这对组织是非常不利的……"当他说一半的时候，沈义生冲了上去，揪住他的脖领子，用一种近似疯狂的眼神瞪着他："你可以侮辱我，但不可错怪顾念娇。我蠢我笨跟她没关系。我不配，我走！"言罢，沈义生冲出小屋，一直奔到外面大街。

沈琪老远看见沈少爷失魂落魄的样子，从杂货铺跑出来，抱紧他："少爷，少爷，你怎么啦？"沈义生眼含泪水："大琪哥，你说我笨我蠢吗？"沈琪说："少爷您很聪明，不笨。"沈义生使劲摇头，说："不，我真笨真蠢，我连累她受委屈。"这时，顾念娇从胡同尾追过来，她喊住沈义生，责怪他不该意气用事。组织需要他，纪振国非常信任他。沈义生侧过头，不愿顾念娇瞅见他脸上残留的泪痕。

"真的，沈义生。纪振国一时性急说了过头的话，你别怨他，原因全在于我，缺乏工作能力，组织急于弄到徐公的情报。我没能完成好任务。"她越自责，沈义生越不是滋味。"他干吗对你那么凶？我实在看不下去。好像除了他，人人都是笨蛋蠢货。有他在，这个组织我退出。"顾念娇噘起小嘴，说："你呀，一点经不起考验。其实纪振国很器重你，还委托我传达一个重要任务。"沈义生倔强地将头扭向一边。顾念娇撒娇似的求他："算你为我做行不行？"这一招很灵，沈义生不再耍性子。顾念娇说："据目前迹象表明，徐公极可能投靠日本人，加入华北自治运动。纪振国命令你在徐公行动之前，想办法面见他的女儿徐敬亚。她是我们的人。""徐公的女儿？"沈义生陡然想起罗少说过的话,夜半唱歌的女人就是徐公的女儿。他懵懵懂懂地望着顾念娇:"要我怎么做?我没见过她呀?"顾念娇说:"你别问为什么,执行命令就行。徐敬亚被她父亲关在公馆东楼自己卧房内,你千万小心,见机行事。我们俩随时保持联系。我回去了。"

顾念娇返身朝胡同里走的时候,沈琪凑过来,叮嘱他说:"少爷,你当心啊。这个女人在利用你。"

十

徐府一如往常。

天蒙蒙亮时,徐公在花园打一套太极拳,然后洗漱、用早饭。紧接着罗少来了,教他打台球,打过几个回合,两人接着摆下黑白棋局,一直厮杀到晌午。罗少进东楼餐厅用餐,与沈义生擦肩而过,冲他摆摆手,意思是没情况。过午,徐公照例睡午觉,罗少瞅没人注意,踱进沈义生房间。

他偷眼瞟瞟外屋鼾声大作的沈琪,从怀里掏出个鼻烟壶,小心翼翼地捧给沈义生,说:"我昨个打大太监小德张那儿淘换来的,皇宫里的真货。"沈义生明知他又来糊弄钱,怎奈有求于他,便问:"什么价?"罗少伸出个巴掌:"五十大洋。"沈义生如数掏钱,随手把鼻烟壶放一边。罗少揣了钱,突发感慨:"人各有一生,不可复活,却别如天壤。徐公贵为人上人,我属人下人;徐公一生显赫,令人仰止;我吃喝嫖赌抽五毒俱全,为常人所不齿;徐公死后青史留名,我恐怕化成粪土,留作庄稼地上肥罢了。"

沈义生对他赞美徐公格外不满，赌气说："徐公青史留名吗？依我看他只会留臭名。他代理总统期间媚日卖国，尤其1925年他的政府卫队向集会游行的爱国学生开枪，一手造成震惊举国的惨案。他的一生罪恶昭著。"罗少哂笑："沈公子只知其一，不知其二。徐公究竟亲自命令卫队开枪没有？至今莫衷一是。惨案发生当天，徐公作为国家首脑长跪大街，悲痛不已。足以说明他不曾下令枪杀学生。"沈义生冷笑："这正好说明他的伪善。一面是人一面是鬼，白天开枪杀人，晚上冒充好人。这种行径最可恶！"罗少不便反驳，说："沈公子，做人难哪。一个人在大是大非、大利大害，尤其是至生至死的面前，难免举措失当。嗨，敌人无法，一介草民，只图今世的浮萍之乐，拿上公子的五十块大洋作本钱，到赌场上博片刻欢娱。"边说边拱拱手，抽身走了。

房间沉寂下来，沈义生托腮冥思："徐公明晚会不会赴寿宴？自己怎么找机会见到徐公的女儿？"

下午的徐府依然动静故常。

沈义生伏窗沿朝东楼那边张望，一切仿佛静止的照片。庭院无人，泡桐树呆立，枝丫不摇不晃，稀薄的阳光涂抹方砖铺就地面上，从中钻出的枯草微微拂动。此情此景使人沉静，思索在沉静中变得清晰和单纯起来。眼前浮现顾念娇可怜楚楚的模样，纪振国对她那么粗鲁，足能证明并不爱她。顾念娇纯属单相思。点破她好吗？不好。她会多么伤心啊！沈义生宁肯死一百次，也不愿看到她伤心的样子。念娇啊，你知我多么爱你？为了不让你的痛苦雪上加霜，我愿深埋下我的情，默默等待。倘若你我有缘，我相信会等到执子之手的那一天；

倘若无缘，我也会等下去，等来世……

薄暮在沈义生的胡思乱想中坠落。

东楼那边陡起一阵骚乱。

当时，沈琪招呼沈义生去那边吃饭，忽然发现隋管家像一条受了惊吓的狗，在东楼西楼之间窜来窜去，将公馆里的厨子、司机、花匠、门卫全部驱赶到花园空地，然后他惊慌失措地跑来，站楼下就叫嚷："沈少爷，沈少爷，你们赶紧下来呀。祸事啦，祸事啦!"

沈义生扒着窗户问："隋管家，什么祸事?"

平时稳重的隋管家浑身颤抖，说："沈少爷，有人打来恐吓电话，说在公馆内安装了炸弹。你们麻利地下楼躲躲。"

沈义生扭头对沈琪说："隋管家说有人埋藏炸弹。想炸谁?"沈琪十分镇定，他沉思片刻，说："还用问吗，肯定冲着徐公来的。少爷，你跟我赶紧下楼，离开这危险地界。"

二人急匆匆奔出西楼，围住隋管家刨根问底。隋管家依旧心有余悸，战战兢兢说："刚过晌午有个人打电话，我接的，听声音不熟。他说：'你们主子徐公架子挺大，八抬大轿请不动，缩在老窝里眯着不出来。你转告他，老子在徐公馆安放了炸弹，连他的老窝一块儿端!'话音刚落，就撂了电话。我连忙禀告了徐公，徐公不信，轻描淡写地说：'吓唬黄毛小儿的，甭搭理他。'沈少爷，您瞧这事人命关天，宁可信其有，不可信其无呀。"沈义生拿不定主意，暗扯沈琪的衣襟。沈琪焦急地追问："徐公呢?"隋管家说："尚在东楼午睡。"沈琪说："危险哪! 必须将徐公请出来，我们马上过去。"沈琪大步流星在前边疾行，沈义生、隋管家后边紧紧追随。仨人闯入东楼，客厅里宁谧无声。徐公端坐太师椅上闭目养神。

隋管家趋前一步，忽然跪倒地板上，声泪俱下地央求："老爷，您听小的一声劝，赶紧离开东楼，保命要紧哪！"徐公睁开眼睛，怒视隋管家斥责着："快起来！当着外人的面，成何体统？常言道，是福不是祸，是祸躲不过。你们尽管躲花园避险，我绝不离开寸步。"说着，又闭上眼睛。看情形，哭劝死谏都不顶用。落地钟敲响五点钟，危险一步步逼近。

沈琪拉隋管家到一边，低声问："今天公馆进来过生人没有？"隋管家想也没想："不可能。徐公馆戒备森严，甭说大活人，就连个生耗子都进不来。"猛然，他"咦"了一声，接着说："对啦，今儿下午该着送米送菜，莫非其中混入坏人？"沈琪一拍大腿，说："没错！这是坏人唯一能躲过门岗、混入公馆的机会。你想即便他们混进来投放炸弹，也靠近不了东楼和西楼……哦，在厨房或者餐厅。走，咱们去那儿瞧瞧。"留下沈义生守护徐公，隋管家带着沈琪直奔东楼后院厨房。

厨房空荡荡的没个人影，角落堆放着下午运进来的一袋袋小站米和不下四五百斤的青麻叶大白菜。沈琪命令隋管家远远地躲外边别进来，他独自担任寻找炸弹和排除险情的任务。沈琪在军队学过排雷，他小心翼翼地将一袋袋大米搬开，并没有发现炸弹；然后又将一筐筐白菜抱出来，放到一边。终于，在搬尽最后一筐白菜的筐底，横躺着一枚炸弹。沈琪紧张起来，屏住呼吸，轻手轻脚地寻找炸弹的引信。

远在五十米开外的隋管家更加紧张，心仍旧哆嗦不停。他目测相距厨房的距离，生怕沈琪不小心引爆了炸弹，轰飞了房子，弹片和瓦砾会不会伤到自己。就在此时，他抬眼瞧见沈琪抱小孩似的抱着一颗炸弹，笑嘻嘻地朝自己走来。隋管家惊恐万状，一边往后退，一边喊叫："你快放下，别过来，别过来！"沈琪成心逗他，索性将炸弹推滚过来。隋管家躲避不及，一屁股摔地上，脸色纸一样地煞白。沈琪踩住炸弹，说："隋管家，用不着怕。假的。"隋管家拍拍棉袍沾染的尘土，不放心地问："放个假炸弹干吗？"沈琪说："恐吓徐公。隋管家，您琢磨琢磨，是谁恐吓徐公？"隋管家上前围着炸弹左瞧瞧右看看，终于认清是假的，脸伤肌肉松弛下来，心眼也活泛了，眼珠转两圈，说："哪个敢在徐府找事？日本人呗，逼着徐公出山。"言罢，倒背双手向花园那边踱去。

一场虚惊甫定，转天，又一场风波陡然而起。

十一

那天恰好是徐公的六十岁生日。早上起来，隋管家请示徐公，是不是里里外外装扮一下徐公馆，增添些喜庆色彩。徐公摆摆手，说："混乱年头搞什么庆贺，都免了吧。"隋管家不甘心，追着说："老爷，寿宴总得有。不请外人，就公馆里的几位贵客。小姐闷了许多天，请她下来为您祝寿。"

徐公没吭声。隋管家的一番美意令他感动，可发愁的是，晚间程怀广为他设下的一席寿宴，程怀广特别邀请了驻天津的日本领事、特务机关头脑出席，明明是鸿门宴，他去不是不去也不是。

迟疑当口，公馆外闹哄哄的乱成一片，好像大门口聚集许多人在呼唤口号。徐公蹙紧眉头，对隋管家说："你去瞧瞧。"隋管家匆匆退出，不消半个时辰，他折返回来，神色有些异样。徐公问他："又出了什么事？"隋管家犹豫半天才说："嗨，学生们瞎起哄，您千万别往心里去。"徐公猝然转身，用眼光逼视他说下去。隋管家咽口吐沫，说："啊啊，学生们胡吣，诬蔑您借过寿日摆席，跟日本人勾结，还，还骂您是汉奸……学生不懂事，受人利用，瞎闹腾一阵就走了。"徐公变得脸色铁青，他对隋管家说："你立刻给程怀广打电话，叫他晚上来接我。"徐公的决定，着实让隋管家错愕不已。

黄昏时，隋管家轻步走到西楼沈义生的客房，站门旁说："沈少爷，外边一个女学生找您。"他嘻嘻笑，"不是上次那个。"隋管家所说"上次那个"指花璧君，这次来的肯定是顾念娇。沈义生一阵激动，匆忙尾随隋管家下西楼，隋管家打开铁门放他走出徐公馆，顺着林荫道望去，顾念娇伫立在一片灌木丛旁。

沈义生走过去打招呼："念娇，徐府一整天无任何动静。看样子徐公无意赴寿宴。"顾念娇说："我不光为此事来。纪振国有个新任务派你完成。"沈义生问："什么任务？"顾念娇掏出一张字条，裹成洋火棍大小，用蜡封着。她说："你想方设法将字条亲手交给徐公的女儿徐敬亚，里面是解救她的具体方案。记住，你不许偷着瞧。"沈义生攥在手心，正要说什么，忽然林荫道尘土飞扬，一溜三辆轿车驶过来，直奔徐公馆而去。前头那辆黑色轿车插着日本膏药旗。顾念娇说："是日本领事的车队，他们来接徐公的。你赶紧回去监视，我立刻向纪振国报告。"

顾念娇离开后，沈义生疾步往徐府赶，走到大门口，日本领事的车队开出来。他凝神观察，第二辆车里坐着徐公。不知是失望还是愤恨，"呸——"他朝地上啐口吐沫。

沈义生环顾左右，庭院静悄悄无人。此时隋管家随徐公出行，沈琪仍在西楼酣睡。多好的机会！他潜入东楼，穿过客厅攀楼梯上二楼，寻找徐敬亚的卧室。挨间屋子敲门，里面无人应。他又上三楼，终于在尽头一间房间，里面有人回应，是个年轻女子的声音："谁?"沈义生用力推门，门紧锁。房门上方开扇小窗，露出十八九岁女生的脸。"房门锁着哪。你进不来，我出不去。"沈义生说："你是徐敬亚吧?"女孩儿点头。"我叫沈义生，是你的同志。"徐敬亚顿时眼泪汪汪，说："你们快救我出去呀。"沈义生把字条递进去，边安慰她："别着急，我们会想办法救你逃离苦海。"

两人隔着小方窗搭讪起来。

徐敬亚看完字条，放嘴里嚼两下，咽下去。她问沈义生："你到底是谁? 怎么进得了我家?"沈义生说："我寄宿徐府已经一年多，听过你唱歌。你的歌声浸透着悲伤，每次听见我的心都很沉重。"徐敬亚面色沉郁起来，说："我像一只被囚禁的小鸟，用歌声抒发我的忧伤。"沈义生问她一句埋藏心底许久的话："徐公为什么关着你，不让你出门，你是他的女儿呀。""我恨他!"许敬亚咬着下唇说，"义生哥，你回去告诉念娇尽快来救我。我一分一秒都待不下去了。"沈义生无法答应她，何时救她、用什么方式救她，纪振国说了算。他说："我爱听你的歌，那浸透悲伤的情愫，引起我心灵的共鸣。你唱吧，倾诉尽心中的悲苦。我在外面听。"徐敬亚于是开始唱起来，沈义生

180

一屁股坐门口地毯上，闭上眼睛听。她唱了一首又一首，他的泪水畅流不止，任凭时间穿梭而过。

楼下响起急促脚步声，沈义生暗示徐敬亚关上小窗，他三步并作两步地逃开，不料在一楼客厅和沈琪撞个满怀。沈琪满头大汗，说："少爷，谁想到您躲这儿！徐公要您立刻去见他。"徐公？沈义生很纳闷，他不是欣然参加日本人为他摆下的寿宴吗？沈琪说："他刚进门，就派在下请您。"沈义生从过道的窗户朝外张望，天幕低垂，夜色已深。二人说着话，下到一楼客厅。客厅内灯光通明，烛火摇曳，映照墙壁上一幅硕大的"寿"字，沈义生认出那笔体出于徐公之手。厅前摆满一桌丰盛的酒席，徐公端坐上首，依靠他那高背太师椅，罗少下首相陪，旁边站立隋管家。沈义生暗忖，徐公刚参加完那边的寿宴，这又摆一桌，他到底唱的哪出戏？

徐公冲沈义生摆手，让他坐自己身边，然后招呼隋管家，说："你上去把小姐叫下来。"不久，隋管家领徐敬亚进来，徐公嘴角浮出一抹温和的微笑，迎着徐敬亚点下头，意思让女儿坐他左首。女儿跟父亲拗着劲儿，她坐沈义生旁边，把脸扭向另一边，根本不瞧她父亲。徐公今晚的心情好像不错，微笑依然存留他脸上，对隋管家，说："你也坐吧。"隋管家从未受此待遇，一时有些惶恐，说："老爷，我站惯了，再说我还得伺候大家哪。"徐公坚持："叫你坐你就坐嘛。今日不分大小长幼一律平等。"

其实，在座的每个人都感觉出气氛的非同寻常，犹如窗外干燥的初冬，窒息又不寒而栗。谁也不愿发出一丁点声息，目光也收缩在咫尺之间。连罗少咽吐沫的声音都清晰可辨。缄默片刻，罗少的喉结滚动两下，他颤抖着双手举着酒杯，说："诸位，今日恰逢徐公六十大寿，我们举杯祝老人家心宽体健，福寿绵长。"大家一齐响应，纷纷起座敬酒，唯独徐敬亚坐着不动。隋管家暗中拉她一下，徐敬亚扭转身子甩开他的手。大家看眼里假装没瞧见，罗少油滑，连忙借酒掩饰，说："好事成双，我们再敬第二杯酒，祝徐公年年有今日，岁岁似今天。"大家跟着敬了第二次酒。罗少站着不动，他想打破沉闷的局面，提议敬第三杯酒："古人有例，小敬敬一，大敬敬三。在下不过一市井白丁，幸得徐公垂怜，供以衣食，在下没齿难忘。徐公声望举国仰慕，执掌民国政府时谋国济民，鞠躬尽瘁；现隐居津卫，仍念念不忘忧国忧民。所以第三杯祝徐公名标青史，万寿无疆！"众人起身敬酒，沈义生也跟着站起来，手举着杯心里怄气，酒我不喝。罗少没骨气，顺情说好话。徐公快成日本大汉奸大走狗了，还谋国济民呢？

徐公纹丝不动，做手势让大家坐下来。他深邃如潭水的面容掠过一层涟漪："这杯酒老夫不敢当。我年轻从军，戎马半生。后有幸受国人拥戴，执柄国政三年余。一生有功过，唯一聊以自慰的是迫使晚清退位，反对袁氏称帝。如今下野隐退，本意安享晚年。怎奈国情动荡，老夫被迫出来整理局势，非我之所愿也。明日我将远行，这第三杯酒算老夫与诸位的辞行酒吧！"

一阵唏嘘声，不知是惋惜还是赞许。沈义生饮口酒又吐回杯里，他感觉恶心，担忧的事不可避免地发生了，徐公的话弦外有音，表明他打算出山，但是他所言"远行"，究竟往哪儿远行呢？蓦地，徐公的目光凝聚他脸上，由冰冷转为温柔。徐公说："义生贤侄，老夫有一事相托，不知你肯答应吗？"沈义生一怔，随后说："那要看徐伯伯委托小侄什么事。只要不卖国不辱没祖宗的事，我理当尽心竭力。"对于他的出言冲撞，徐公一笑置之，依然和婉地说："贤侄言重了。老夫明日带隋管家远行，家中留下小女一人实在不放心。今晚你可送小女暂且寄宿顾总长家，待老夫到那边安顿停当，再派人接她去。贤侄，此事不违背你的原则吧？"

事发突然，义生有些茫然，徐敬亚渴求的眼神使他坚定了决心，说："我一定遵照徐伯伯的意思做。"徐公递过一封信，对沈义生说："事不宜迟。贤侄立刻带着老夫这封亲笔信，送小女去顾公馆。"沈义生拿着信，陪送徐敬亚走出徐公馆，身后不远处紧跟着沈琪。

夜空晴朗，繁星点点。徐敬亚深呼一口清凉空气，说："我终于自由啦！义生哥，我做梦梦见过上帝，上帝说有个天使帮助我逃出牢笼。想不到天使竟是你。"沈义生没有搭腔，他在想着另一个问题：事情这么巧，顾总长不就是顾念娇的父亲吗？

十二

顾总长同样居住在五大道。他早年留美，曾在北洋政府担任过两任总长，甚至代理过短暂的内阁总理。下野后隐居津门，当了寓公。天津租界聚集着民国政界的众多头头脑脑：据说从袁世凯始，竟有五位民国大总统、六位国务总理、一位众议院议长、十九位内阁总长、十六位督军以及数不清的前清遗老和政客在天津建寓所居住过。清朝末代逊帝溥仪先后在天津的张园、静园待过一阵子，然后被日本人弄到东北，当上了伪满州国的儿皇帝，成为日本人的傀儡。

但顾总长与徐公有所不同，徐公做寓公深居简出；顾总长却广交三教九流，还投资参股办实业，干起了面粉厂和洋灰厂，成了天津卫赫赫有名的实业家。

一幢意大利风格的洋楼，静静地矗立在深蓝色夜幕下。顾公馆不像徐府那样高墙铁门，警卫森严。半人高的铁栅栏一推就进，拾阶而上，摁响电铃，开门出来的恰好是顾念娇。她对沈义生和徐敬亚突然出现在家门口格外惊讶。沈义生跟她说明来意，她一边招呼沈义生，一边挽着徐敬亚走进客厅。

客厅灯光柔和，前顾总长身穿睡衣，叼着烟斗，坐沙发里喷云吐雾。显然，他事先已接到徐公的电话，对于他们深夜来访目的一目了然。他慈爱地拉徐敬亚坐自己身畔，说："我已经让下人安排好你的房间，跟小娇住对门。姊妹俩经常聊聊天。用不着见外，就当我这里是你的家。"徐敬亚容易感动，眼窝当即湿润了。她说："谢谢顾伯伯。你比我爸对我好。"顾总长语气和婉："小亚呀，我追随徐总统多年，深知他为人。外表坚硬，内心柔软。他管束你是爱你的表现，担心像你这样的年轻人，卷入政治泥沼拔不出腿来。小亚，我们这些从刀尖上爬过来的人懂得政治的残酷，碰不得呀。"徐敬亚噘起小嘴，说："顾伯伯，我不愿做驯服羔羊，更不愿做我爸爸的陪葬品，我走自己的路，他不该阻拦我。"顾总长的胖脸上笑容依旧："年轻人任性啊。小亚不要责怪令尊大人，徐总统曾为一国首脑，如木秀于林，龙腾云间。但他也有无奈的时候。作为儿女应该体谅他的苦衷。"

顾念娇可能腻烦她父亲的说教，冲沈义生眨眨眼，示意赶紧同她一起离开。沈义生躬身道别，说："顾伯伯，我先行告退了。"顾念娇趁机说："我去送沈先生。""等等，"顾总长拦住他们，用品鉴的眼神端详沈义生，随后由衷地赞叹道，"沈公子果然一表人才。我说我女儿的眼光不会错嘛。小女就托付于你了，早去早归，外边市面很乱的。"沈义生不由脸一热，心想：我只是个幌子，您的女儿另有心上人。

夜已深，冷风乍起，落叶纷纷。两人相伴而行，犹如一对亲密的情侣。沈琪识趣，远远跟随后面，仿佛一条尾巴。

沈义生汇报了徐公寿宴发生的一切。顾念娇略微思考，便得出结论："你的情报非常重要，一切迹象说明徐公决计投靠日本人了！振国告诉我，明天日本特务机关纠集一伙大汉奸在北平附近的通县召开华北自治运动筹备会。"沈义生恍悟："这么看来徐公所谓的远行，是去参加汉奸会议？"顾念娇说："没错！要不他怎么将徐敬亚托付于我家？他在做两手准备，筹备会进展顺利，他如愿当上华北王，就接走敬亚；一旦谈崩，他回来继续当他的寓公。老狐狸真狡猾！"沈义生焦急地追问怎么办。顾念娇说："还能怎么办？一定要破坏大汉奸的阴谋。关键在明天。我立刻去抗日救国会向振国汇报，你回去时刻监视徐公的一举一动。"沈义生略显迟疑："你们不会暗杀徐公吧？留下徐敬亚孤单一个人多可怜。"顾念娇瞪了他一眼："为了国家民族的利益，顾不得个人私情。你抓紧行动吧。"沈义生舍不得离开她，又说："你父亲担心你，叫你早回家……"顾念娇"扑哧"一笑，模样很狡黠："反正我爸爸对你十分有好感，以为你在身边陪着我，一宿不回家也没关系。"

顾念娇转身走了，沈义生望着她渐行渐远的背影，心中痴呆呆地想她离纪振国愈近，就离自己愈远。

沈琪靠过来，低声提醒他："少爷，该回徐府了。"

沈义生矛盾极了，他盼望另一种结局：徐公幡然悔悟，不抢着当华北王，仍然优哉游哉地做他的寓公，汉奸的恶名和暗杀的危险就远离他；其次是顾念娇，他最爱的人，她傻得没边没沿，该认清纪振国并非倾心于她，脱离痛苦的单相思，同自己走到一起……这些都是他的奢望，预设的结局无法改变。

踏进坟墓一般憋闷的徐府，意外邂逅了罗少。罗少独自徘徊花园里，心情惬意，轻声哼着《天津时调》。当时沈义生穿越花园，径直奔向花园后面的佛堂，徐公正在那里念经，沈义生向他交代徐敬亚在顾公馆安顿下来的情况。罗少唤住他："沈公子请留步。"沈义生没怎么在意："我去佛堂见徐公。"罗少说："沈公子不用去了。今晚非同寻常，徐公一心敬香礼佛，不乐意外人打搅他。"沈义生心想不去就不去，他讨厌见那个不知悔改的老头。可罗少这么晚还不离开徐府？罗少似乎猜度他的心思，很得意地说："徐公留我替他看家。嘿嘿，我这种下等人只配给人家看家护院。明儿一早徐公和隋管家起程，偌大的徐府光剩下我和沈公子您。闲暇无事，我陪您手谈？"沈义生恨屋及乌，讨厌徐公，自然就更讨厌罗少了，他不客气地说："东北沦丧，平津危急，日本人快打到家门口，罗先生竟有如此雅兴？"凭空被抢白，罗少一时哑口无言。沉吟片刻，他自嘲式地微笑："刚才说了，我不过下等人，国家兴亡的事，归徐公这样的大人物思量。我做人尽本分足已。"沈义生非同他较劲儿，说："足下做人的本分是什么？仰人鼻息，吃喝玩乐？"沈义生揭了他的短，罗少的脸红一阵白一阵，待那里生闷气。沈义生撇下他，返身奔西楼，在西楼门口碰见念经归来的徐公。

两人默然相对。

"徐伯伯，敬亚已在顾总长家安顿妥当。"沈义生说。

"哦——"徐公应了一声。

其实他们无话可说，却不愿分开。犹如一对恩断义绝的情人，分手时似心存情愫隐忍着，总想向对方表白清楚。

首先绷不住的是沈义生，他鼓鼓勇气说："徐公，小侄冒昧地问您，明天您真的去北平参加汉奸的筹备会？"他故意把"汉奸"二字咬得很重。

徐公不说是也不说不是，面沉如水。

反正豁出去了，沈义生又说："小侄恳求徐伯伯细思量。您此去就会背上千古骂名，像秦桧、洪承畴，一生的名节就断送了！"

徐公依然无语，抬头仰望青天。

沈义生越说越激愤："其实您个人名节事小，国家和民族的利益至高无上。一个人因贪生怕死而投靠敌寇，卖国求荣，绝没有好下场的！"

徐公缄默良久，幽幽地吟诵一句文天祥的诗："时穷节乃见，一一垂丹青。"随后转身走开了。

沈义生望着他迟缓的步子，恨恨地跺下脚，暗中骂了句："汉奸走狗！"

十三

清晨起了雾，丝丝缕缕编织成雾幔，掩盖了四周的景物。沈义生喜欢雾天，它使得世界坠入了神秘。若不是一阵汽车的引擎声和杂乱的脚步声骤起，惊扰得浓雾四散，沈义生还趴在窗子旁欣赏雾气的缓慢流淌。

"少爷，有情况！"旁边床上睡着的沈琪一跃而起，手里握着手枪。

他的话不假，东楼前院闯入三辆汽车、拥进许多人，影影绰绰分不清来者的模样。沈义生顿时兴起，拉起他的随从说："大琪哥，我们去瞧热闹。"沈琪端着望远镜观察，说："情况不对头，是日本人。里边还有程怀广将军。"沈义生窃笑："瞎说，早上徐公跟那个大汉奸在通县开会，怎么转眼来这里？闹鬼啦？"沈琪把望远镜塞他手中，说："少爷，你自己瞧。"

望远镜穿破大雾，将远处的景物拉近了，令他大为惊骇的是，来人当中不仅有荷枪实弹的日本特务，有一身戎装的程怀广，还有花璧君——那个死而复生的女人，她吊着右胳膊，显然沈琪那一枪只击中她的右臂，而没致命。他们围成一圈，圈子中心是平常徐公下棋的石板桌，石桌一头端坐着罗少，他旁若无人地思考着眼前围棋的残局。

静谧。短暂而令人窒息的静谧。

程怀广上前一步，很客气地问罗少："先生，徐公在吗？请你通报一声，说日本驻津总领事和程怀广求见。"

罗少所答非所问："徐公刚才同我对弈。明明我占先，他却说我此局输定了。程将军，依您所见呢？"

程怀广窝着火又不便发作，花璧君不耐烦了："少啰唆。告诉我们徐公在不在？"罗少头也不抬，依旧摆弄棋子，答道："你是哪位？我凭什么告诉你？"花璧君掏出手枪，抵住他的太阳穴："就凭这个，它能要你命。痛痛快快地说，它饶了你，再啰唆就送你上西天。"

罗少仰天大笑："我命贱，不值你一颗子弹。我在这儿候着诸位，就在等死。"

站立日本领事身畔的一个蓄着仁丹胡子的日本人四处张望。沈义生悄声对沈琪说："朝这边瞧的家伙我认识，日本特务机关长茂川。"沈琪摁他缩回身子："少爷，别叫他发现咱们。"

远远听见罗少说："用不着东张西望，白费功夫。徐府就我一个人。徐公何等人物，怎么肯躲躲藏藏、做缩头乌龟？"

茂川在程怀广耳朵旁嘀咕几句什么，程怀广俯身追问他："徐公究竟去哪儿啦？皇军说了，你说出徐公的去向，金条和大洋任你选。"

罗少苍白的脸上浮出一抹轻蔑的笑意。他说："我是活不过今儿晌午的人，金条、大洋、就算大烟对我有何用？要我说出徐公的去向并不难，我上嘴唇跟下嘴唇一碰便讲明白了。但我有个条件，谁同我下完这盘围棋，赢了我，我就如实讲。"

花璧君早已忍耐不住，她冲上前揪起罗少棉袍的前襟，骂道："不识抬举的无赖，你到底说不说？不说我现在就宰了你。"罗少果真摆出一副无赖的样子，任凭她动手。茂川走过来，支开花璧君，态度温和地对他说："你的话算数？"罗少回答："中国人说话从来算数。

189

我久闻茂川先生棋艺高超，善打收官。请选子。"茂川站他对面，说："你还是你的白棋，我选徐公的黑子。"

雾逐渐散去，四周的景致清晰许多。前院寂静如常，在场的所有人全神贯注地盯着一盘最后的棋局。罗少坐着，茂川站着，你下一步，我投个子，两人的手飞快交替，似乎容不得短暂的思考时间。末了，罗少停息下来，他凝望棋盘许久，忽然狂笑一声，说："徐公的棋终于赢了我。我今生愿足矣！"

茂川逼视他，问："你输了。说吧，徐公的在哪里？"

罗少一字一顿地说："徐公已经离开天津！"

"他到底去了哪儿？"

罗少像逗小孩儿那样说："拍拍你们日本的脑袋瓜琢磨琢磨，我能告诉你们吗？"

话音未落，众人面面相觑。

"徐公一定在我们到来之前逃跑了，他跑不了多远。"程怀广向日本领事请示，一方面打电话沿途拦截徐公的汽车，一方面迅速派人追踪到大连码头截住徐公。罗少用嘲弄的口吻说："徐公昨夜乘船远行，此时恐怕已在数百里之外，追不到啦。你们也不想想，徐公何等人物，怎肯不顾名节、误国误己，与你们这帮倭寇败类混一起?！痴心妄想啊！哈哈哈……"

"砰——"花璧君朝他额头开了一枪。呛人的火药味飘散后，罗少的笑容立刻僵硬住了。

起风了，浓雾被吹散。

沈义生伏在罗少尸体旁，止不住热泪汩汩而淌。沈琪扬手朝天放空枪，撞针发出"咔咔"的声音，在空旷院落振荡回响。沈义生悲愤交加，他对沈琪说："罗先生尽了做人的本分，我佩服他，要替他报仇。"

下午他们草草安葬了罗少，沈义生嘱咐沈琪守住徐公馆，他坐胶皮车赶往抗日救国同盟会。

他的不约而至，并没有招致纪振国的反感，纪振国包括顾念娇好像预先知道他会来，他们正召开一次秘密会议，所以纪振国向他招招手，同意他旁听行动组的秘密会议。

开会的仅有五六个人，清一色的救国会骨干分子。纪振国认真分析当前形势：徐公突然离去，给日本特务机关来个措手不及。但他们的阴谋不会就此罢休，华北自治活动继续搞，山中无老虎，猴子称霸王，既然跑了徐公这只老虎，就拿程怀广这只猴子顶替。救国同盟会目前最紧急的任务是除掉汉奸程怀广，彻底破坏敌伪炮制的筹备会。时间紧迫，纪振国命令行动组今晚就采取行动。他事先拟定一个严谨的刺杀计划，根据多日的跟踪侦察，发现程怀广防备森严，无论他走到哪儿，随身都带着一支长短枪齐备的卫队。谁也无法避免破绽，程怀广的破绽在于女人身上。他经常光顾日租界寿街上的一家日本妓馆"神户馆"，同馆里边一位叫作山口禾子的女人相好。程怀广迷信，他认为山口禾子的名字中的"口""禾"加上"王"，正好组合成他的姓——"程"，意味着他同这个女人相好，冥冥之中会襄助他当上"华北王"。

欲望令人忘乎所以。程怀广不能大张旗鼓地带领卫队去寿街，那里是日本人的地盘，日本主子不喜欢他们供养的走狗沉湎酒色。这样，他每次光顾日本妓馆都会穿便衣，身边只带一名随从。当他和山口禾子在"神户馆"单间里亲热时，随从只能在妓馆大门外徘徊等待。虽然前后仅一个小时，这一小时成为他致命的破绽。

不管怎么说，刺杀程怀广都是一项十分危险的行动，而且不适于集体行动，以免打草惊蛇。只能靠一两个人假扮嫖客，身藏匕首潜入妓馆，出其不意，在极短暂的时间里迅速解决他。程怀广行伍出身，枪不离身，光对付他自己绝非易事，何况神户馆门外还有一个手持双枪、武功超群的随从。问题是谁进去血刃程怀广，谁带领其他人员在大街负责掩护？行动组成员个个争先恐后，抢着刺杀可耻可恶的汉奸，争来争去，都不肯退让。

纪振国说："你们全别争了。我去。我是行动组负责人，这一艰巨而危险的任务就该我去完成。另外顾念娇率领其他人员埋伏在街对面，一旦我发出信号，说明我刺杀成功，赶紧解决门外的卫兵；如果你们听到里面响起枪声，说明发生了意外，你们就赶紧撤退，我可能已经牺牲在程的枪下。"既然救国会负责人下了死命令，其他成员不再吱声。

顾念娇站起身，声明反对。她脸色绯红，神情激动地说："纪振国你不能逞个人英雄主义！你是救国分会的头儿，就像一粒革命的种子，你遇害了，等于种子被严寒冻死，那么组织怎么发扬光大？应该派我执行任务。一，我扮成男装，身材弱小，不会引起别人怀疑；二，我自幼拜师学过功夫，善于使用匕首，轻易不会失手。大家别抢了，你们等待我成功的消息吧！"纪振国眼含热泪握住她的手，说：

"小娇，我怎么忍心让你替我去牺牲。"顾念娇苦笑道："反正不是我，就是你。为了组织为了你，就算我牺牲了生命也无怨无悔。"

"凭什么叫女人冒险？我愿意除掉汉奸！"沈义生忽然愣冲冲地喊道："理由是，一，我是个男的，不用假扮；二，我会日本话，出入更不引人注意；三，我情愿代替顾念娇去牺牲。"一番话捅了马蜂窝，大伙吵着跟他争辩。一个不配进入救国同盟分会，更不算行动组成员的人，怎么在我们面前充硬汉抢头功?! 那一旁的顾念娇气哼哼地埋怨他："这没你的事，你捣什么乱。"

纪振国压住混乱的场面，他把沈义生拉到一边，低声叮嘱道："沈义生同志，我们很钦佩你为抗日勇于牺牲的精神，刺杀程怀广用不着你，你还有一个重要的任务。"沈义生半信半疑："比杀汉奸还重要吗？"纪振国点头，说："是的。你的任务是负责护送徐公的女儿徐敬亚迅速离开天津。我们的行动可能成功也可能失败。敌人必然大肆捕杀抗日人士，徐敬亚是他们第一个目标。事不宜迟，你抓紧时间办这件事。"

沈义生感觉纪振国说得很有道理。

最后大家举手决定，由顾念娇负责刺杀程怀广。纪振国让大家对准手表："现在是下午四点一刻，你们回去各自分头准备，七点整在寿街集合，埋伏好。七点十分顾念娇准时进入神户馆，那时程怀广已经同日本女人山口禾子鬼混了半个钟头，也正是他最松懈的时候。顾念娇趁机动手，刺杀成功后向我们发信号。我们抢先一步除掉门口防卫的士兵，掩护顾念娇撤退。来，让我们预祝成功！"几双稚嫩而坚强的手握在一起。

一切部署妥当。大家分拨撤离救国分会，纪振国单独留下顾念娇。沈义生慢吞吞下楼，感伤楼上两情人生离死别前的最后诀别。内心深处，沈义生却做出了一个令他振奋不已的决定。

十四

天冷冽，阴沉，逼迫夜幕过早坠落了。空中飘撒着盐粒似的雪，飞落途中便融化，地面湿漉漉的，倒映着凄惶的灯影。

六点半钟，沈义生头戴礼帽，换一身西装，外面披件呢子大衣，走在暮色苍茫的寿街上。他刚乘坐了一段胶皮车，为了避免暴露，他在华界和日租界交口的铁栅栏口下了车，掏出俩铜子，打发走拉胶皮的，徒步踏进寿街。沈义生身后不远处紧紧尾随着沈琪。沈义生并不知道沈琪跟踪他，沈琪也不知道他的少爷神秘兮兮地去做什么。

很明显，沈义生抢在顾念娇之前来到寿街，就是为她履险、替她赴死。他想这是他爱顾念娇的最后表示了。下午在救国分会，沈义生最后放弃同顾念娇争抢任务，是他读懂了顾念娇的心思。顾念娇冒着生命危险替纪振国入虎穴杀敌，除去她的大局观之外，更为表现一种爱！世上还有什么比以死来示爱的方式更高尚呢？而纪振国懂吗？那个被胜利冲昏头脑的家伙肯定不懂。沈义生懂，所以他情愿仿照顾念娇的方式，向她表示自己高尚的爱。当沈义生一步步靠近"神户馆"时，胸中荡漾着感动，为自己的爱而感动。

当然，除了爱，还有恨。两者同样在沈义生心底根深蒂固。日本人派特务火焚沈家庄、母亲至今生死未明；罗少为掩护徐公惨遭杀害，这些无疑促成沈义生执意手刃程怀广的另外原因。

况且，沈义生胸有成竹，他事先安排好了一切：先去顾总长家接出徐公的女儿徐敬亚。顾总长顺便问一句："怎么没待几天要走哇?"沈义生说是徐公派他来接敬亚去南方。顾总长"嗯啊"两声，不便多问。徐敬亚却满心不乐意，她不愿找她父亲、见她父亲。沈义生暗地里冲她挤眼睛，说："是组织上的命令。"徐敬亚就顺从他了。沈义生雇辆洋马车，二人赶回徐公馆。沈琪正焦灼地等着他的少爷。他嘱咐沈琪："你马上带着徐小姐去老龙头火车站，提前买好三张开往南方的火车票。"沈琪不放心他，问他："少爷你呢?"沈义生说："不用管我。你们在车站候车室等我，如果七点半还不见我回来，你们就先上车。"末了，他多少有些伤感地说："大琪哥，见到我父亲之后，你就说他的不孝儿子做了一件应该做的事。"沈琪感觉事情不对劲儿，他没有遵从沈义生的安排带徐敬亚去火车站，而把她暂且安顿在徐公馆对面的马场别墅。随后，偷偷尾随沈义生至日租界寿街。

暮色和夜色交替的时候，天色最为昏暗。寿街上的酒店、料理店、大烟馆、赌场、妓馆的生意正值火爆的时候，嗜好纵情夜生活的人们川流不息，其中有日本人也有中国人，有达官显贵也有商贾士兵。纵酒撒欢、猜拳行令和嬉闹浪笑，搅得整条大街混浊不堪。

乔装打扮的沈义生十分顺利地混进了"神户馆"，门内一名穿和服的日本女人向他鞠躬，同时送他一个日式怀炉，里面装着些许燃烧的炭末，天冷，用它来暖身子的。

"神户馆"服务分两种：一种侍酒陪宿的娼妓，另一种只卖唱不卖身的歌伎，沈义生自然选择后者。日本女人领他走过长长的甬道，拐了弯儿，进了一间平拉门的房间，拉上隔断门离去。不久，轻轻走进个年轻漂亮的日本女人，圆脸涂抹着厚厚的脂粉，怀里抱着很像中国三弦的乐器，坐他对面边弹边唱。其实，沈义生根本不懂日本话，却对舒曼、忧郁的曲调产生共鸣。他当即沉浸其间，闭上眼睛听任泪水流淌下来。

猛然间，沉重的脚步声惊觉了他。一个熟悉的身影穿堂而过，进入旁边房间。程怀广！没错，就是程怀广——他猎杀的目标。沈义生一跃而起，拉开隔断门，溜出来，悄悄靠近隔壁房间，里面传出日本女人轻柔的笑声。他等不及了，从怀中抽出匕首，准备拉门冲进去的刹那，背后一个人按住他肩头。沈义生惊厥不已，扭脸一瞧是随从沈琪。"怎么是你?!"沈琪捂住他嘴，低声说："别出声！少爷，杀人的差事由我来干。"

这之后可以用"猝不及防"来形容最恰当不过了。话音未落，沈琪已经拉开隔壁的拉门冲进去，随后门又被他关上。开和关的瞬间，沈义生光看到程怀广背对外面的身影和对面那个叫作山口禾子的女人惊骇的神情。先是女人的尖叫，紧跟着里面响起枪声，不是一声，而是三四声，然后，沈义生听到里面沈琪绝望的呼喊："少爷，少爷快跑，我们中计了……"同时，门被猛烈撞开，浑身血洞的沈琪踉跄地边放枪，边催他快逃："少爷，徐小姐在马场别墅……"数名持枪的日本士兵朝沈琪疯狂扫射，"哇哇"地叫着，朝门外冲过来。沈琪枪里的子弹打光了，手臂无力地垂落下来。最后一刻，他支撑着血肉模糊的身躯，顽强挡住他们……

枪声乍起，"神户馆"一片混乱。男人女人号叫着四处奔逃。沈义生忘记逃跑，他痴愣在原地，眼含着热泪。他的大琪哥为掩护他牺牲倒地，浑身上下无数个枪眼淌流着鲜血……此时，日本士兵踏过沈琪的尸体，冲他拥过来。蓦地，沈义生想到女扮男装的顾念娇即刻出现，那么就太危险了。他不顾一切地掉头就跑，刚跑到甬道拐弯地方，和准时到达的顾念娇撞个满怀。他拽起她的胳膊喘息着说："坏啦，敌人有埋伏，我们上当了。快跟我走。"他们一同朝大门奔去。

"神户馆"大门本来又窄又矮，被蜂拥而至的人群堵成大疙瘩。沈义生他俩企图冲破梗堵的人群，一次次被推搡出来。他转回头看，几个端枪的日本兵"哇哩哇啦"地叫着，冲着这边追来。他们在追捕自己和顾念娇。人们拥挤成一堵顽固的墙，冲不开，挤不动。日本兵一步步靠近。

千钧一发！沈义生急中生智，高高晃动手中的匕首，绝望地喊道："你们闪开，都闪开，谁不让道我就捅死谁！"明晃晃的匕首吓退了逃命的人们，人们迅速闪开一条缝，沈义生紧紧拉住顾念娇，趁机冲出大门。

这时，另一番景象着实令他们惊愕不已——狂风肆虐，漫天大雪。寿街正进行一场残酷的枪战。

十五

很明显，纪振国精心策划的除奸计划败露了，反而陷入程怀广布下的陷阱。原来日本特务在抗日同盟会分会内部安插了内奸。时隔许多年后，他们终于查出谁是"内鬼"并且迅速处决了他。可惜为时已晚，寿街上发生的遭遇，几乎使救国同盟会行动组的成员损失殆尽，包括纪振国和顾念娇。

救国分会行动组的秘密会议刚刚结束，程怀广就从"内鬼"那里获得情报：当晚将有一位女扮男装的行动组成员潜进"神户馆"，用匕首刺杀他。老奸巨猾的军阀吓破了胆，他早就风闻抗日救国团体力图破坏"华北自治"，密谋刺杀参与此次活动的汉奸。程怀广深知自己在明处，刺杀者在暗处。既然被这些激进分子盯上了，恐怕躲过初一，躲不过十五。于是他绞尽脑汁地策划了一个阴谋，然后立刻向日本主子禀报：利用抗日救国团体的暗杀行动，诱敌深入，布下埋伏，将其一网打尽，保证"华北自治"活动顺利展开。程怀广的小算盘打得很精，借此机会清除抗日救国分子，为自己稳稳当当坐上"华北王"的宝座扫清障碍。他的日本主子批准了程怀广的"张网捕鱼"的阴谋。

接下来，程怀广在短暂的几小时里运筹帷幄：一方面，用"替身"假扮自己当替死鬼、做诱饵；让日本兵潜伏在"神户馆"内部，抓捕刺客。抓捕不成，便就地处决。另一方面，把他的卫队士兵换成便衣埋伏"神户馆"里外，围歼前来救援队抗日救国成员。程怀广过于相信内鬼情报的准确性，光盯住"女扮男装"的人，而忽略了前后而至的沈义生和沈琪。沈琪身手敏捷地刺杀了他的替身，使埋藏屏风后面的日本兵措手不及，他们只知道刺客是个女人，手持匕首，现场抓捕不成问题。可没想到刺客不但换成男的，而且枪法极准，不仅当场毙杀假程怀广，同时接连打死三名贸然冲出来的日本兵。末了，终因寡不敌众，才英勇牺牲。这是程怀广犯的一个错误，但并不影响他全歼行动组的阴谋。

198

纪振国也犯了错误，他的错误却是致命的。当时，眼见顾念娇刚刚进入"神户馆"，随后发生激烈的枪声。纪振国不曾想到沈义生早已潜伏馆内，更想象不到沈琪在顾念娇之前已经动手，他错误地判断顾念娇一进入"神户馆"就意外同程怀广遭遇，顾念娇刺杀程怀广成功，却遭到程的卫兵的袭击。这样，他命令行动组成员奋力往馆里冲，企图在最快时间里营救出顾念娇。他们突然暴露身份，举枪冲击的时候，正好中了程怀广的诡计，埋藏在大街周围的便衣特务迅速包围他们，双方开始了激烈的枪战。

沈义生和顾念娇挤出人群，站在神户馆台阶上看到的正是这番情景：寿街上枪声大作，硝烟弥漫。在狂风暴雪之中，程怀广的便衣特务边射击边紧逼，不断缩小包围圈；纪振国带领行动组成员边回击抵抗边且战且退。其中两个成员已经倒在血泊中，纪振国的胳膊负了伤，形势十分危急。

乱套了。呼啸的寒风裹挟着杂乱的枪声，淹没了一切。沈义生呆立原地不知该怎么做，身畔的顾念娇突然跃身冲向大街，朝对面的纪振国和她的战友奔跑过去。沈义生从背后焦急地喊她叫她："念娇，危险啊！快回来！"顾念娇一边跑一边说："我要和纪振国他们战斗在一起！"这是顾念娇留给他的最后一句话。

以后的事都是在沈义生眼前发生的：顾念娇飞跑着穿越大街，即将和纪振国的行动组成员会合的当口，敌人认清这位女扮男装的女学生正是刺杀程怀广的真凶，一起举枪朝她扫射，子弹击中了顾念娇的小腿。顾念娇身子一歪，倒在大街当央。那边，纪振国发现顾念娇倒在地上，挣扎着朝他们爬来，他冒着弹雨奔过来救她。当两人拥抱一块儿的时候，便衣特务一拥而上，将他们围在中间，数十条黑漆漆的枪筒抵住他们的额头……

沈义生痛苦地闭上眼睛。

薄夜，寒风低吼，雪小了许多，空中飘着似雨似雪的冻雨。

沈义生相伴徐敬亚伫立老龙头火车站月台上。徐敬亚披着沈义生的呢子大衣，偎依他怀里。她说："顾念娇姐姐，还有纪振国大哥他们被敌人逮去了，生命会有危险吗？"沈义生紧闭嘴唇，无法回答。他明白自己很渺小很无能，什么事也做不成。

徐敬亚又说："义生哥，我不愿见我父亲。你带我找你父亲好吗？"

沈义生点头。这是他唯一能够做到的。

望一眼即将离开的城市，城市已进入深沉的黑夜。一声火车汽笛的长鸣，驶向南方的火车喷吐着白色的蒸汽，缓缓开进站台。

小人书铺

一

　　也就是十平方米左右的一间临街的铺面，平房，低矮又潮湿。光线也暗，阳光常年只照进半间屋。靠墙一排顶天立地的旧书架，书架的格子里码放着一本本小人书。书架用的木料很结实，全是水曲柳，油漆褪尽了原先的本色，岁月却给它涂上一层釉光。柜台其实是书案，紫檀木的面，像珍藏许久的琥珀。青砖铺的地面坑洼不平，排放着几条长凳，那是供看小人书的人坐的地方。屋子中央立个煤球炉子，专为冬天冷时取暖用的。没有窗户，光线很暗，大白天就点盏二十五瓦的灯泡照明。朝北开两扇门，挂着门板，早上开门卸门板，晚上打烊上门板——这就是旧南市小人书铺的格局。

　　南市有家小人书铺，早先的掌柜的姓康，人称康爷。二十世纪五十年代初，康爷将小人书铺传给了他的独生儿子小康。小康掌管小人书铺时，市面上已经不兴称"掌柜的"或"爷"，人们就管小康叫"康同志"。康同志又瘦又高，面色焦黄，很羸弱，像根麻秆儿，走在马路上，一阵风就能刮跑他似的。

康同志上过学堂，识文断字，小人书铺到了他手中被调理得井井有条。"小人书"顾名思义就是小孩看的书，又称"连环画"。小人书铺的顾客们，大多是七八岁至十几岁的孩子，一分钱赁一本，坐到长凳上有来到去地翻着看。那时候南市住家都很穷，即使解放后，这一带住的也都是工人阶级，收入不多，所以给孩子的零花也少。孩子们看小人书的钱，差不多都是从爹妈给的早点钱里抠出来的，一分钱才看一本觉得屈得慌，吃早点豆浆才二分一碗，烧饼三分一个。这样，孩子们看完手中的一本，就偷偷跟邻座的小孩换，这样可以多看一本，换多了可以看上一下午。当然怕逮着，过去康爷逮着换书的小孩，常常是连吼带操，还要把换书的孩子的口袋都掏净了，相当于现在的罚款。而小康同志则温和许多，顶多将孩子手里的小人书没收便算完，绝不搜孩子的口袋。

康同志三十多岁也没娶老婆，左邻右舍就说他爹逛窑子逛出了毛病，传染上他，所以康同志不能跟女人做那种事。不能做那种事，还娶老婆干什么呢？事隔许多年后，人们才知道这些纯属胡说八道，康同志根本没有毛病，他之所以耗到老大岁数不思婚娶，是因为他撞上一件事，看上了一个女人。这件事左右了他一辈子的命运，这女人让他至死难以忘怀。

那件事发生在开洼野地，那个女人在聚英戏园卖唱。

旧时南市在天津卫很出名，出名的原因种种，其中最主要的原因是这地界妓院多，澡堂子有名。官方曾统计过，二十世纪四十年代南市的二三等妓院多达二百五十多家，每逢夜色降临，街街歌声弦韵，巷巷灯红酒绿。

南市的澡堂子有名，像什么玉清池、新华池、瑞品香、第一池等等，都是当时天津卫顶顶一流的洗浴中心。尤其是玉清池，是南市一带最高最豪华的建筑。

小康不像他爸爸那样爱逛窑子，他喜欢泡澡堂子。天津人管这路人叫"堂腻子"。小康每天吃完响午饭，打着饱嗝儿往玉清池跑。买个牌儿，往里间走，早有茶房挑起布帘，喊道："又一位，康先生里边请！"玉清池生意火，睡榻上躺满早到的堂腻子。小康侧身绕过一个个盛衣裳的柳条筐，坐到一张藤椅上，麻利地脱光衣服，往筐里一塞，拿一条浴巾照细腰一围，拖着"趿拉板"，直奔堂子而去。

堂子分热池和温池两种，小康喜欢泡热池，身子往热水里面一溜，烫得他龇牙咧嘴，扯着脖子嚷舒坦！直到泡得身子松软了，再爬上池边，用搓脚石蹭脚后跟的皴皮。做完这些例行公事，小康便躺在一条大木凳子上搓澡，搓完澡，又冲过一遍，这才心满意足地离开堂子。小康是熟客，茶房早已为他准备好睡榻。热得烫脸的毛巾递上来，他擦擦脸，随后往睡榻一倒，便呜呼哀哉了。他这一觉睡得美，睡得熨帖。醒来时，茶房沏好的一壶酽茶放在茶几上，小康自斟自饮，直喝得饥肠辘辘，才穿戴得当，溜达出玉清池。这工夫，夜色四合，路灯初燃。小康不乐意回家，就钻到慎益街的小酒馆喝上几盅。他不善酒，一喝就醉，一醉就睡，一睡准耽误事。

碰见梅那天，小康就在酒馆睡过了头。那是刚进腊月的一天，小康洗过澡，走出澡堂子，薄夜时分，天阴得很红，寒气袭人。他赶紧把脖子缩进棉袄领子，双手叉进袖口。这时，他想起了张哑巴的水爆肚。馋虫勾得他一溜小跑，直奔荣吉大街的张哑巴酒馆。落座后，要两份水爆肚，三两包子，烫壶白干，美滋滋地独斟独饮。一壶酒下肚，外面雪花纷飞，一时间兴致勃然，小康又要一壶酒外带一份水爆肚。这回酒没喝完，他就趴在桌子上打起呼噜。要不是张哑巴把他推醒，还不知睡到什么时候。

小康眯眯瞪瞪走上荣吉大街，雪下得好大呀！棉花桃般的雪团"噼里啪啦"往下砸，马路上的积雪足有半尺厚，脚一踩，"老头乐"棉鞋就没了影。不知是没醒酒，还是雪大迷了路，小康竟颠颠奔向开洼地。等瞧见眼前白茫茫的一片开阔地，小康登时傻了眼。深更半夜的，怎么跑到这大开洼来啦？他扭身往回走，忽听暗影里有动静："这位爷，您救命啊！"声音不大，在旷野里显得瘆人。

小康东瞅瞅西望望，见不远雪地上卧着个人，身上落满了雪花。再往前细看，倒地上的是个年轻女人，十七八岁的模样，模样俏丽。年轻女人挣扎了一下，便疼得直呻吟。小康赶紧问："你这是怎么回事？"女人说："大爷，我的腿被人打断了，您说嘛也要救救我。"小康挺纳闷，说："谁这么大胆，青天白日的无故打人哪！"女人闻言，便嘤嘤哭起来，说："我是南市韵堂班的，今儿晚晌'出条子'，到天和玉饭庄陪酒。谁知走到半道，被几个混混儿抢人。他们打跑了拉洋车的，把我拖到这大开洼，打折了我的腿……呜——呜——"女人哭得十分伤心。

小康总算听明白了，原来躺地上的女人是韵堂班的窑姐儿，要不她怎么长得这么俊哪。爹爱逛窑子，常把窑子里面的奇闻逸事在家里学舌，小康也懂得了一些青楼术语。所谓"出条子"，就是窑姐应客人之约，离开窑子出来陪客。"抢人"就是两窑子之间竞争，雇人埋伏在窑姐出局子的途中拦截。既搅毁了窑姐的业务，也砸了竞争对手的信誉，一举两得！小康叹息几声，心想这么美貌柔弱的女人，在这冰天雪地里遭此毒手。说嘛，我得救她。小康问女人："我怎么救你？"女人说："麻烦您把我扶回韵堂班，就是积了天大的德，我下辈子当牛做马孝敬您。"小康说："这好办。"说着话，他躬身扶起她，感觉那女人体轻如燕，便说："得了，我背你走吧，这样还快点。"女人顺势往小康背上一趴，小康抖擞精神，背起女人一溜小跑。串荣吉街，拐广兴街，钻大兴里胡同，眨眼间来到韵堂班门前。

此时夜已很深，韵堂班关门闭户，连门前的红灯笼都摘了。小康心急如焚，一时不知怎么办好。那女人说："我一看您就是个好人，规矩人，不往这里头混。把我搁这儿就行，您先回吧。"小康说："我把你搁这儿还不冻坏喽？"女人说："要不是您救了我，我已经冻死了。您先走，我再叫门。"小康一想也行，就撤身往胡同口蹭，一边退一边恋恋不舍地回头望。女人忽然叫住他，说："大爷，您救了我，连我名字都不问？"小康支吾了两声："我……我……"便闷了口。女人才说："我叫梅黛云，您往后想见我，用不着来这儿，我每天在聚英戏园唱玩意儿。"小康又支吾两声。梅笑了，说："您赶紧走吧，我该叫门啦。"小康这才一步三回头地离开大兴里胡同。

那一夜他激动得睡不着觉，嘴里一个劲儿地念叨："梅……梅……"

三

二十世纪四十年代末，天津卫的窑子已经日渐冷落，长年的内战，经济衰竭，搞得人们惶恐不安，哪有心思逛窑子、找乐子。窑姐儿的生意朝不保夕，她们还有个寻开心赚外快的道——大白天不接客的时候，到附近的剧场清唱。所谓清唱，有点类似现今的卡拉OK。穿着时装，站舞台上唱一两段大戏（京剧）、落子（评戏）、梆子（河北梆子），遇上相好的捧场，多赏几个钱，也够她们一天的花销。

从那天晚上开始，小康不再泡澡堂子，开始泡起了戏园子、听清唱。那时，他还没有接管小人书铺，整天清闲得很，晌午在什锦斋要份独面筋，一碗米饭，填饱肚子，便一头扎进聚英戏园。

聚英戏园在南市，规模不大，仅能容下六七百人的模样，小康一般来得比较早，戏园子黑漆漆的像是在夜里，暗中弥漫着脂粉、烟气、汗臭混杂的气味。跑堂的正在扫地，用扫帚把昨天夜场所留下的橘子皮、香蕉皮、瓜子壳还有烟头往台后赶。二楼开着两扇窗户，阳光便从那里拥挤进来，光柱很混浊，里面飘动着灰尘的颗粒。小康从心里喜欢这儿的气味和氛围，有一种家的感觉。早到的他经常独自坐在前三排中央的木凳子上，眯起眼睛，沉湎于白日遐想中，当然遐想里少不了那姓梅的女人。

记得头回进聚英戏园子，小康有点蒙，手里攥着戏票，不知道得出哪门进哪门，没头苍蝇似的乱撞。灯光幽暗的观众席黑压压坐满了人，连个空座儿都没有，都让头前先来的人占了。他溜达到戏台口，扒着戏台边儿站着听。舞台上灯光骤亮，锣鼓家伙齐响，第一个出来演唱的就是梅。她刚一出场露头，他的心怦怦直跳，好像在这偌大的空间里，只有他和梅两个人。尤其是梅那水汪汪的眼睛扫着他，小康差点没晕倒在台底下。梅唱完一折，谢幕退下去，他的魂像被带走了，没着没落的。过了一会儿，他觉着有人碰他一下，扭头一瞧身畔站立着梅。梅挺好看地笑着，从怀里掏出个纸包，偷偷塞他手里，说："大爷，上回您救了我，我没嘛孝敬您的，我浑身上下就这东西干净，就当是我的一点心意吧。不值钱，也不是什么贵重东西，您别嫌弃。"小康赶紧攥手心里，宝贝似的捧回家，躲进里间屋，哆嗦着手揭纸包。

纸包用的是报纸，包了好几层，一层层打开，最里面是一绺女人头发。剪得整整齐齐，有些潮湿，散发着檀香皂的气味。

戏园子一般在下午一点钟左右就稀稀拉拉进了些人，大多是无所事事的闲人。他们抽着烟，聊着某某妓女的妙处。小康不跟他们掺和，嫌这些人龌龊，就端起昨日的晚报挡住脸。

两点钟观众上齐了，走道间卖萝卜、崩豆的小贩和端着热毛巾的茶房穿梭来往。舞台上拉弦的开始调弄琴弦，这表明戏即将开场。小康打起精神，目不转睛地盯着舞台，因为"打泡儿"的通常是他朝思暮想的女人——梅。

自打风雪之夜那意外相逢后，小康像中了魔，暗暗恋慕着梅，那女人长得小巧玲珑，眉目清秀，一看便知道是南方女子；其次，梅从不唱落子、梆子或大戏，专唱越剧。那一口清丽婉转又字正腔圆的越剧，像汩汩泉溪滋润小康空荡荡的心田。

管弦齐鸣，戏总算开场了。司仪报戏名和演唱者，说："韵堂班的梅黛云演唱《黛玉葬花》一折。"小康憋不住起劲鼓掌，可周围响应者寥寥无几。梅出场了，一袭粉缎子旗袍箍住她窈窕的身材，娇唇微启，一曲委婉凄恻的越腔流淌而出。小康中魔了，那梅黛云的越剧声声入耳，似一股清爽之气自头顶贯入，辐射全身，顿时产生一种腾云驾雾的美妙感觉。梅唱到伤心处，他情不自禁地鼻子一酸，热乎乎的泪水滚下脸颊。

"爷，擦把脸吗?"身畔陡然站立个打手巾把儿的茶房。

小康心里有些气，虽说他并不财迷掏小费，但这愣头青的茶房冲断了他的绝佳情致。他抬起眼皮瞧瞧站身边不走的茶房，十八九岁的模样，留着青头皮，操着天津卫与山东的混合音。"去去去。"小康恼怒地推搡开那捣乱的茶房。茶房怅怅地走开了，可小康的那股清爽之气也没了，关键是舞台上的梅唱完了，正躬身谢幕。小康赶紧鼓掌，旁若无人般地使劲拍巴掌，可惜，他的掌声被周围人们的说笑声湮没得无声无息。这之后再没有梅的戏，小康拧身站起来，朝场外走，嘴里嘟嘟囔囔骂着很难听的话，不知他骂那些观众，还是骂打手巾把的茶房。

走到出场口，有人替他撩帘子："爷，您慢走。"小康一看是刚才被他轰走的茶房，心里头觉着有点对不住人家，谁不挣钱吃饭？哪顾得你听戏入迷不入迷。他便从口袋中摸索出金银券往茶房的手心里塞，茶房却推托着不要。小康挺纳闷，说："你嫌少？"茶房说："不是，您懂戏。爷往后再来瞧梅黛云的玩意，我给您留座。"

那时戏园子的座位是一条条长板凳，没座没号，谁先到谁就占据靠前靠中间的座位。凡是茶房给熟悉的观众留座，就要事先将茶碗倒扣在长凳上，那就算占好座了，等熟客一来，便坐在放茶碗的地方。从那天后，愣头青茶房天天给小康留座，所以他就没必要每天早来，等差不多开场时，小康才慢条斯理地踱进戏园，见前三排中央的位置上倒放着一盏茶碗。他拿起茶碗刚坐稳，愣头青茶房顺手往碗里斟满茶水，又递过手巾把，说："爷，擦把脸。"小康给他小费，他就是不要，说："您懂戏，俺乐意伺候您。"

一来二去，小康跟这茶房混熟了，知道他叫周得贵，山东人，去年经亲戚介绍，在聚英戏园做茶房，他也挺喜欢梅的越剧。小康有了知音，生活平添几许乐趣。他不愿欠人情，主动邀周得贵去他的小人书铺看小人书。周得贵不去，说："俺不识字，瞧不懂那玩意。"小康说："不识字没关系，看画呀。小人书里头都是画。"周得贵摇摇头："您别费心了，俺在这儿白看戏多好，全是活人演的。"见他这么说，小康便不再勉强。于是，他依旧天天来瞧戏，有人给他留座，义务为他服务。在这样惬意的环境中，小康天天能瞧见他暗慕的女人。

是小康娘强烈要求老康给儿子张罗说媳妇的。小康整天泡园子，听那些窑姐们唱戏，终有一天会学他爹，把家当赔给窑子，还惹一身脏病。小康娘越思越想越着急，好几宿都没合眼，老的是管不了了，而不能眼巴巴瞧着儿子糟践喽。

清早起来，小康娘生着炉子，闷好火，用火筷子将门鼻一插，便拐着小脚奔向小人书铺。

这光景正是小人书铺清闲的时候，屋子里几个孩子扎一堆看小人书，老康站屋外太阳底下望街景。冷不丁瞧见老婆一阵风似的跑了来，心中不免纳闷。老康睥睨一眼比他矮一头的老伴说："你撒夜症？往小人书铺来干吗？"

"干吗？跟你商量正经事儿。"

"有嘛事回家再说呗。"

"你着家吗？天么天离了小人书铺就往窑子里扎。要不就跟那帮狐朋狗友喝酒，家里人谁见着你的影儿。"

老康腻歪她揭自己的短，起火道："有事说事，没事回家，少在这儿啰唆。"

"咱儿子的事儿，该给他说媳妇了。你没瞅他天么天往落子馆跑？多会儿搞上个婊子，再后悔就晚三春了。"小康娘一本正经地说着。

老康听完，不以为然地笑着，笑得声音很响："老娘们儿说话就是悬，听两出戏就能娶家来一个窑姐？那还算是福分哪。你当窑姐都是傻子，你以为咱家有钱有势，趁多少买卖？谁稀罕呢。"

小康娘挺倔，固执地说："人家不稀罕我稀罕。再说啦，现在兵荒马乱的，共产党的八路军把天津城围了个严严实实，还不知哪天得逃反。赶紧给儿子说个媳妇，我也踏了心。"

"行啊行啊，"老康有些不耐烦，"这事你做主，别在我这儿磨蹭。"

小康娘在家任何事都做不了主，今儿个终于有桩能做主的差事，心情便好了许多。

　　这时，小人书铺里乱成一团。有个七八岁的孩子站门口抹着眼泪冲老康申诉："小狗儿非要跟我换小人书看，我不应。他把我的小人书给撕了。"老康一听，跺脚便奔进屋里。接着，里边便出现老康的吼叫和孩子的哭声。

　　小康娘叹口气，扭着小脚往家回。

　　对于父母这种拉郎配式的撮合，小康表现出超然无我的姿态。你让我见谁，我就去见，但最后一句话——瞧不上眼。一连几天，他娘请的媒婆给他说了好几个姑娘，有的是杂货铺的闺女，有的是百货店的千金，尽管媒婆将那些姑娘吹得天花乱坠，小康光给个耳朵——穿皮不入内。后来他娘拉着他硬是见了两位，在什锦斋饭庄吃了顿饭。小康竟连眼皮都不抬，待搭不理的，臊得人家姑娘差点没哭出声来。

　　小康娘急了，逼问儿子看上哪位了？小康挺干脆地说："哪个也没看上。"小康娘要问个究竟。小康告诉她某某是个麻子。小康娘辩解道："人家姑娘长得多标致，脸蛋就俩雀子（雀斑），哪有麻子？"小康不紧不慢地说："雀子是嘛？不就是麻子吗。"小康娘又提杂货铺掌柜的闺女："瞧人家家多有钱，生出的姑娘多水灵？"小康说："哼，瘦得跟狼似的，跟我凑一块儿，倒应了一句俗话：麻秆打狼——两头害怕。"说完，他瞟也不瞟他娘一眼，抬脚去了聚英戏园子。

　　小康娘边喊边追出屋，早没了小康的人影。她腿一软，"扑通"一声蹲坐在马路上，顾不得站起来，眼泪簌簌往下落，心想：完啦，儿子家会算没救了。

四

1948年残冬,天津卫战事紧张,解放军兵临城下,偶尔可以隐约听见郊外零星的炮声。市面上百业凋零人心惶惶。不少买卖家都歇了业,戏园子也因缺少观众关了门。唯独妓院依旧红灯高挂,生意兴隆,有钱人利用在这里发泄肉欲来冲淡内心的恐惧。聚英戏园子灯黑门闭,像关住了小康的魂儿,他整天无精打采,揣着双手,站在戏园门前,望着旧海报发呆。寒风凛冽,雪花乱飞,他不禁产生出一种幻听,仿佛门缝里断断续续飘出梅的唱曲。依然委婉凄恻,依然汩汩如泉流。常常伫立到黄昏,正是往时戏园散场时候,他才抱着一种满足感,拖着冻僵的身躯,踏着松软的积雪往家走。家里的饭多好,也吃不出滋味,强咽硬塞填饱肚子,闷头说声:"妈,我出去遛个弯儿。"便推门离开屋子。小康娘在后头喊:"家会,早去早回,别遇上宵禁让当兵的抓了去。"他答应一声,就急步匆匆走出大杂院。

冬日,天黑得早,大街已点上昏黄的路灯。慎益街两边摆摊买东西的零零星星有几堆,有气无力的叫卖声在呼呼的北风尖啸里,显得时有时无。小康双手揣进棉袄的袖筒里,低着头朝大兴里胡同那边走。胡同里有家韵堂班,韵堂班里有他朝思暮想的梅。这条胡同不知进进出出多少回,而韵堂班的门槛他一次都没敢迈进过。铺满一层薄薄雪花的地面,已经被无数个脚印和洋车的车辙践踏得支离破碎,黝黑的胡同紧挨着一个个小院,院门前悬挂红灯的便是"窑子",韵堂班的红灯又大又亮,他朝那个最亮最大的红灯奔过去。院门虚掩,淫声浪笑以及热烘烘的脂粉气一股脑涌出来，他刚刚探下头，便缩回脑袋，沿墙根蹲下来。

风依然无情肆虐，他竖起耳朵，力图从那些嘈杂的噪声里捕捉到梅的声音。后来他又陷入幻听，噪声逐渐消失，唯有梅在清唱……

不知过了多久，院门大开，身畔经过许多黑乎乎的影子，还有虚情假意的寒暄，等到一切都静下来，他才站起身。他知道自己该回家了。又出来个人影，挺熟悉的。

"呦，这不是康爷吗？"

他仔细一端详，是聚英戏园的茶房周得贵："你？"

"哦，康爷，戏园子关门了，俺没了事由，就上这儿干点杂活儿。您不进去乐乐？"

"不不，我得赶紧回家。"他说着，撤身往胡同口退，"嗯……梅在里面？"

"原来康爷想见她？您来的不是时候，她这两天发烧没接客。"

小康尴尬地笑笑，说："噢噢，我顺便路过这儿。她唱得真好。"

周得贵也笑笑，说："不光戏唱得好，人也好。对了，康爷，人家梅可总念叨您。"

他莫名其妙地连连点头："是是，咱回头见。"然后，便逃似的奔出胡同。

从周得贵嘴里知道梅发烧，小康像中了病，一宿没睡踏实。

转天一大早，他管他娘要钱，说买双棉布鞋。钱一到手，他就奔了大仁堂药铺，开上三剂清热解毒的中药，手里拎着，急慌慌奔大兴里胡同跑。韵堂班的院门紧闭，送完嫖客的窑姐儿们正睡懒觉。小康进也不是退也不是，急得他在外面正转悠。

"吱呀"一声，院门开了，穿着黑粗布棉衣的妓院"茶壶"周得贵端着泔水桶走出来，瞧见小康愣了一下："康爷，大清早您这是上哪儿？"

小康没开口，先臊红了脸："我，我找你。"周得贵不解地问："您找我干啥？"小康吞吞吐吐地说："昨儿你说梅发烧，那不就把嗓子烧坏啰？我顺便捎来点药，麻烦你带给她。"

周得贵躬身将泔水倒进地沟里，用棉袄袖子抹了下鼻涕，笑嘻嘻说："康爷，您心真细，心真实，她不在……"小康赶紧追问道："大清早的，她上哪儿去啦？"周得贵说："昨夜个跟个客人出条子了，兴许晚上能回来。"

小康懂窑子里面的规矩，所谓"出条子"就是陪客人到外面寻欢作乐去了。他心里头酸溜溜的，喃喃道："她病病歪歪的，那身子骨顶得住吗？"

"昨儿刚退烧，就有了生意。当家的让她去，她不能不去。"周得贵解释说。

他扭过身子往胡同外面走，低着头，眼窝忽然潮湿了。周得贵在后边喊："康爷，慢走。"他像没听见，临出胡同时，把手里拎着的药包丢进土箱子，仰头对着阴云密布的天空长吁口气，自言自语道："我这是何苦呢？"

转过阳历年，天津卫市面上更显紧张，家家关门闭户，买卖家大都歇了业。大街上多了游行的人群，呼吁国民政府保护文化遗产等等什么的。小人书铺关了门，一家人眯屋子里等待战争的降临。小康娘不离小康一步，生怕他出去招灾惹祸。

其实那天走出大兴里胡同后，他发誓不再找梅，他感觉梅与其他窑姐儿没什么区别，光顾挣钱不顾命。一连好多日子，远离开梅，他心中空空的，魂不守舍，那女人可怜楚楚的影子总在眼前晃。实在想得厉害，他就躲到里间屋，从被阁子的抽屉掏出那个纸包，小心翼翼地揭开一层层纸，露出那缕青丝。放到鼻边闻，一边闻一边叨念："梅……梅……"

一月中旬的一个晚上，战争终于降临了。

从傍黑开始就听到炒豆子般的枪炮声，老康说："坏啦，开仗了！"小康娘吓得尿了裤，哭天抹泪地说："炮弹不长眼，咱往哪儿躲？"老康吼起来："号嘛？把灯关啰，咱都躲桌子底下，天塌了砸大家，我老康福大命大，准没事儿。"老康招呼小康锁了院子大门，拿棉被把窗户堵得严严实实。随后一家人躲藏在旧八仙桌子底下，哆哆嗦嗦地听天由命。枪炮声越响越急越响越近，震得窗户扇哗啦啦直颤。后半夜时分，炮弹好像就在房前屋后飞来飞去，带着骇人的尖啸。老康瘫架子了，老泪横流地说："完啦，老天爷这是收人哪！老婆子，家会呀，咱爷仨今儿死就死一块儿吧。"

小康不像他爹娘那样，显得十分镇定，他竖起耳朵，细心谛听炮弹飞行的路线。这颗炮弹飞向哪儿，那颗炮弹落在哪儿……大约两点钟光景，有一颗炮弹的飞行方向引起他的注意。炮弹似乎飞得很慢，掠过他家屋顶朝大兴里胡同那边飞去。他的心悬了起来，随后一声巨大的爆炸声。

坏啦！大兴里！梅！他跃身而起，顶翻了桌子，拉开屋门，向黑暗冲去。背后他爹娘声嘶力竭地喊叫："家会，你不要命啦！快回来！"

大街上阒无一人，漆黑一片，只有远处爆炸腾起的火光和子弹掠空的光道。他不顾一切地奔跑着，朝着那牵肠挂肚的大兴里胡同。在胡同口他看到一个大坑，里边还冒着火苗。他绕过大坑往里跑，韵堂班完好无损地存在着，只是院门紧锁，灯火全熄，里面没传出一点声音。小康总算一块石头落了地，如释重负地往冻僵的双手哈着热气。

忽然，新一轮的炮火猛烈地响起来，仿佛大年三十晚上开了锅的鞭炮声。震耳欲聋的爆炸此起彼伏，子弹嗖嗖地在身边穿梭而过。小康一下子瘫倒地上，慌了神的壁虎一样地东爬西爬，好不容易爬到土箱子旁，便蜷缩墙角旮旯里浑身抖颤不停。

天色大亮时，一位解放军战士发现了躲在土箱子后面的瘦高个子青年人，他全身几乎被冻僵了。战士拨拉醒了连吓带冻而昏过去的小康，很客气地管他称"同志"。小康没见过这么和蔼可亲的大兵，一时不知说什么好。他懵懂好半天，才带着哭腔说："我要回家——"

这一吓，小康同志在床上躺了半个多月。当他能够下地，能够到外边溜达，才发觉世道完全变了。他实实在在感觉到解放区的天，真是晴朗的天，就连空气都那么新鲜，人们脸上的笑容像春光那么灿烂。

尽管天地变了模样，可小康同志依然改变不了旧习，还往广兴大街溜达。好像他的魂儿留在那里，脚步不听使唤地往大兴里胡同走。

韵堂班犹在，只是门前冷落，很少有人光顾，院门常闭，里面悄无声息。梅在吗？周得贵呢？他们在院子里面吃什么？喝什么？做什么？小康虽然这么默叨，终不敢踏进那冷清的小院。他总以为会意外地邂逅梅，或者周得贵也行啊，从周得贵的嘴里探听到梅的消息，他悬着的心兴许会踏实些。可惜的是，小康同志这样溜达了将近一年，也不曾碰到他们俩之间的任何一位，种种不祥的猜测噩梦一般纠缠他寝食不安。

转年的一个黄昏，他又转悠进大兴里胡同，猛然发现胡同里拥满了人。其中有穿发白军装、模样像干部的人，围在韵堂班门口。一个女干部模样的人，手中拿着花名册，一一点数那些从小院排队出来的窑姐们。女干部领着她们上了胡同口停的大卡车。大卡车有两辆，上面早已站了不少别的妓院的妓女。

小康感觉出事了，就拼命挤过去，踮着脚从人群里边寻找梅。梅是最后一个出来的，她穿件粉缎子旗袍，头发蓬乱着，低眉顺目地跟随前面的人。她身后是周得贵，一步不离尾随她。快到胡同口时，梅似乎被什么东西绊了一下，身子往前一趔趄，周得贵赶忙拽住她胳膊，才没有摔倒。上汽车最难为她，弱小的个儿，旗袍又箍住双腿，车上的姐妹拉她几次，都没拉上去，最后还是周得贵把她托上了车。

干部模样的人上了另一辆汽车的司机楼，随后两辆车卷着烟尘开走了。

小康傻呆呆地立在原处，张望着汽车慢慢消失了踪影。胡同静寂下来，微风刮起地上灰尘和碎纸，他望一眼院门贴的封条，心里暗自感伤地琢磨："嗨，再也见不着梅，听不到梅唱越剧了。"

回到家，他对老康说："爹，小人书铺交我吧。"

他爹眨眨眼，不明白："你要干吗？"

他坚决地说："我要小人书铺。"

五

小康同志掌管小人书铺的时候，愣把小人书铺关了三天门，自己闷里头把所有的小人书全部拿牛皮纸包了书皮，又用锥子扎眼儿、线绳缝扎好，书皮全部用漂亮的小楷字写上书名，分门别类地码放书架上。他还在临门口的地方立块木板，上面书写最近刚到的新小人书，他的做法有点像现在的广告。附近又开了几家小人书铺，有的门脸比他的大，小人书品种也多。那时，学生们上半天课，家里又没电视什么的，闲着没事就往小人书铺钻，花一二分钱，就可打发一下午。为了争夺读者，小康自有一套经营策略，一是薄利多销，他把上下集的小人书订在一起，也一分一本地赁，自然比别的小人书铺便宜了一半；二是还可以赁回家去看，赁书的孩子只要付押金，就能将书拿走，转天再还，也是一分钱。小康同志这么一搞，喜欢看小人书的孩子一窝蜂地往他这儿拥。他的小人书铺整天里门庭若市、热闹非凡。

小康同志依旧保留着听戏的嗜好，每天小人书铺一关门，他独自一人顺着南市那几条街瞎逛。南市剧场多，什么"群英""聚英""共和""红旗""黄河"……一连七八家。小康同志溜达到哪儿算哪儿，也不挑挑择择，进门就听。

刚解放那阵儿，小剧场时兴"十分钟二分钱"，就是说进门不打票，计时，多会儿听腻了出来，按时间结账，十分钟交二分钱。如今小康同志听戏绝没有过去听梅的戏那么专注过瘾，好像是走过场履行某种责任。有时待不上十分钟便又溜达出来，有时竟靠着椅子背打起呼噜。

三十岁生日那天，小康同志本不打算逛戏园子，小康娘说从什锦斋饭庄端几个菜，在家给他过生日。小人书铺打烊后，他忽然感觉挺凄凉，一晃三十好几的人了，该办的事没办，该找的人没找着，连个家也没有，让爹娘张罗自己的生日。所以回家过生日的念头，一下子变得很别扭，像跑光了气的自行车胎，歪歪扭扭地不顺心。

南市的黄昏，生机盎然，充满诱惑力。街灯过早燃亮，商场、食品店、饭馆灯火辉煌，顾客如织。街边做小买卖的，点一盏汽灯，白色热气里不时响起诱人的叫卖声。红旗剧场门前烟摊、报摊、糖果摊排成两溜，镶着玻璃镜子的海报栏里贴着张演出海报，小康凑过去瞧，上写：京华北方越剧团莅临天津汇报演出。他挺纳闷，越剧是从南边兴过来的，那么北方越剧又是怎么档子事呢？疑团未解，脑袋里突然闪出一个古怪的念头，这念头像闪电一样，耀得眼前白晃晃的：梅会不会在这个剧团？找了她这么多年，白看了那么多出戏，就没找着过她，莫非梅就在这个剧团？那可是缘分了。

想到这儿，小康伸着脖子细看演员表，上下看了五六遍，也没有寻到梅的名字。可另一个熟悉的名字吸引住他：周得贵！心口猛地一热，有周得贵在，必有梅。他抬腿进门，管卖票的打了张票，就奔进剧场。

剧场里看戏的寥寥，舞台上管弦齐鸣、亮如白昼。上演的是《王老五抢亲》，周得贵饰演王老五，打着花脸，耍弄个大扇子，耀武扬威地率领家丁跑场。一晃好几年了，想不到周得贵成了演员，真是新社会改造人哪。心里这么想着，眼睛不错眼珠地盯着舞台，巴望梅赶快出来。

时间在焦灼的等待中悄然流逝，不知不觉到了散场，梅却连个面也没露。

随着那些看戏的走出剧场，小康有些不甘心，倒不是花钱没听出个字韵来，关键是最想见的人没见着。他停住脚步，暗自琢磨道：不如我在这儿等吧，等不着梅，还等不着周得贵吗？想着，他便在剧场门口蹲下来。

约莫过去半个钟头，不见一个演员出来。刚才那卖票的出来关门，他赶紧迎上前问道：同志，演员还没卸完妆哪？

那卖票的瞄他一眼，"扑哧"乐出声来："您这是傻老婆等乜汉子。他们早走了。"

"我怎么没见着？"

"您见不着。人家后台卸妆，后门走人。"卖票的说着话，便拉门往里走。小康抢上一步，拦住卖票的说："同志，我跟您扫听个人，周得贵您认识吗？"

"哦，演武丑那位。您扫听他干吗？"

"我，跟他是朋友，好多年没见啦，我这不在这儿等他吗？"

"嘻，您今儿算白等啦。赶明天您到后台找他不就结啦？"

小康一想，也对。

转天吃过晚饭，小康径直奔向红旗剧场，剧场旁边有条胡同，后门就开在那里。但见后台门关着，隐约可以听到里面锣鼓家伙响。他不敢贸然进去，急得在外面转悠。这时候，有个胖大汉晃悠着硕大身躯走过来，敲敲后台的门。里边人开了门，一个打着脸扮作衙役的青年演员焦急地跟胖子打招呼："吴团长，区文化科的陈科长等您半天了。""是吗？拉泡屎，差点耽误大事。"胖子说着，急慌慌钻进后台。那青年演员倒不急于进去，点根烟卷站外面抽。小康凑近前，客气地问："同志，请问周得贵在里头吗？"青年演员挺热情，说："您找周老师？他刚刚上场，要不您跟我去后台等他下场？"小康连连摇头说："不了，你受累告诉他一声，散场后我在前门等他。我叫康家会，是他过去的朋友。"扮衙役的演员边点头边"嗯嗯"两声，掐灭了烟卷，扭身进了后台。

就这样，小康转到前门，打了张票进剧场听戏。说北方话的越剧实在没有什么听头，不一会儿他便靠椅子背上睡着了。散场铃把他惊醒，他眯瞪着眼睛随观众出了剧场。天色墨一般的漆黑，他站剧场门前等着周得贵的出现。

胡同拐弯处闪出个人影，腰板挺拔，雄赳赳地朝这边走来，从人影的轮廓，小康认定那人便是周得贵。

二人相见都显得十分兴奋，至少周得贵兴奋程度比他强烈，那种兴奋中饱含了显而易见的得意。

"康同志，少见啊。一晃可六七年啦。"周得贵紧紧握住他的手。

"可不。这么多年了，我这个找哇。南市周边所有的戏园子我全进了，把八辈子听的戏都听了。"他掩饰不住内心的激动，把实话全吐露出来。"今儿见着你算我没白花冤枉钱，没白惦念你们。"小康说着，打开一盒刚买的"大婴孩"烟卷，抽出一根儿举到周得贵面前。周得贵摆摆手说："如今我当演员了，不抽烟，坏嗓子。咱哥俩儿见面可挺不容易，走，找个酒馆喝两盅？"

"好哇，好哇。你别跟我打鼓，我请客。"小康拽着周得贵就走。

南市的酒馆都很小，连五张桌子都容不下，因为大多数喝酒的进门来，直奔柜台而去，要上二两白干，站在那儿一仰脖就灌下去了，然后跟老板道声："明儿见。"一转眼便上了大街。酒馆迎面是柜台，柜台上摆几个蓝花瓷坛子，红布裹的盖头，里面装着各种白酒。谁买酒，掌柜的就用提子从瓷坛提出来，倒到白瓷杯中，一提子一两。酒馆的下酒菜也十分简单，一般是煮果仁、松花蛋、酱杂样、黄瓜粉皮、小葱拌豆腐。

拐过清和街，二人便闻到酒的香气。小康指着门前亮盏大灯泡的店铺，对周得贵说："这家怎么样，张哑巴的水爆肚远近有名啊！"周得贵表现出无所谓的样子，说："哪儿都行，咱们哥俩不就为聊聊吗？"

进了门，择个靠里的桌子坐稳，小康抢着打酒点菜。俩白瓷杯的白干，四个小菜，俩人边慢条斯理地呷，边东拉西扯地聊。

周得贵问他："康同志，小人书铺还开着哪？"他连连点头说："开着哪，新社会大人小孩爱学习，看书的人多。"周得贵听了抿嘴笑。

小康说："周同志，你这些年混得不错，都成角儿啦。"

周得贵又笑，笑容很神秘很复杂。小康又说："那年我亲眼瞧见你们上了辆大卡车，给拉走了，我以为这辈子甭想再见到你们。还算咱哥俩缘分没尽，想碰就碰着啦。快说说，你们这些年怎么过来的？"

周得贵用一句唱词说："嗨，一言难尽啊！"他的感慨多少有些夸张的意味。

二人干尽一杯酒，周得贵说起来："新社会嘛，跟着进步呗。那年韵堂班关了门，政府把我们都集中教育了。出来后，我连个事由都找不着。咱没能耐，光有把力气，啥都干不了，可把我愁死了。说也巧，一个东北客商吴老板，过去总往聚英戏园子听戏。我老给他留座，一来二去就混熟了。有一天我在马路上闲逛，找饭辙呀，偏偏碰见了吴老板。他见我愁眉苦脸的模样，就问我：'得贵呀，你这是上哪儿？'我说：'我这是瞎驴撞槽——趸摸饭辙呢。'他咂咂嘴，道：'年轻轻的混吃等死可不行啊。我刚刚组织个剧团，你跟我干吧。'我一听就傻眼了，我连台都没上过，哪能唱戏呢？他拍拍我肩膀，笑呵呵地说：'傻兄弟，没吃过猪肉，还没见过猪跑吗？新社会人人需要学习需要改造。不会没关系，只要你认真学习，没有过不去的火焰山。'他一煽惑，我的心动了，反正人得活着，有管饭的，咱就豁出去了。不瞒你说，刚进剧团我干杂役。有个武生看我年轻伶俐，便教我学戏，学会几出戏，吴团长硬要我上台。跑过几回龙套，练出了胆子。后来那个教我戏的武生回老家，我顶替了他的坑儿。就这样，稀里糊涂成了演员。"

其实小康哪有心思听周得贵讲这些，他所关心的是梅的下落。等周得贵歇气的工夫，赶紧插嘴问："剧团里你还有过去的熟人吗？"

"原先不熟，在一块儿混这么多年，咋还不熟？"

周得贵不往他引的道上走，小康干着急没法，又问："剧团里的角儿从前都唱过越剧?""有的唱过,也有没唱过的。吴团长就是个外行,他硬把这拨儿人攒到一块,不容易。东跑西颠地联系演出,天津卫周边的郊县我们全去过。还不错,每月分的戏份足够我吃喝,剩下的往山东老家寄。""你老家还有人哪?""可不,老娘、老婆、俩小子,都靠我养活。"

小康不再言语。沉默半晌,他忍不住问道:"那个唱越剧挺好的梅,你见得着吗?"

周得贵一怔,随后笑吟吟说:"怎么见不着,她跟我在一块儿!"

"是吗? 没见她上过台呀?"

"嘻,别提了。那年发高烧又接客,累得她嗓子倒了仓。现如今只好在后台管服装。"

再往下不知道问嘛,小康就闷头喝酒。周得贵抿口酒,偷偷乐起来,弄得小康纳闷地眨着眼:"你乐嘛?"

"没乐嘛。"周得贵斜着眼瞟瞟他,说:"赶明儿开场前,你到后台找我,顺便瞧瞧梅。"

像被人家窥破了心思,小康腾地涨红了脸。

六

小康生平头回见识了舞台后面的情景。

后台门一拉开,丝竹管弦的嘈杂声迎面扑来。周得贵前面走,他小心翼翼地在后边跟着。先越过乐队待的右边幕,横穿布景背后的小道,来到左边幕。左边幕是演员上场的地方,聚集几个将要粉墨登场

226

的演员。他们一边盯着舞台上的剧情，一边轻声嘀咕着什么。小康感觉后台弥漫着脂粉和油彩混合气味，这种气味让他联想到先前聚英戏园子里的那种味儿，顿时产生出久违的亲切。

左边幕通向演员化妆室，在化妆室和边幕之间有块空地，墙上挂着刀枪剑戟斧铖钩叉之类的道具，地上码放许多盛演员服装的"行头"箱子。箱子旁站立一个矮小的女人，后台黑，辨不清她的面容，但她婀娜的身影，已令小康怦然心动。

"梅姐，"周得贵冲那婀娜的身影召唤，"有个老熟人瞧你来啦。"

小康一下子凝固住了，整个身子从里到外地凝固住了，那女人就是他想了盼了找了六七年的梅？

梅从黑影中木然地走出来，一眼打上他就怔住了，然后像不认识一样垂下头。隔了一会儿对周得贵埋怨道："他是谁呀？我没见过。"

周得贵在一旁嘿嘿乐，乐得小康心里直发毛，赶紧解释说："解放前，你在聚英戏园子清唱时，我天么天去，就爱听你的越剧。"

话一出口，梅的脸突然变了色："你瞎说八道嘛呀，我连聚英戏园子的门都不知道朝哪儿开。"说着，她扭头埋怨周得贵："你哪儿领来的人，往这儿给我添堵哇，旧社会那是好人待的地界吗？"

周得贵凑过来拦小康："康同志，你哪壶不开提哪壶。提旧社会的事干吗？"

这时候，肥胖的吴团长前来催场，见老婆梅黛云身边戳个陌生人，就凑近前打招呼："喂，黛云，老家来人啦？"

梅想说不是，还没来得及开口，稀里哗啦围上许多演员，七嘴八舌地起哄："梅老师，不是说跟家乡失掉音信了？怎么忽然冒出个

227

老乡?"

此时的小康依旧处于凝固状态,在他眼前只有梅,憋肚子里好多年的话恨不得一吐为快。他嘴唇哆嗦着,太阳穴的青筋蠕动着,双眼直勾勾地盯着梅:"梅,你怎么能忘了哪。你在韵堂班那阵儿,有一回大雪天出条子,被混混儿'抢人',打折了腿,是我送你回去的。有一次你病了,发高烧,我抓了三服药给你送去,周得贵告诉我说你病好了,药不能拿回家,我就把它扔到土箱子里……"

在场的人都屏住呼吸,他们并非在听一段故事,而在发掘一个人深藏不露的底细。周得贵吓得躲进暗影里。吴团长目瞪口呆,短胳膊停在半空,似乎随时有可能落到小康的腮帮子上。梅已经支撑不住了,浑身颤抖,委屈的泪水在眼眶里涌积着……

小康依然如梦游者,说着梦呓:"解放天津卫那晚上,我耳听一颗炮弹嗖嗖往大兴里胡同里飞,我脑袋嗡的一下子,心想完了,韵堂班完了。就不要命地往那儿跑,子弹在我身前身后飞,那会儿顾不上想别的,光想着千万别把唱越剧那么好的梅炸没了。嘿,跑进大兴里胡同一瞧哇,韵堂班好好的,我才放心。过会儿才知道怕,尿了一裤兜子。"

演员们忍俊不禁,可不敢笑。

"那年的事你还记着吗?"小康旁若无人地继续述说,"政府开来好几辆大卡车,把你们一个个弄去受教育。那会儿我就在胡同里,瞧见你走着走着一踉跄,吓得我心差点跳出嗓子眼儿。你上了卡车,卡车一溜烟地开走了,我的心没着没落的,自己瞎琢磨,这辈子甭想再见你啦。嘿,今儿在这儿又遇到了你,也没白让我这些年满天津卫的戏园子地蹱摸你……"

"哇——"的一声，梅忽然哭出声来，她挤出围观的人群，向演员化妆室跑去。

小康愕然一愣，恍惚从梦中醒来。

吴团长冲到周得贵跟前，揪起他脖领子，大声吼叫："你哪儿领来的神经病，在这儿瞎说八道。还不把他轰出去！"

"哦哇，滚哪！"演员们借风起哄。

周得贵从暗影里闪出来，用力推揉小康朝后台门退去："我好心好意带你进来，你尽给我惹祸，要在解放前，我的鸟食罐早叫人给摘了。"

小康企图掩饰自己的失态，且退且说："这都是真事儿啊，没一句瞎话。得贵，你知道哇。"

"我知道有嘛用？人家梅的爷们儿吴团长不知道。这可好，你全给抖露出来，把梅害死啰。"

两人退至后台门口，周得贵拉开门，一把将他揉了出去，变了脸地说："康同志，嘛话甭讲，往后咱们是谁也不认识谁，碰面连招呼也甭打。别老惦着梅，人家有主，轮不到你。"

砰——，后台门摔严了。

"倒霉蛋，倒霉蛋……"

小康同志神志恍惚地往家走，嘴里念念有词地重复一句话："倒霉蛋！"他认定自己今儿做了天下最丢脸、最尴尬的事儿，比大白天撞进女茅房，光屁股从澡堂跑出来还难堪。真想一头扎进大河淹死算了。他果真晃晃荡荡走向海河，在岸坡上伫立许久。凝望悠悠流去的河水，仿佛瞧见张着血盆大口的巨兽，要把他吞了去。于是，小康同志胆怯了，连连倒退几步，一踉跄，险些跌在马路上。

"倒霉蛋，倒霉蛋……"小康同志悔了又恨，恨了又悔。他就这么摇头晃脑地嘟咕着，从正午到黄昏，转遍了南市所有的大街小巷。肚子咕咕叫唤起来，他才觉着该回家了。"嘻，天底下没有卖后悔药的，要有该多好哇。"他喃喃自语道。末了，他狠狠心地想：反正不用再见梅了，跟头栽在她眼前也算值。

一进家门，见屋子里坐个陌生人。三十岁上下年纪，留分头，穿制服，上衣口袋别根儿黑杆钢笔，瘦削的脸颊在灯泡映衬下，显得有些苍白。小康妈瞅见儿子，劈头盖脸地数落："整天像没尾巴的苍蝇，天不黑不着家。"

穿制服的男人和蔼地微笑着，站起身同小康握手，说："我叫陈思玉，区文化科的，一直想来看望你。"

闻听人家是干部，小康很窘地拉把椅子坐下来。

陈科长和气地说："康家会同志，我今天找你来商量点事情。现在全市都在搞公私合营，你的小人书铺怎么合呢？文化科经过认真研究，认为小人书铺还由你经营，归属文化科领导。我来你家是征求你意见的。"

小康没主意，暗自琢磨：如今兴听话要听党的话，那么听党的话准没错。"行啊，"他说，"您说怎么着就怎么着。"

陈科长笑了笑，起身告辞："好吧，康家会同志，既然你没有意见，就这么决定了。"

送走了陈科长回屋，他妈啧啧嘴颂扬道："瞧瞧，人家大干部一点架子都没有，愣跟咱小老百姓商量。"

小康心里惦记着另外的事。嗫嚅半天，他才吐口道："妈，给我说个媳妇儿吧。"康娘耳朵背，没听清儿子说什么，就凑近前问："什么，你说什么？"小康蓦地勃然大怒，冲他妈扯着嗓子喊："我要娶媳妇！"

七

没心没肺的日子过得快。

小康很快变成大康，娶了媳妇，媳妇是乡下老家的，高大而强壮，强壮的媳妇给他生了俩闺女。他一心一意地守着小人书铺，整天跟半大不小的孩子们打交道，轻轻松松地混过一天又一天。

成熟常常表现为一种混沌。他似乎已经忘记了梅，有关梅的记忆像一块磨砂玻璃，影影绰绰，很近又很模糊。只有雨天的过午，小人书铺缺少读者，寂寥而阴冷。康家会伏在那琥珀般的台案上，凝望晶亮的雨丝和同样寂寥而阴冷的马路，猛然想起梅，想起聚英戏园子、韵堂班以及周得贵领他见识过的剧场后台，竟情不自禁地笑骂出声来："傻蛋。"偶尔也梦见过梅，她依旧是老样子，亭亭玉立地站在戏园子的舞台上唱越剧，当然还有超出现实的虚构梦幻，常常在关键处醒来，窗户外边的月光如冬天的寒霜。他顺手从被阁子的抽屉底层摸索出那个纸包，纸变得又黄又脆，而里面包着的女人头发依旧乌黑如故。他看着看着，心底滋生出一股凄凉，他发觉这辈子很孤独，自己喜欢的伴儿并不在身旁。但绝大多数阳光明媚、天气晴好的日子里，小人书铺拥满了孩子，随着翻动书页的沙沙声和马路对面媳妇带着俩闺女跳房子玩耍的身影。康同志理所当然地忘掉了梅，包括围绕梅所发生的一切。他以为下半辈子不可能再与梅碰面，但是老天爷似乎并不这样以为。在老天爷看来，康家会和梅的情怨才刚刚开头，后边应该更热闹些。

转眼到了1964年，那是中国刚刚经历了艰难的"度荒"，逐渐富足起来的岁月。小人书铺这行当正处于鼎盛时期，各式各样的小人书层出不穷：什么古典的、现代打仗的、反特的、电影改编的，还有彩色的小人书。不光小人书多，看书的人也多，孩子看，大人也看，小人书铺天么天人满为患。

康家会心满意足地经营着他的小人书铺，过着无忧无虑的日子。媳妇终于有了城市户口，孩子也都上了学，一切都显得惬意而充实。只在俄而间，莫名其妙地掠过一丝难以察觉的缺憾。究竟这缺憾是什么，他也说不清，道不明，如风一般捉摸不定。

有一天，区文化科的陈科长忽然光顾康家会的小人书铺，在康家会的印象里，陈科长这是第二次走进他的视线。当然，他更不会料到的是，陈科长给他带来一个"意外"，这个意外竟然令他喜悲终生。

陈科长老了许多，依旧梳理整齐的分头中出现不少亮白的发丝，脸颊已经塌陷下去，倒显得很精神。自行车是崭新的，擦得很亮，"飞鸽"牌。陈科长锁好车，一边取车把上的黑皮包，一边朝小人书铺里边喊："康同志，康同志在吗？"

闲着无聊，康家会正翻着一本电影小人书《冰山上的来客》，耳听外面有人喊他感觉挺纳闷。因为康家会不善结交，没朋友，就连左邻右舍也不搭理，所以有人登门拜访可真稀罕。抬头的工夫，陈科长早已登堂入室，他见小人书铺的墙壁刷得雪白，还贴着红红绿绿的标语，便喜上眉梢，故意提着高腔说话："康同志，你的工作干得不错呀，这么多学生到这儿看书，这里都成了教育革命接班人的阵地啦。"

"怎么是您？您怎么来了？"康家会大有受宠若惊之感，颠颠从柜台后面跑出来迎接。

"你这块儿属我管，我怎么不能来哪？"陈科长东张张西望望，满意地直点头。

"您该来，我早就盼着您来指导工作。"康家会一时找不到座位，把一个看小人书的孩子轰到另外的凳子去挤，给陈科长腾出了座儿："陈科长，您请坐。"

陈科长就在那条长凳上坐下来，从口袋里掏出盒"海河"牌烟卷，抽出一支点着吸着。"不要瞎叫哟，我现在还是副科长。一晃都多少年了，总想过来过来，就是忙得抽不出身。好在你工作踏实，没出错，我省心哪。"

受到表扬，康家会美滋滋的："往后您得多指导，我还要继续努力。"

陈科长弹弹烟灰，收敛住笑容，郑重其事地说："区代管的几个剧团最近散了，演员们不好安置。你说他们除了唱戏，还能干什么哪？不好安置也得安置啊，有的去了房管站，有的分到修配服务社，有的到街道办的工厂糊纸盒……就这么着，还安排不齐，甩下十来个人没地方去。他们天天往区里跑，嚷着闹着要工作，可把我们愁死了。"

对梅死了心，康家会早已远离戏剧，嘛剧团散不散的，他根本不往心里去，瞧人家科长挺关心的，他不能不有点表示："科长啊，戏演好好的，干吗要解散？"

陈科长用夹烟卷的手指点着他，说："你是光看小人书不看报哇。眼下文艺界内部正在搞小文化革命，听说以后还要搞大文化革命。"

文化还革命？康家会往陈科长跟前凑凑，低声问道： "怎么搞法？"

"说你胡咻就喘上了，我们是共产党领导下的社会主义国家，舞台上都是帝王将相才子佳人之类的封资修的玩意，你说合理吗？"（康家会赶忙说："不合理。"）"革命舞台是不是应该表现无产阶级的光辉形象？"（康家会又说："应该。"）"所以嘛，上边号召剧团上演现代戏。我再问你，演现代戏，无产阶级革命者的角色能让出身不纯洁的演员演吗？"

"坚决不能。"康家会很坚决地挥挥手。

"哎，对啰。各个剧团开始从内部清查和批判成分有问题的人，结果清查出来不少哪。问题是啊这些成分不好的人目前都在剧团担任主演，是台柱子，把他们整趴下了，学员们又顶不上，戏可没的演了。你说剧团不散摊还怎么着？"

"该散，该散。"

"康同志，别跟我顺音搭腔的。我今儿来是找你有正经事，区文化科决定在你的小人书铺安置个没处搁的演员。"

"不行，不行，我这儿小门小户的，就自己足够用。"

"这可是政治任务。康同志，这些年你操持个门市部挺不容易，调个人来帮帮你也应该。你当经理，让她赁连环画。不过，我得嘱咐你，调来的人肯定成分不好，你要监督她，改造她，有什么问题随时向我汇报。行啦，就这样吧，我赶紧回区里开会。"

陈科长临走时，凑近康家会耳边说："刚才我扫了一眼你这儿的小人书，封建迷信、才子佳人的可不少，你抽空拾掇拾掇，收起来烧掉。"康家会点头应着，把陈科长送出门外。

陈科长走后，他愣在那里傻乐："嘿嘿，我成经理啦，那就算干部了？"

当天傍晚，康家会提前把小人书铺关上门，自己反锁屋子里，一本一本挑小人书，凡是穿古装衣裳的小人书，不管是不是封建迷信和才子佳人的，他统统把它们从书架上撤下来，堆了半间屋子。望着这堆心肝宝贝，狠不下心烧，便用绳子捆成一摞一摞的，藏进后边的小屋。干完这一切，已是下半夜时分。

没出三天，陈科长真给他领个人来，是个女人。背着阳光站在书铺外面，那身影挺熟悉，而且她身上散发出过去在聚英戏园子里闻惯的气味。

康家会蓦地一惊。

"来来，我给你们介绍一下。这位是康经理，她叫梅黛云，新调来的同志。"

"果然是她！老天爷哟，这不大白天出了鬼啦？"

康家会感觉一阵头晕目眩，脑袋里白茫茫一片。至于陈科长跟他说了些什么，然后怎么离开小人书铺的，他全记不得了，印象中只有梅怯生生地唤他一声："康经理。"

已经四十开外的康家会忽然觉着自己有精气神儿了。封闭多年的七窍透了亮、通了气，浑身脉络一下子顺畅了。邻居们都说："哟，康伯伯撞着嘛喜事啦，连抬头纹都开了。"本来打哈哈的话，康家会听了跟吃了蜜一样，甜透了心，美得嘴全合不拢。

当然，康家会的脱胎换骨跟梅有关，梅的突然闯入，使他犹如久旱遇甘霖，枯木又逢春，活脱脱地变了个人。可惜呀，他这是剃头挑子——一头儿热。另一头儿的梅却很冷，冷得像块冰。自打进了小人书铺，梅像蹲了大狱，整天闷闷不乐，蔫蔫儿的连句话都不说。每天早上六点刚过，她准在小人书铺前候着，等康家会拿钥匙开门，然后跟着卸门板、扫地、擦凳子。这期间她始终缄默无语，目光呆滞地盯着手里的活，有时康家会主动跟她搭讪，她像没听着似的，拖着地躲开。小人书铺上人了，孩子们三五成群地拥进书铺，围到柜台前，七嘴八舌地嚷着要这本那本小人书。这时候，梅清瘦的脸颊才算有了笑纹，嘴里也有了声音，尽管那声音细若蚊鸣，像在喉咙间含着。康家会悬着的心像是落到了实处。孩子们拿到各自想要的小人书，坐到凳子上悄无声息地看，她就手托着腮，伏在柜台上，目光温柔地凝望着他们。

康家会心疼梅，生怕这样下去憋屈坏了她，就琢磨法子让梅高兴起来。一天，回到家，他没顾上吃饭，就爬上暗楼。康家住着两间平房，老康早死了，康娘自个儿住一间，康家会和乡下媳妇、闺女住一间。平房也就十平方米大小，挤不下四口人，康家会便在大床上方搭个暗楼，这叫占天不占地。平时他自己睡暗楼，媳妇和两闺女睡大床。有时他想跟媳妇过夫妻生活，就敲敲楼板，媳妇眯瞪瞪地爬上来就乎他。暗楼除了睡他一人，还堆放许多旧家什，康家会爬上来后，就翻动那堆老古董，翻腾半天，终于找出台旧唱机，唱机是手摇式的，电镀机头有些发锈。他一屁股坐楼板上，管媳妇要块抹布，小心翼翼擦起来。天黑下来时，康家会不仅把唱机头擦得锃亮，还配齐了机针，又翻出三张戏盘。那三张戏盘都是越剧。

转天，康家会早到小人书铺半个多钟头，把唱机摆在案子上，放好一张盘，那盘里正好有《黛玉葬花》的曲目，端一搪瓷缸子茶水，等着梅来上班。他猜度着，梅整天闷闷不乐，肯定跟她离开越剧团有关。细琢磨去吧，唱戏的有戏瘾，唱惯了戏的人，老不唱嗓子痒痒。眼时下，没了舞台，听听也过瘾哪。康家会越想心里越美，琢磨着这回准能把梅哄乐了，哄言声了。

六点半钟，梅蔫儿不声地踏进小人书铺。瞟一眼康经理算是打过了招呼，然后抄起笤帚扫地，扫完地抹凳子。搁平时，康家会受不了这份尴尬劲儿，就躲外头吃早点去。今儿他耗着不动窝，悄悄摇几圈唱机摇把，哆嗦着手把机头放到唱盘上。唱盘旋转起来，越剧《黛玉葬花》袅袅地飘出来。康家会眯缝着眼，窥探梅的反应。

梅停止了擦拭，躬着腰僵在那儿，慢慢站直身子，背朝墙听着。猛然，她一转身，瞪着双眼直视康经理。康家会瞧出那目光像锋利的刀子，恨不得捅死他。没等康家会醒过味儿来，梅嘴里嘟哝着听不懂的南方话，疯了般扑过来，用力将唱机、唱盘一股脑推落地上，然后奔出门去。

康家会傻了，不明白究竟发生什么事。

晚晌，小人书铺刚要上门板，溜进一位不速之客。康家会还在为上午的事纳闷发愁，一抬头见来人竟是久违多年的周得贵。几年不见，他变多了，猥琐衰老许多，刚进四十岁的人，头发已经花白，脸上的皱纹又深又长，像干瘪的丝瓜，过去在舞台上那股霸气连个影儿都找不着。周得贵穿一身劳动布的工作服，头上顶着鸭舌帽，手里拎着菜篮子，就凭这身打扮，就知道他落了喷儿。他踏进门，缩在门边暗影里，大气都不敢出。倒是康家会先认出了他。

"呦，这不是得贵……周同志吗?"

"康经理，我路过这儿，顺便进来瞧瞧您。"

康经理急忙绕过柜台案子，奔到周得贵面前紧握住他的手。康家会感觉那手像木锉一样地粗糙："咱老哥俩可有七八年没见面哪!"

周得贵依旧挺局促，讪讪地说："可不，您现在挺好的，都当上领导啦。"

"嗨，我这领导没劲儿，就领导一个人。周同志，听说你们剧团散了? 你在哪儿工作哪?"

周得贵叹口气，瘪瘪嘴，说："别提，改行了，在房屋修缮公司干泥瓦匠。"

光顾着说话，竟忘了招呼周得贵坐下歇气。康家会赶紧拿抹布擦擦凳子，拉着他坐到凳子上，刚才我还纳闷："心说你的手咋那么粗呢，原来你干建筑了。也好哇，挣钱多，每月的粮食定量也多。"

周得贵从篮子里掏出一袋烟丝，自个儿卷成"小喇叭"，用火柴点着抽起来。康家会纳闷地问："咿，你不戒了吗?"周得贵吐口烟说："嘻，没戏演，留嗓子有嘛用？这东西又拾起来啦。"康家会巴巴嘴说："唱惯了戏，改行干建筑，那活儿可累，你受得了？"周得贵说："得亏我有武生底子，登梯爬高的还行。泥墙砌砖要技术，咱干不了，熬个臭油，铺个油毡什么还凑合。得感谢党啊，到哪儿都想着咱，给咱留饭辙。"

天色悄悄暗下来，小人书铺黑洞洞的。康家会顺手拽电灯绳，灯泡亮两下又熄灭了。康家会"啧啧"两声，说："嘿，瞧这巧劲儿，灯泡瘪了。得啦，咱哥俩出去吃去，还去上回的张哑巴酒馆，一边喝一边聊。"

周得贵起身拦住康家会说："康经理，不麻烦了。到外面吃，人多嘴杂，别惹麻烦。您听我一句，就在您这儿就合，酒、菜我都带来啦。"说着话，他从篮子里掏出一瓶酒，还有老虎豆、煮花生、猪杂碎什么的，最后拿出一个饭盒，他打开盖子，举到康家会面前："您瞧，什锦斋的独面筋，还热乎着哪。"

康家会有点不落忍："啊呀，你大老远上我这儿来，怎么能让你花钱……"周德贵赶紧拦住他的话头，说："您可别这么说，咱哥俩不是要好吗。快点煤油灯，我到您这儿来是有话要说。"

点着煤油灯，屋子里立刻弥漫一股煤油的气味，俩四十岁开外的男人，案子里一个，案子外一个，脸对脸地喝起酒来。男人喝酒一是为解闷，二是为聊天，话头就从周得贵为何改行开始的。

几盅酒下肚，周得贵进门那会儿的怯色没了，说话的声音也高了许多。他说："老康啊，我这几年可不易呀，啥邪事怪事都经了。按戏词上讲，真是九死一生啊！前年报上说，舞台上不能光演帝王将相才子佳人、封建迷信的玩意，我们团就改演现代戏，《沙家浜》《南海长城》《杜鹃山》什么的都演过，说实话，看戏人少多了。后来报上又说，如今舞台上还是由牛鬼蛇神把持着，让这些人演现代戏是不行的。这工夫，团里进来一批年轻学员。年轻人呀，沾火就着，他们联合一块儿在团里揪牛鬼蛇神。那些日子剧团凡是出身有问题的人，可倒了血霉，白天演戏，晚上一谢场，就被学员搋到舞台上，跪着交代历史问题。好多老演员受不了这份罪，病的病，自杀的自杀。吴团长——就是梅黛云的爷们儿，头一个喝敌敌畏死的。嘻，剧团哪经得起这么折腾，老演员上不了戏，还有人看吗？一来二去，剧团就开不了支了，正好区里一个指示，剧团下马，各自找事由。把我发配到房屋修缮公司，我就这么改行当了泥瓦匠。"

康家会仿佛听一本惊险的评书，心随着周得贵讲的故事情节紧一阵松一阵，脸色白一会儿，红一会儿的。想不到唱戏的，演惯了人间生死荣辱，到头来也想不开，走上不归路。要不梅怎么会跑到他这儿来赁小人书，要不她怎么会神经兮兮的，听段越剧也吓得像丢了魂。那准是叫剧团里的运动闹的，闹怕了。这么一想，他似乎理解梅在早上的不明之怒，心里头松快许多。他用筷子指住周德贵说："老周哇，我告诉你件新鲜事，你猜你小人书铺领导的一个人是谁？就是你们团的梅黛云。"

不想周得贵冷冷地说："我知道。"

"你知道？"康家会惊得张口结舌。

周得贵猛地一扬脖，把一盅白酒倒进肚子里："康经理，我还知道早上你把她气跑了！"

"你这是怎么说话，我气她？图嘛哪？"

周得贵狠狠地说："您哪，好心办坏事，不光气她，还把她的一辈子都糟践啦！"

康家会涨红着脸，嚷起来："你越说越悬，我能糟践她？我舍得嘛？"

周得贵情知说走了嘴，赶紧朝关严房门瞧了瞧，说："康经理，您小声点儿，叫外人听见。是兄弟我说错了话，先罚我自个儿一杯，算给您赔个不是。"他站起身，双手举杯，又将一满盅酒倒进肚子里。

酒喝到这分上，俩男人已经口无遮拦。康家会气哼哼地不依不饶，他觉着冤枉，恋着梅这么多年，神佛一样地供着，怎忍心得罪她。所以周得贵怨他气梅糟践梅，他实在不服气。周得贵瞧得出他心思，便忍住性子解释。他说："康经理，我拿您不当外人，咱说哪儿哪了，说错的地界儿您别怪我。记得上回我带您去后台，您说的那番话吗？好家伙，把人家梅的底儿全给抖露个尽。就算吴团长知道他媳妇旧社会是干那行的，可团员们都不知道哇。您想，打那儿之后梅在团里还怎么混，吴团长的脸往哪儿搁？吴团长一狠心就跟梅离了。娶了团里拿头份的角儿程素卿。这娘们可毒，在这回运动里，头一个跳出来揭发吴团长，害得吴团长在后台喝了一瓶敌敌畏。离婚后的梅从此再也抬不起头来，好歹熬到剧团解散。嘿，偏偏分到您手底下工作。她就怕提过去的事、揭旧疮疤。您哪，还不放过她，愣把她当窑姐儿时唱的曲搬出来气她。您这不是往死里逼人家吗？"

康家会傻愣着眼，好半天吐不出个字儿闷儿，酒劲往上拱，竟拱出了眼泪："我真不是玩意儿，一脑瓜糨子，怎么没记性哪。得贵呀，你明白我的心，我看上了梅，从头一回在聚华戏园听她的戏那阵我就看上她了。二十多年，我心没变哪！"

"康经理，你死这条心吧。梅现在有相好的。"

"谁？"

"这还用问吗？"

"你？！"康家会像被谁打个闷棍，久久愣在那里，"你，你老家不是有媳妇孩子吗？"

周得贵站起身，拎起那破菜篮子，说："再往下您就更甭问了。反正梅是我的人。今儿我来您这儿，一来是为了挑明这事，省得您老惦着她，二来是求您往后高抬贵手，别总为难她。算我求您啦。"说完，周得贵仿佛影子一样溜出小人书铺，悄无声息地消失在夜色中。

那夜，康家会喝醉了，醉得不轻，哇哇大吐，吐得遍地狼藉。吐够了就哭，哭得像死了亲爹。哭够了倒在冰冷的青砖地上就睡，一觉睡到转天太阳晒屁股。

八

从那天之后，康家会见了梅就默兮兮的，连头也抬不起来。可梅却像变了个人，整天对他笑盈盈的，主动找他搭讪。家里做了什么好吃的，汤圆啦，饺子啦，炖排骨啦，用饭盒盛了，带到小人书铺，亲手热了让他吃。梅越这样待他，康家会越难受，他明白这一切都是周得贵教她的。真正用意猜不出来，反之他觉着梅再也不是他心里头那个梅了。

人一别扭，便容易坐病。康家会病倒了，高烧不退。去卫生院跑了四五趟，打针吃药不见效。康娘急得没了主意，偷偷去找算命的李瞎子问卦。旧社会，李瞎子在南市一带算命有名气，外号"算破天"。解放后，李瞎子干不了别的，就暗地里重操旧业混点钱花。康娘跨进他家门槛时，李瞎子刚叫街坊小孩买来个烧饼，一边嚼一边正琢磨，要有半斤猪头肉就着多好。康娘的小脚点地声传进他耳朵，李瞎子登时乐了：有人送猪头肉钱来啦。

康娘倒豆子一般地把儿子的病情说了一遍，李瞎子听完，掐指一算，说："老太太，您儿子命不该有此劫，只因你们家有个孽障。"康娘想了又想，纳闷地问："他爹早死啦，我们家哪来的孽障？"李瞎子微微一笑，慢条斯理地说："您家的孽障不是人，是东西。"康娘问："嘛东西？"李瞎子故作神秘："天机不可泄漏。反正不是一般平常的东西，您回家找去吧。床铺底下，抽屉里头，犄角旮旯儿……"

康娘信以为真，心里头阵阵冒凉气，嘴里默叨着："那是嘛东西哪？"李瞎子也不理她，把最后一块烧饼掖进嘴里嚼。康娘站起身，将两块钱递到瞎子手中，又问："我找着那孽障怎么着？"李瞎子攥住钱，底气足了许多，说："那还能怎么着？烧了它，您儿子的灾就算破啦。"

回到家，康娘翻箱倒箧找孽障，翻着翻着就翻到被阁子的抽屉。躺床上烧得迷糊迷糊的康家会睁开眼问："妈，您这是折腾嘛？"康娘说："我找孽障。"康家会不明白："孽障是嘛？"康娘不再搭理他，从抽屉底层翻出那个纸包，打开一看，是一撮头发："哎呀，原来就是这东西！家会，李瞎子算准了，你的病就是因为它得的，赶紧把它烧了。"

康家会见他妈拿着梅的头发，像动了他的命根子，伸手便夺："妈，别烧它。""不烧它，你的病好不了。"康娘说完，拿着火柴往屋外奔。康家会急得滚下床，"扑通"一声，跪在他妈面前："妈，我求您，您别动手，要烧我自个儿烧。"康娘一琢磨，谁烧都是烧，顺手将火柴和包头发的纸包一同丢在地上，扭身去了外间屋。康家会望着梅的青丝，泪珠"吧嗒吧嗒"掉。这缕头发陪了他二十多年，舍不得呀。可不烧它，又怕破不了灾。他狠狠心，分出一半藏起来，把另一半用火柴点着。半缕头发在火中挣扎着，发出"噼噼啪啪"的声响，仿佛他的心碎裂成八瓣。

说也巧，烧过"孽障"的转天，康家会的高烧退了，人也能吃东西了。康娘喜出望外，嚷着要给李瞎子买斤桂顺斋的"小八件"送去。

晚间，康家会一个人在床上躺着，似睡非睡，耳听他妈在院子里跟个男人搭闲话。那男人的声音挺熟，仔细听，是区文化科的陈科长。康家会赶紧下床，这工夫，康娘跟随陈科长走进屋子。"康经理，你的气色不错，病全好啦？"这么说着，陈科长一屁股坐到床边。康娘赶紧沏壶茶，放的是高末，斟了一杯，端到陈科长跟前。

康家会说："让您惦记着，我的病没嘛。"康娘插嘴道："还说没嘛？他这回病得可不轻，高烧好几天，都快烧得抽了疯。"陈科长说："人到四十多岁可得注意身体啦，身体是革命的本钱嘛。没有本钱，怎能干好革命工作哪？"一旁的康娘连连点头，说："还是陈科长有水平，说得在理儿。往后你事事都听陈科长的，准没错。"陈科长说：

"别听我的，应该听党的。我们都要听党的话，党要我们干啥就干啥。"康娘说："陈科长，您不就是党吗?"陈科长说："大娘，你搞错了。我代表不了党，我只是党的一分子。"插不上嘴的康家会，木在一边陪听。

陈科长漫不经心地问康家会："刚才我在你的小人书铺转悠了一圈，看书的人见少哇。"康家会说："小人书少了，看书的人也少了。"陈科长"哦"了一声，又问："你现在赁一本看得多少钱?"康家会说："二分。"陈科长又问："过去呢?"康家会说："一分。"陈科长蹙蹙眉头，批评道："这哪行，随便涨价。棒子面涨一分钱，党叫全民讨论，你这一下子涨上一倍，也该跟我们打声招呼哇。"康家会慌忙说："那我立马缩回去。"

忽然，陈科长像想起什么似的转过头问他："康经理，梅黛云最近表现怎么样? 接受改造的态度好不好?"一听陈科长提到梅，康家会心里"咯噔"一下子，缓了口气才说："她挺好的，老实着哪……"

嘛玩意儿，她老实? 本来康娘准备给陈科长倒水去的，听儿子还替梅说话，就急眼啦："家会呀，你真是'不见棺材不掉泪，不见黄河不死心'哪。没那姓梅的，你能得这场大病吗?"

陈科长敏锐地感觉出里面有问题，严肃地追问康家会："你可不许替她隐瞒。梅黛云到你这儿是接受思想改造的，改造得好与不好，是大是大非的问题，是对党对人民忠不忠的问题。康同志呀，你千万别犯糊涂。"

康家会的脸色开始发白，嘴唇哆嗦着，说不出个字儿闷儿。他妈沉不住气了，扯着大嗓门儿说："陈科长，你可得为我们家会做主。

那女的跟个男的搞'瞎扒'，才把家会气成这模样。"

陈科长从兜里掏出根烟卷抽，大口大口吐烟，脸绷得像面鼓："乱搞男女关系可不是小事，康同志，是真的吗？"康家会嗫嚅半天，才低声说："她跟个男的好，那男的过去也在剧团干过，在老家有媳妇、孩子……"陈科长腾地从床边站起来，说："好哇，这是明目张胆地抗拒改造。凭这点就能定她个坏分子！"康家会登时吓堆乎了，拽住陈科长的袖子央求："陈科长，您可别……""别什么？康同志，在大是大非面前你要站稳立场，别犯错误。"陈科长坐不住了，连招呼都没打，气冲冲奔向门外。

康家会瘫倒在砖地上，鼻涕眼泪一块儿往下淌："梅，梅，我康家会害苦你啦……"

梅被定成"四类分子"，虽说照常上班下班，但她不属于"人民"了，是"专政"对象。梅遭罪喽，每天屁股后面追着一帮孩子，数来宝那样地数叨："女四类，大破鞋，大破鞋，女四类……"梅低头不语，急匆匆溜墙边走，兔子般地钻进小人书铺，关上门。那帮孩子仍在门外跺着脚喊叫，越叫越热烈，梅躲在屋子里不停地打哆嗦。每逢此时，康家会冲到外面，一边轰赶那些孩子，一边骂："小兔崽子们，号嘛，回家抢孝帽子去。"孩子们一哄而散。

回到小人书铺，梅蜷缩在墙旮旯那儿哭。康家会想劝，又不敢开口。梅挂着泪珠的睫毛底下，藏着一双仇恨的眼睛。那双眼睛毒，毒得像刀子，恨不得将他捅个透心凉。康家会怕了，想着法找梅说话，可梅变成了哑巴，不但不跟他说话，跟任何人都不说话。整天默默地扫地，默默地赁小人书，默默地上门板，然后带着她那没有任何表情的脸离开小人书铺。康家会怕她这样一来，会做出病来，寻思如果找到周得贵，叫他劝劝梅，也许管事。于是，他骑着那辆八成新的"双喜"牌自行车，跑遍了方圆四周的建筑工地，可就是找不到一个叫作周得贵的油毡工。

夜晌，康家会睡不着觉，瞪着眼望天花板，一股从未有过的恐惧堵满了心口。梅那双刀子一般的眼睛，让他腿发软，脑门儿冒冷汗；梅的沉默，像大石板压得他喘不过气来。他叹口气，自己嘟哝道："我等吧，梅开口说话就好啦，我的债算还清她啦，心就踏实啦。"两年之后，梅真的开口说话了，一张嘴，就把他推向无底深渊。

九

1966 年初夏的一个过午，有七八个穿绿军装、扎皮带、戴红箍的红卫兵横冲直撞地进了南市。他们站在十字路口当间儿，不可一世地扫一眼阴云下那一大片落错破旧的平房。他们发现这里的"四旧"并不少，抬头瞧见了吉泰成干鲜果品店的牌匾，一扭脸瞄上八福里胡同的匾额，回头再一望，瞅见永安大街的路标……什么"吉"呀，"福"呀，"安"呀，"泰"呀，统统是"四旧"！都得破旧立新！

红卫兵们用竹竿捅下了吉泰成干鲜果店挂着的牌匾，在当街点火烧。砸了八福里胡同的匾额，挖掉永安大街的路标。这时，围了好多人瞧热闹。在浓烈呛人的烟火中，红卫兵就举起拳头喊口号："砸烂封资修！""横扫四旧！""革命无罪，造反有理！""无产阶级'文化大革命'万岁!"南市人还不明白过来是怎么回事,也跟着举胳臂瞎喊乱叫。黄昏的时候,红卫兵拿红纸,裁成三尺见方,用毛笔写上"造反里""革命路""无产阶级食品店"。于是,永安大街变成"革命路",八福里胡同变成"造反里",吉泰成干鲜果店变成"无产阶级食品店"。做完这些,他们昂首阔步地走出这片穷街陋巷。

康家会也在围观看热闹人的中间,那天晚晌他记住了一个词儿——"无产阶级文化大革命",他懂了,又要闹运动了。

果然,南市的每个人、每个家庭、每条胡同都出现不同程度的骚乱。每条胡同都改了很"革命"的名字,墙报贴满很"革命"的宣传画和大字报。每个家庭纷纷翻箱倒箧,寻找着可能与"四旧"有关的东西,然后将它们彻底毁灭。比如:供的灶王爷龛,水缸旁贴的娃娃抱鲤鱼的年画,门板上的福字,柜子、抽屉镶的铜活儿,首饰、旧币,甚至买的国债券,都成了毁灭的对象。更可怕的是人心,人们睁着惶惑的眼睛,恐惧地观望着"无产阶级文化大革命",不知道灾难哪一天会落在自个儿的头上。

不久,玉清池正门口搭了个台子,台子上悬挂一只二百多瓦的灯泡儿,台两边立柱上贴着大字标语,左边是"四海翻腾云水怒",右边是"五洲震荡风雷激"——这儿成了公共批斗舞台。天么天上演一出出热闹而残酷的戏剧,南市一带的"地富反坏右",轮流上台当挨斗的主角。从早到晚聚集里三层外三层的人,台上站着佝偻着腰、头低到裤裆处的"牛鬼蛇神"。有时是一个人,有时是一家几口。他们头戴又高又尖的纸帽子,胸前挂着又大又沉的木牌子,牌子上面写着"牛鬼蛇神×××",在他们的名字上面,打着血红的"×"。"主角"

的选择很简单：只要有人跳上台，朝台下一指说："×××是逃亡地主！"做"导演"的红卫兵大喝一声："把他押上来！""呼啦"一群人饿虎扑食般地拥向那个×××，连踢带打把他架上台子，进行一番"批斗揭发"。批斗仪式却异常复杂：第一阶段，先给揪出来的牛鬼蛇神"整容"，不但要戴帽子、挂牌子，还要"坐飞机"——红卫兵使劲地崴他们的手，撅他们的胳臂，摁他们的脑袋。这还不算，女牛鬼蛇神通常被剃光头——一头乌发顷刻间被几只剪子剪成"秃瓢儿"。第二阶段是"揭发"，革命群众一个个跳上台，揭发牛鬼蛇神的种种罪恶——其实都是一些鸡毛蒜皮的破烂事。偶尔发生的场景更具喜剧性，忽然上来个小伙子，照着某"主角"就是俩耳光，然后声泪俱下地控诉说："他是我爸爸，他是反动资本家，我要跟他彻底脱离关系！打倒反动资本家×××！"底下立刻响起一片欢呼。第三阶段是"抄家"，揭发差不多了，红卫兵就带来革命群众到牛鬼蛇神家一通连翻带砸。第四阶段是"游街"，这是每次批斗会的高潮。牛鬼蛇神一边敲着破脸盆，一边喊着："我是×××，我是牛鬼蛇神……"在红卫兵的押解下，穿过一条条街巷，后面尾随着革命群众。一般热闹到下半夜，才曲终人散。

批斗台紧挨着小人书铺，康家会总去瞧热闹。起初，他挺怕，心想哪有这么糟践人的？一来二去，就见怪不怪了，像看一出苦戏。七月里最溽热的一个傍晚，天闷得像蒸笼，憋得人喘不上气。康家会默叨着："这天儿呀，邪门儿，憋着要下雨。"他边抹汗，边往台子那儿走。见批斗台依旧灯光瓦亮，台中间依旧端坐几名全副武装的红卫兵，台下边依旧围着黑压压一群人，可偏偏没有批斗的对象。人们沉默着，等待着，今晚晌的戏缺少主角。

他瞧见了梅，就在他前面不远的人群中站着。梅也瞧见了他，好像偶然一回头，然后又把头转回去。他觉着梅的目光变了味，原先的仇恨变成一种莫名的焦灼。没容他再往下寻思，便亲眼瞧见梅忽然扬起右胳臂，用少有的大嗓门喊叫道："康家会是反动资本家！他在小人书铺后边的小屋藏的好多小人书，那里边全都是'四旧'！"顿时，康家会的脑子"轰"地一下子，眼前一片漆黑。以后发生的事像是在梦里，懵懵懂懂，恍恍惚惚，几个强壮的年轻小伙子，连推带搡，把他架上批斗台，早已准备好的高帽子扣到他头上，沉重的木牌子挂在脖梗上。胳臂被窝得生疼，腰弯得要折。周围乱糟糟的喊叫声，每句愤怒的喊叫里都有他的名字。大约两小时之后，他被押下台，影影绰绰见梅领着黑压压一群人冲进小人书铺，一拨儿一拨儿搬出好多小人书，都堆在当街，码成一座小山。一个跟他闺女般大的红卫兵点着小人书，火苗蹿得一人多高。人们又在喊，又在叫，里边掺杂着莫名的仇恨和欢欣。

下雨了，康家会的脸落上冰凉的雨滴。有人揪掉他头上的纸帽子，扣上个痰筒，有人塞他手里一条火筷子和一只锣，有人从背后用脚踹他。康家会想起这些天游街的场景，开始迈动脚步，走完这条街，又穿那条街。他梦游般地往前走，用火筷子敲着那只破锣："我是牛鬼蛇神康家会！我是反动资本家康家会……"这时，他突然回忆起十年前每天晚上出来找梅，转遍了南市的条条马路，转遍了各个剧场，那时跟现在一样地茫然，一样地不知所踪。后半夜，已经成了牛鬼蛇神的康家会回到小人书铺，屋子里空荡荡的，一无所有。他的心也是空荡荡的，一无所有。

康家会想不到的是，转天晚晌他又被揪上批斗台。不过这次他是配角，主角是梅。他被揪上台之前，梅早已站在台上，脑袋剃成癞痢头，嘴里叼只脏鞋。眼睛没有神，脸没有血色，像停尸房的死尸。革命群众振臂高呼："打倒破鞋梅黛云！再踏上一只脚，让她永世不得翻身！"康家会心猛地一紧，"哇——"地大哭起来。他一哭，弄蒙了台上台下的人，以为他发神经。康家会也不知自己为什么要哭，而且怎么也控制不住。哭声越来越响，拉的腔儿越长，哭得腿抽了筋，倒在台上，手舞足蹈，满地打滚，还是号哭不停。

"坏啦，出事啦，牛鬼蛇神神经啦！"红卫兵没见过这种阵势，慌神麻脚。批斗会无法再进行下去，赶紧宣布批斗会结束，革命群众一哄而散。说也寸劲儿，人一散，康家会"咯噔"一下子不哭了。

站一边儿的梅偷偷朝康家会这边儿望望，一点声息都没有，就慢慢凑过来。见他四仰八叉地躺在台上，眼睛瞪得老大，眼角只有两滴清泪。

每天天蒙蒙亮，寂寥的"革命路"开始出现两条孤独的身影。作为牛鬼蛇神，他们必须把"革命路"扫干净，一天两遍，不管"革命路"是不是有尘土和垃圾。一个女的从西头往东头扫，一个男的从西头往东头扫，当他们在中间交会时，谁也不跟谁说什么，甚至连看都不看对方一眼，陌路人一般地擦肩而过，朝自己的尽头扫去。

打那儿之后，世上没有了小人书铺这个行业。

康家会的小人书铺几经变迁，先由街道革命委员会改作"五七"

工厂，天么天叠《活页文选》纸页子，康家会管看门。后来改成街道的皮鞋加工厂，康家会还管看门。"十年动乱"结束时，小人书铺的房子退还给康家会，他一生只会租赁小人书，别的什么都不会干，就把房子空着。实行改革开放后，陈科长的儿子倒腾皮鞋发了财，看上了这间门脸，想拿它开家"健足"皮鞋专卖店。

一天，他找到小人书铺，自报家门地说他是陈科长的儿子。一晃小二十年没见着陈科长，康家会关切地打探陈科长现在的景况。他儿子说：老头子早离休啦，离休的第二年就"弹弦子"了。康家会不禁有兔死狐悲之感，连连叹气，唏嘘许久。陈科长的儿子一个劲儿地劝康叔叔，边直截了当地说，要用一套偏单，跟康家会换下小人书铺的旧址。康家会一来看在陈科长的面子上，二来小人书铺空也是空着，爽快地答应了他的要求。

开张那天，陈科长的儿子——如今是鞋店老板瞧见康家会在门口来回转悠，一脸依依不舍的样子，就死说活说硬要留康家会帮着看大门。康家会跟他说："大侄子，你叫我看大门，行！可我有个要求，你得让我白天看门，晚上守店。"老板一听，挺高兴，说："康大爷，这更好啦，我就用不着雇别人，那钱哪？"康家会说："钱我多一分不要，我乐意待在这儿。"

康家会从此成了看门大爷。康大爷白天看门没什么事，就拿笤帚扫街，不光扫转卖店跟前那块地界，连整条大街全管。每天天刚蒙蒙亮，就看他举着笤帚从东头扫到西头，又从西头扫到东头。他打心眼儿里喜欢这种劳作，就像别人闲着没事看电视那样，是顶好的休闲方式。专卖店打烊之后，康大爷简单地弄口吃的，独守空房，度过漫漫长夜。他一不看电视，二不听广播，专门看小人书。旧小人书见不着了，他就淘换新小人书看，连刚刚时兴的卡通连环画也看。这是一乐，一瘾，一辈子撂不下的嗜好。

康大爷七十三岁那年的清明节，他遇见了周得贵。

当时康大爷正在门口扫地，低着头，优哉游哉地扫着地，太阳地老晃动一个黑影子，他扫到哪儿，影子就追到哪儿。他猛抬头，瞧见面前站个人，脸上的褶子像穿旧的破皮鞋，满头白发上边扣一顶洗得发黄的鸭舌帽，手中拎个菜篮子。依稀之间，瞧出几分熟悉。

"哟，这不是周同志吗？"

周得贵笑了，满脸的褶子顿时舒展开。"康经理，你的眼力真行，还认出了我。""嘛经理呀？那是八辈子以前的事。我现在是看门大爷。"康大爷说着，就把周得贵往专卖店里请。周得贵摆摆手说："别搅和人家。今儿个的太阳多好，咱哥俩外面坐吧。"他一伸手，把康大爷拽到台阶上坐下来。康大爷掏烟卷给周得贵抽，周得贵摇摇头，说："戒啦。""又戒啦？""可不，人一老，嘛嗜好都没了，抽烟、喝酒，还有别的……全齐。"

"老喽。"康大爷感慨万分，"老周，你这辈子活得值，上过舞台露过脸，又干过瓦匠烫过臭油，儿孙满堂，还有那……不像我，一辈子就干了一种行当，赁小人书。我白活！"本来他想说，你还有梅哪，我有嘛？但终未说出口。

周得贵接茬说："话挑明了吧。挑明之前，我先叫你声'哥'！康大哥，你一辈子就干一种事，求一种情，到死不改，凭这点儿，你就是真正的男人！我周得贵烧成灰，都佩服你。"

忽然，掉进了沉默，俩老头儿耷拉着脑袋，望着地上自个儿的影儿。

康大爷憋得慌，另找个话头："老周，你如今在哪儿哪？"

"咳，前些年大小子从老家来，顶替了我的工作，我回老家了。"

"好哇，孩子全大啦，咱们怎不老哇。"

"是呀，一晃，一眨眼，人就老啦，老啦。"

然后，两人又不吭声了。

周得贵知道他心里琢磨什么，重重地说："她过去了，梅前年过去的。这不，我刚给她扫完墓回来。"

康大爷咳嗽两声，低下头，说："我们也快了，快了……她埋在哪儿？"

"北仓火葬场。"周得贵从菜篮子里边摸索半天，摸出个黑塑料皮本，"这是她的骨灰盒本，留给你吧。我离这儿远，身子骨越来越不行。知道你惦记她，抽空去看看她吧。"

康大爷接到手里瞅了半天，再抬头，周得贵就没了人影。

当天晚响，康大爷值夜班。他把门一锁，弄了瓶酒自斟自饮。没有下酒菜，干喝。他翻开那个黑塑料皮本，瞄一眼梅的照片，喝一口酒。喝着喝着就迷糊起来，从贴身的衬衣口袋掏出个纸包，一层层揭开，是那半缕头发，梅的头发，依然乌黑如前。他摁动打火机，蓦地跳起一朵火苗。火苗颤抖着点着纸页，顷刻间梅的头发便化作灰烬……

第二天，"健足牌"皮鞋专卖店老板打开店门时，发现康大爷趴在柜台上不动窝，喊两嗓子，不应。推推他，不动。皮鞋店老板上前

254

摸摸康大爷的鼻子，没一点儿气息。康大爷寿终正寝了。

死时，他手里紧攥一个黑塑料皮本，本里夹张字条，字条上用小楷工工整整地写着一行字：把我搁北仓火葬场……

杂
货
铺

二丫头十六岁那年接管她爸爸的杂货铺，在南市慎益大街中央，对面的高台阶是家"裕兴"大烟馆。她成天用喷火的眼光盯视这个对门冤家。

　　杂货铺经营品种很"杂"也很"全"，开门七件事——"柴米油盐酱醋茶"，零食、糖块、咸菜、烟卷、洋火什么的一应俱全，尤其烟卷，贵的贱的都有："老刀""哈德门""仙女""三炮台""大婴孩""美丽""快乐""大前门"，烟卷牌子比一般烟铺全乎。整条慎益大街胡同、大杂院的住户都往二丫头的杂货铺买东西，进门便喊："二丫头，我买这个，我买那个……"一来二去熟成一家子。赶上谁手头紧，二丫头主动赊账，下月头再还。一时半会儿还不上，二丫头私下抹掉记账。杂货铺平常忙忙碌碌，闲下来时，她倚靠门框怒视着马路对面褐色门帘后黑洞洞的屋子。三年前，她爹的命就葬送在那儿。

　　二丫头她爹年轻时开的杂货铺，病恹恹的媳妇过世早，他一个人拉扯二丫头长大。不知从何时开始沾染吸大烟的坏毛病，天么天往对门大烟馆钻，根本无暇顾及杂货铺，甩手交给了二丫头。大烟鬼的爹后来又抽上白面儿，铺子赚的钱被他折腾个精光，二丫头哭闹过拦不住。当望着她爹犯烟瘾那种痛苦不堪的样子，她含着眼泪从腰包掏出钱摔给他。三年前的一天，大烟鬼爹彻夜未归，二丫头满大街找，逢人便打听，一位路人说："昨晚上有个抽白面儿的'倒卧（死尸）'被人拉走葬了。"二丫头不死心，一直盼着爹哪天回来，一等三年，仍不见爹的面。于是，她恨上了引诱她爹下水的"裕兴"大烟馆。

裕兴大烟馆是日本人开的，名义上管事的是个姓朴的高丽浪人，一张柿饼子的脸，小眼睛，留着仁丹胡，操一口流利的中国话。他总躲在门帘后边朝杂货铺偷窥，眯缝着眼中露出色眯眯的贼光。二丫头撞见他不怀好意的眼神，"呸——"地啐口吐沫，扭身进铺子。

三月里一个落雨的黄昏，二丫头正打算关灯上门板，忽然闯进位年轻人，二十岁上下，面容英俊，穿身西装。进屋后，他指指货架子上的烟卷，说："小姐，麻烦你拿盒香烟。"二丫头瞧不惯油头粉面的少爷羔子，没好气地说："我不是小姐，我叫二丫头。"那人微笑，道："二丫头小姐，你给我拿盒'哈德门'。"二丫头取了烟放柜台上，那人用手摁住，笑嘻嘻说："抱歉，我身上没带钱，赊账可以吗？"二丫头夺过烟，说道："甭琢磨赖账，本店概不赊欠。您请吧。"起身逐客。年轻人赖着不走，顺手摘下手腕上的表，说："把这块表押这儿，明天我拿钱来赎行不行？"表壳金光闪闪，表针"咔咔"地走。二丫头心想：表总比一盒烟贵，不吃亏，就攥手心里，又丢给他一盒洋火，说："有烟没火抽不了吧，白送您的。"年轻人如饥似渴地点燃吸着，道声："谢谢。"撑开雨伞，消失在稠密小雨中。

转天过午，一辆簇新的雪佛兰轿车停杂货铺门前，开车司机径直走进铺子，张口问："哪位是二丫头掌柜的?"二丫头"扑哧"一笑，说："二丫头就二丫头呗，还掌柜的。我是，有啥事?"司机毕恭毕敬："我家少爷让我送烟钱，顺便取手表。"二丫头收了烟钱，交了表。司机双手捧一只花荷包，说道："少爷送您的荷包，请您笑纳。"荷包用丝绸做的，绣朵鲜艳的牡丹花，像真的一样，好看极了。二丫头冷脸道："他不该我欠我的，送我东西干吗? 快拿走!"司机苦着脸央求："二丫头掌柜的，您别难为我们下人。您不要，我回府没法交代。少爷说了，您不收下荷包，就砸我的饭碗。"二丫头端详那个荷包，确实招人喜爱，扭脸瞧瞧司机难受的样儿，说："甭跟我念三音，我先收着，你回去好交差。"司机千恩万谢，开车绝尘而去。

二丫头背靠门楣摆弄荷包时，一位不速之客向她匆匆走来。

裕兴烟馆朴管事头回登门杂货铺，柿饼子脸堆满谄媚的笑容，进屋后他学他日本主子的模样深鞠一躬，说道："女掌柜，您好哇!"二丫头打心里腻歪"柿饼子脸"，使劲儿往外推他："出去出去! 你身上带股邪气冲了我家铺子财运。"朴管事并不恼，连连倒退，末了站到马路牙子上，依然恭维道："女掌柜果然好运气，昨晚唐总长的公子光临贵店，刚才他的司机送您一件宝物，我瞧得真真的。"二丫头听不明白："嘛公子，我没见过。少在我跟前瞎白话。""柿饼子脸"不觉尴尬，嬉皮笑脸地说："女掌柜不必隐瞒，昨晚上门买烟的那位就是民国前财政部唐总长的公子。开车的司机和那辆雪佛兰轿车正是唐总长家所有，我们不会认错车牌号。您手里拿的荷包不就是他所赠？能否让我开开眼？"二丫头认定他不怀好意，用荷包在他眼前一晃，道："开眼了吧？赶紧滚吧，耽误我做买卖。"尽管一晃，朴管事仍然看清了，小眼冒贼光。他啧啧称奇，喃喃自语道："真的是缂丝，好东西呀。你们中国人有句古话'一寸缂丝一寸金'。女掌柜，这荷包起码值一百块大洋，够您辛苦大半年的。"

二丫头登时惊呆住，"柿饼子脸"没说错，一百块大洋她忙乎大半年也挣不上。并不起眼的荷包值那么多钱？甫问，面前这家伙准冲它而来，二丫头不免警惕起来，把荷包搂进怀里，说："它值钱不值钱我不在乎。人家送的东西，礼物大小情义在，我谁也不给。"朴管事呵呵笑，说："女掌柜实在过虑啦。您的东西您收好，只求您替我引见一下唐公子，事后必有重谢。"二丫头咯咯地笑："我跟人家八竿子打不着，再者说啦，你算什么玩意儿，我替你引见不着。"言罢，扭身进铺子，将"柿饼子脸"生生撂在铺子外边。

几天后，被朴管事称作唐公子的年轻人开车驶进南市慎益大街，停在二丫头杂货铺门前。唐公子一身白西装、蓝色格领带、白皮鞋，手捧一束玫瑰花兴冲冲跨进铺子，着实把二丫头吓傻，慌里慌张地问："你去赶宴席呀，还是串亲戚？走错门了吧。"

正午阳光照射进来，二丫头终于看清唐公子面容，一张娃娃脸，荡漾孩子般笑意。他说："我特意来感谢赊烟卷之情，买束鲜花赠美人。"二丫头暗自明白几分，不禁羞红了脸蛋，说道："唐少爷您可别烧死我。荷包我收了，花不当吃不当喝，我要它干吗？您去退了。"

唐公子有些发窘："花店出门不退。不如找个家什先插上……"他四处寻觅瓶瓶罐罐的时候，二丫头偷眼瞧见对面朴管事颠颠朝铺子奔过来。二丫头叮嘱他："瞅哇，'柿饼子脸'昨个儿就打听你，当心他，一个坏透腔的主儿。"唐公子诧异的工夫，朴管事已然登堂入室，弯腰鞠躬，满脸赔笑："您好，唐公子！小人是裕兴烟馆主事，冒昧地过来拜会您，请您不要见怪。"

大概被人搅了情致，唐公子换了副冷面孔："对不起，我从不和卖大烟的人打交道。"

"我家主人想见您，请到对面馆里一叙。"

唐公子面带讥诮："你的主子是日本人吧？"

"对对，日本富商河野先生。请吧。"

二丫头抢先一步，拦阻道："唐少爷少听他糊弄你，对面是虎狼窝！"

唐公子微笑："二丫头小姐有见识。毁人的烟馆我断然不进。"

朴管事穷于对付，改口道："河野先生请您到旭街饭馆有要事商谈，难道唐公子怕见河野先生不愿赏光？"

"我怕过谁？即便他是鬼不是人，我也敢见！你头前带路。"唐公子慨然应允。

二丫头拦也拦不住，心中暗暗着急：唐少爷年轻，明明中了人激将法。

那二位离开杂货铺，二丫头便陷入焦灼等待中，夜幕悄然降临，杂货铺门虚掩，灯火通明。

二丫头呆望着插在酱油瓶子里的鲜花，眼前浮现唐公子的娃娃脸和孩子般的笑容，心中涌起一股柔情蜜意。遂之暗骂自个儿"犯花痴啦？没羞没臊！"天色越晚，她越发忐忑不安起来："柿饼子脸"拽走唐少爷准没好事，不是拉他跟日本人喝酒、逛日本窑子，就是做个套儿让他上当。唐少爷年纪轻轻不长心，被人一激火便没了主心骨。

夜半时分，唐公子浑身酒气跄跄着进了铺子，二丫头赶忙给他沏碗酽茶，追问道："那日本'河螃蟹'找你干啥？"唐公子就笑："不是河螃蟹，他叫河野，日本商人。听说家父手里收藏一批缂丝，想全部买到手，开口十万大洋。二丫头小姐，你不晓得，家父在北洋政府当总长时，从前清恭亲王后人处购得的，这批缂丝属于明清两朝皇家珍品，国宝呀。"二丫头闻言，摇晃着唐公子肩头，焦急地说："你醒醒酒哇，国宝可不能轻易答应卖给外人！"唐公子"咕咚咕咚"喝光茶水，叹气道："最近家中遇事急于用钱，家父也是无奈才想出手这批东西。也不知河野怎么扫听到的，主动找我，倒是挺有诚意。"二丫头愤愤地说："卖谁也不能卖给日本人，他们又坏又贪，小心上当！当初我爹多没出息，受了对门的骗，吸大烟抽白面，到了生不见人死不见尸，丢下我孤零零一人。"说着，眼窝汪着泪水，"你们家真缺钱用，要不当掉我的铺子，换了钱先借给你支应一时。"

唐公子深受感动，说："二丫头小姐，你我萍水相逢，便肯出手帮我，我感激不尽。但远水解不了近火。我赶紧回去同家父商量，卖谁也是卖，不如卖给河野。"他起身告辞，临出门时，说道，"放心吧，又坏又贪的人才会上当。"

二丫头不曾留意他的话，在她看来唐公子纯属不知好歹的傻狍子，不听好人言，心中不免气恨交加，冲唐公子背影喊道："往后你少登我的门!"

一连几天，二丫头被懊悔和忧虑双重折磨。她懊悔不该说那句气话，惹得唐公子丢了面子不敢登门，而且自己已经喜欢上他；同时她替唐公子担忧，一时犯糊涂中了恶人的招儿。年轻自负的少爷羔子会改主意吗?

怕什么有什么，唐公子果真不见影儿，他的司机却不期而至，站在柜台外，打开一个小包，对二丫头显摆："二丫头掌柜的，您上眼瞧瞧，稀罕的东西。我家少爷着急出手，对门那家伙琢磨买，一拍即合。"二丫头接手里瞧不懂啥东西，方方正正一块丝绸，上面绣着仙鹤。司机道："清朝大官官服上的补子，缂丝的，老值钱啦。"二丫头不信："就这块破东西值十万?"司机撇嘴："十万?! 少爷管他们要二十万，当然还有别的，缂丝画啦，官服啦，统共五十多件。这块补子是样品，日本人心眼多，他们要找人鉴赏一下真假。"聊了会儿，司机抽根烟卷，抬腿奔向对门裕兴烟馆。大约过了半个时辰，"柿饼子脸"点头哈腰地送司机出来，站马路边接着嘀咕半天，司机才驾车离开。

二十万大洋的大生意自个儿不出面派司机来谈，唐公子也太大咧了。要么唐公子心眼小，真生气，不愿见我? 大丫头这么想，心里一阵酸楚。

没两天，司机开车直接停在裕兴烟馆前，进去待了好长工夫，随后气哼哼奔出来，"柿饼子脸"后边尾追不舍，忙不迭地道歉："昨天河野先生坐飞机回了日本，我实在不敢擅自做主，您回去跟唐公子讲讲情，暂缓几天行不行?"司机很蛮横："不行! 刚才和你颠来倒去地讲，我白费唾沫星子，你还穷对付。三天为限，过期我们逗给别的买主。""柿饼子脸"紧拽住司机胳膊，央求道："我马上给河野先生拍电报。至于价码嘛，增加了一倍，恐怕河野先生不满意，可否降一些？"司机冲他挤眼，说："我家少爷疼可你，特意为你留点佣金。一句话包圆，这批缂丝我们留十五万，剩下归你。你同河野商量价，我听信。"说完，他径直踏进杂货铺，找二丫头要水喝："女掌柜，我叨叨叨大半天，嗓子直冒烟儿。跟这种既贪又黑的人打交道费劲。他琢磨私留点佣金，又想从主子那儿落好，拼命砍价。天下哪有便宜事。"

司机边喝水边抽烟，余光瞄上放柜台的玫瑰花，连声称赞："哟，花换了瓶子，您是有心人，花养得真好。"

二丫头新买了漂亮花瓶，将唐少爷送她的玫瑰从酱油瓶子移进新花瓶，天天浇水，花鲜艳夺目、香气袭人。

她惦着唐公子，羞怯怯地问："你家少爷老不露面，忙啥哪？"

司机说："我们不能一棵树上吊死，光顾河野这头。少爷忙得不亦乐乎，四处找别的买主，哪位出钱多就卖哪位。"

二丫头心有余悸，说："你回头劝劝唐少爷，静下心琢磨琢磨，别急可可出手。珍贵的国宝说啥也不能卖给小日本。那个河野，还有姓朴的，都不是好东西，当心被他们坑了。"

司机说："女掌柜，您哪知道哇。我家老爷唐总长辛辛苦苦收藏的缂丝，压根儿不想卖，少爷却非要卖。这不趁着老爷出门这几天，少爷急着找买主换现钱，河野拿不定主意，还有下家等着哪。我一个开车的，哪劝得了。"

司机走后，二丫头又急又气，心想唐少爷原来个是败家子。

266

柜台上的玫瑰花开始打蔫儿，颜色渐渐加深，失去往日的香气。

同时，二丫头陷入深深的相思煎熬中，终日不见唐少爷倜傥的身影，难道他真生气了，不肯迈进杂货铺一步？

三天头上，她见司机直接走进对面裕兴烟馆，片刻工夫，他同朴管事来到马路边槐树底下嘀嘀咕咕。二丫头竖起耳朵细听。司机有些气急败坏："河野先生不回来，你蛮可以做主。我家少爷答应最后宽限两天，你手里没那么多现金，不如把烟馆门面抵押出去，换了钱给我们。别忘了，你从中落五万元的佣金，何乐而不为？河野先生得到盼望已久的缂丝珍品，不能埋怨你；你私下得了钱，神鬼不知。多好的一笔买卖。"

朴管事连连点头。

司机照例进杂货铺打一晃，抽根烟卷，拍屁股走人。二丫头没有多问什么。她明白说也白说。

果然，第二天，裕兴烟馆关门闭户，挂出店铺出让的纸牌子。

玫瑰花枯萎了，二丫头依依不舍地把它丢进垃圾箱。她突然萌生个念头，亲自找唐公子谈谈，最后关头规劝他中止买卖。过午，她打扮一新，锁上杂货铺，奔向英租界的唐府。天气闷热，二丫头走了一身汗，驻步唐府大铁门前，不由心怦怦直跳。

唐府好气派，高高的围墙，黑漆大门，里边一幢漂亮的洋楼。她敲敲铁门。无人应，又摁响门边的电铃。不久，门开一条缝，闪出位穿长衫的中年人，一副笑容可掬的模样："小姐，您找谁？"

二丫头平息下慌张的心绪，说道："我找唐少爷，麻烦您帮忙通禀一声。"

那人上下打量一番她，略作迟疑道："哦，您哪位呀？请问找我家少爷有何贵干？"

二丫头不禁恼火，有钱人家看门的都牛都横，拿我当臭贼盘查，遂挺直腰杆说："我是南市慎益大街杂货铺二丫头掌柜的，找你们少爷有要紧事。"

"哦，二丫头小姐。我家少爷不在。"

二丫头竭力表现出理直气壮："他上哪儿了？"

那人气焰被压下不少，客气地回答："少爷在北平燕京大学上学，平时不在府上，只在寒暑假回家。"

二丫头纳闷了，他说的是真话还是骗我？唐少爷平时不在家，我见着的是鬼吗？她又问："你家开车的司机呢，见他也行。"

他连道："好好，您稍候。"转身进去。不大工夫，一位戴鸭舌帽年轻人随他出来。中年人指着年轻人，说："他便是府上司机。"二丫头不禁大吃一惊，来人面生。二丫头忙说："不是他，是另一位司机。"中年人冷笑道："唐府就他一个司机。小姐，您一定认错了人，找错了门。"

二丫头隐约感觉她被人耍了，不知是面前的中年人，还是去过两趟杂货铺的唐公子。但她不甘心，从怀里掏出缂丝荷包递过去，说："你认识它不？"中年人接手里一看，顿时脸色大变："它是我家老爷珍藏的宝贝，您怎么到手的？"

"唐少爷亲自送我的礼物。我不要，你替我还他吧。"说完，二丫头扭身欲走，中年人慌忙拦住她："小姐，您大概让坏人骗了。荷包属于我家老爷多年收藏缂丝织品其中一件，前些日子老爷出远门前，

268

将所有藏品供博物馆展览，不料被贼人盗走，我们已报警，警察封锁消息秘密查案，全力捉拿盗贼。不出我所料，送您礼物的正是盗贼一伙……"

二丫头感觉头晕目眩腿发软，心像掏空了似的："你不会拿我当盗贼同伙抓吧?"

中年人笑着说道："小姐说笑话。哪有盗贼亲自送赃物上门? 荷包我且收下，我替老爷谢谢您。"

二丫头大病一场，喝了几服汤药，身子逐渐恢复。四月里一天，她硬挺着开门营业，陡然发现对面的裕兴烟馆换了新主人，店铺改成肉铺子，一位肥胖壮实的女子站在宽大的木案子后边吆喝卖大肉。

左邻右舍的大娘小媳妇们前来嘘寒问暖，这个说："二丫头哇，你的病咋样? 躺家里七八天，俺家的青酱、老醋早见了底儿。"那个说："好妹子，怎么不支应一声，姐姐我去家看你，给你做点顺口的。"接着，有人插嘴道："你不在几天，慎益大街光出事。对门卖大烟的朴先生被日本主子连骂带扇大嘴巴子，一时想不开上吊嗝屁啦。要么说呢，不能干伤天害理的事，卖大烟坑人害人遭报应。"又有人说："姓朴的活该! 他背着主子当了大烟馆，同别人谈买卖从中落好处。黑吃黑能不倒霉? 坑人害人的大烟馆关门歇菜，咱们慎益大街干净啦。"

大家正说得热闹，街口水铺七婶满头大汗跑进来，对二丫头说："哎哟，小姑奶奶呀，几天不照面，害得我来回瞎跑。有个男的给你打电话，点名找你。连打好几回。刚又来啦，你赶紧去接吧。"

二丫头百思不解，谁给我来电话? 尽管她想到了多日不见的"唐少爷"。

随七婶赶到水铺，电话撂一旁。二丫头抬手抄起，就听对方"喂喂"两声。她情不自禁地失口叫道："唐少爷……"

冒牌的"唐公子"在沉吟。

从未有过的厌恶泛上心头，二丫头怒气冲冲地说："有话讲有屁放。"

"二丫头小姐，请你一定听我把话讲完。想必你已经知道我是干吗的，对，专干空手套白狼的骗子。我和我的同伙从博物馆盗取了唐总长家的缂丝织品，原本打算我冒充唐少爷的身份，骗得裕兴大烟馆后台河野的十五万大洋。

"按说，我们的计划天衣无缝，又做了充分准备：事先利用唐总长离家外出这个机会开始行动，从赁车行租辆同唐家一模一样的雪佛兰轿车、私制同样号码的车牌，借以迷惑对方，贪心不足的朴管事与河野果然上钩。用空手弄来的东西，轻易换取那么多钱何乐而不为？而且一切进展顺利。如不出所料，我们蛮可以骗到巨款远走高飞。但是，你的一句话改变了我们的计划。

"小姐，你是心地善良又识大体的人，你对我说：国宝绝不能卖给日本人。此言令本人悔悟。作为一个中国人怎能光琢磨贪图钱财，而将国宝缂丝卖与外人？！盗亦有道，骗有骗规。现在我已将偷的那批缂丝完璧归赵，偷偷送还博物馆，除了你手里的荷包。为了躲避警察追捕，我们撤离了天津卫，日后金盆洗手，改过自新。只是，只是我恐与小姐今生再难相见……"

二丫头不愿继续听下去，"咣当"撂了电话，久久伫立原地发呆。

续
当

一

　　早年，怀德信典当行在天津卫开了三家当铺：南市华楼口一家，英租界茂盛道一家，城里鼓楼南大街一家。城里那家开得早，是老号，其他两家属于分号。怀德信老东家年轻时脑筋活络，经营有韬略。先从城里开店，主要相中老城里官宦人家多，民国后渐渐没落，常拿出金银细软出来典当，一般不续当，就成了死当，当铺转手一卖便赚了大钱。后来，老东家瞄准紫竹林一带开始兴盛，怀德信相继在英租界和南市开两家分号，茂盛道那家专收洋人的金笔、金表、电匣子、钟表等洋货；南市华楼那家收附近百姓的旧衣旧物，三家当铺各具所长，怀德信的买卖一直长盛不衰，堪称津门第一当。

　　南市华楼的当铺高屋大堂，门脸大气，门前竖大牌子，上写"怀德信质库"，旁立一旗杆，悬两串巨型大铜钱，下坠红布飘带，格外招眼，一进南市口老远便望见当铺随风飘荡的幌子。进八级台阶，迎面大屏风，高柜台。当铺气派，掌柜的却年轻，二十七八岁模样，名叫常德兴。当初他入门做学徒时，老东家亲自考他。当铺做学徒得粗通文墨，招考先考写字。学徒们通常写的是"未登龙虎地，先进发财门"，一笔一画工工整整写下来，又显吉祥。当时常德兴在这两句之后，自填了两句"怀德为济民，沽上第一家"，老东家一看不禁开怀大笑，当即收留下他。

三年熬出师成伙计站柜，又发生一件事，让老东家对常德兴不得不另眼看待。南市附近的杂巴地时常骚扰讹诈商家，讹上哪家商户从此便吃上哪家，俗称"拿一份"。一天，当铺闯进位二十啷当岁的愣头青，他往地上一坐，顺手从炉子里夹出个烧红的煤球，往赤裸的胳膊上一摁，煤球"滋啦啦"直响。那人将连血带肉的煤球送上柜台，说道："老子拿这个抵押，麻利点儿开当票！"坐柜的当时蒙了，不知如何是好。一旁，常德兴站出来，二话不说挽起袖子，用刀拉下一块肉，血淋漓地递给愣头青，说："这是当票。记着给你时嘛样，赎当时也得嘛样，不许变色，不许坏，稍微变了样儿，算伪造当票，成死当，概不可赎。"年轻杂巴地冲着常德兴咬牙切齿，说："有你的，你比老子狠。"言罢，掉头而去。

常伙计吓退杂巴地的故事传遍南市，老东家更加看重他，不久提拔常德兴当上南市当铺掌柜的。

二

民国三十六年（1947）深秋里一天，从凌晨开始下雨，雨越下越大，雨水顺着屋顶青瓦"哗哗"往下淌。账房先生捋捋山羊胡子对常

274

德兴说："常掌柜，今儿闹天儿，黏黏糊糊下一天，准没当户上门，咱们清闲啦。"常德兴感叹道："清闲不清闲看当户心气儿。如今兵荒马乱的，货价飞涨，老百姓愁吃愁喝，搜罗光家底送进当铺，换钱糊口，哪管他闹不闹天。"

话音刚落，店门开处踏入一人，三十岁出头，面色苍白，趔趔趄趄，穿着不中不洋，外套件破西服，内穿旧长衫，脚上一双丢了鞋带的皮鞋，也不打伞，浑身淋个湿透，头发不停地滴水。他伫立屋中央，慢条斯理将湿发梳理成分头样式。伙计见常掌柜呆怔怔盯住对方，上前客气地问道："先生，您有何公干?"来人火气挺大，反问伙计："你是明知故问，还是成心耍我? 我进当铺能公干个嘛? 当东西呗。"被趔趔趄趄的人冲撞，伙计涨红了脸，正欲抢白几句，常德兴拦住他，请客人入座，扭身对伙计说："和气生财。你赶紧下去给先生倒茶。"伙计窝着火，倒杯茶蹾桌上。那人跷起二郎腿，呷一口，"呸"的一声喷出来，骂道："瞎了你狗眼，拿隔夜剩茶糊弄我，当我没吃过见过?"常德兴火了，起身呵斥伙计："你是不是不想干啦，这么慢待贵客。换茶，换我备的好茶。"伙计颠颠换来杯新沏的茶水，恭敬地放那人面前。

常德兴陪客人相坐，满脸堆笑地寒暄："先生贵姓，家住何方?"那人边品茶边答道："免贵姓黎，住在鼓楼南大街，问津小学堂后宅院。"常德兴一惊，暗自颔首，又问："问津小学堂早先为问津书院，是创建自乾隆年间的官办学堂，培养出不少达官名士，只可惜毁于庚子年闹义和团。冒昧地问一句黎先生，先祖是不是当年问津书院的黎院长?"闻言，黎先生恼了，大声说道："掌柜的，您这儿是警察局，还是当铺？盘查户口？"常德兴情知失言，赔笑道："敝人冒犯了，请原谅。您今儿个带的什么宝物，让我开开眼。"黎先生从西服内口袋掏出块金表往桌上一放，常德兴转手交给司柜。司柜佯装一番细端详，随后高声唱道："破铜壳旧表一只，押金十元，收库开票。"

不料，那人奔过去，抢下司柜手中的表，爱惜地用袖子擦了又擦，说道："你们见识过好东西吗？明明是金表，愣说是铜壳的，还是块破表？哪破啦？讹人也没这么讹的。我不当了！"司柜冷笑："先生，您来我家之前肯定去过别的当铺，给的押金也这个数吧？"黎先生语气弱下来："甬乱猜，没那档子事。"司柜话不饶人："不瞒您啦，干我们这行有规矩，上家看过您货，您不当，就留下记号。下家一看便知。您不是嫌少吗，顶多再给您加两元。"黎先生将脑袋摇成拨浪鼓。这时，常德兴上前打圆场："下雨天先生光临敝店也算是缘分，世上的缘分最贵重。我给您加点儿。"说话间他朝司柜举下拳头——这属于当铺春点（暗语），拳头表示数字十。司柜见了大惊："掌柜的，加这么多？回头东家怪罪下来咋办？"常德兴坚定地说："我做主了，收下吧。"司柜又唱："旧金表一只，押金二十元，收库开票。"

末了，司柜将钱交到黎先生手里，说道："每月利息三厘，扣了您这月利息，剩下的您点清收好。押期为一月，到期赎回，到期不赎可续当。不续当为死当，任由当铺自行处理。"那位黎先生舔着唾沫，一一点清钱票，小心翼翼掖进西服口袋，甩了句："哼，天下的当铺都是让人'上当'！"然后拂袖而去。

三

雨依旧黏黏糊糊地下个不停。

常德兴站立门边，凝望那人远去的背影顾自叹息。伙计一边擦桌子一边嘟囔道："一个没见识的穷光蛋，到咱们这儿耍横装大爷。"常德兴说道："此人可不是寻常人物，吃的见的比你我都多都广。你们注意他脚上穿的那双皮鞋吗，虽然破了旧了，那可是意大利维力斯牌，一般大门大户家少爷也穿不起。再看他当的那只金表，12K 的汉米尔顿牌金表。唉，俗话说富不过三代。前人创下家业，显赫一时，往往被后代败光。"司柜插嘴道："说来道去他如今是穷小子。不过掌柜的，您给的价高不少，我估摸这位败家子钱一到手除了吃喝，便嫖赌，花了精光，哪还有钱回来赎当，即便日后咱们再倒手甬说赚，嘴顶嘴算不错。"常德兴自言自语："来者都是结缘，缘分难解啊！"

账房先生凑近前，说："掌柜的，好像您同刚才那位相熟？"

常德兴若有所思："熟也不算熟，前辈结下的一段缘。小时候照过几面，人家已记不得了。"

"说来听听。"

"我猜不错的话，这位黎先生的先祖曾是大盐商，捐助过问津书院，后辈做了一任书院院长的黎老先生。光绪年间，我爷爷在问津书院看门扫院子，年纪轻轻闲不住，总爱往书院里边偷听人家讲学。听着听着入了迷，疏忽该干的营生。有一天被管事的逮住了，不由分说非要轰走我爷爷。幸亏让黎院长撞见，他对管事的说：'问津书院虽是官学，但奉行孔圣人的有教无类。年轻人好学是好事，日后叫他旁听也无妨。'管事的不敢不听黎老先生的话，从此我爷爷干完活儿有空便站外边旁听。"

账房先生不以为然："哦，要说算不上嘛恩泽啊。"

常德兴说道："不然。黎院长不仅恩及我爷爷，而且泽至我家三代。当初我爷爷没白旁听，他懂得知识的珍贵，他鼓励我父亲上私塾，后成了新学堂的老师，我父亲从小教我识字，七岁考进问津小学。上下学时，偶尔见过几次刚才那位年轻的黎先生，那时他同我般般大。之后我又上了中学。只因家门不幸，父亲中年夭折，我不得不半途退学。承蒙老东家错爱，靠一星半点学识混入怀德信。当年黎院长的恩泽，令人终身感恩难忘。"

"唉，人生莫测呀。"账房先生接话茬说，"黎院长哪料到后辈沦落至这种地步，靠变卖家底混日子。掌柜的，您今儿给他开的价确实不低，真心救济他，这份感念之情实属重情重义。"

常德兴怅然无语。

四

雨连绵一场连一场，秋意更深，天渐寒冷。

当铺无人光顾，清闲时耐不住聊大天。伙计仍旧对那天当户黎先生的恶劣态度耿耿于怀，嘟囔道："嘛狗屁先生，脱毛的凤凰不如鸡。穷得叮当响，愣摆臭架子。骂我狗眼看人低，他还不如我哪。"司柜瞟瞟朝门外凝望的常德兴，暗中捅了伙计一下，说："常掌柜平时怎么嘱咐咱们的，不管当户穷富贵贱，都是衣食父母，咱得敬着供着。眨眼一算，过去二十九天，今儿最后一天，黎先生该来赎当了。"伙计仍较劲儿："我跟你打赌，他来不了。"司柜故意逗他："为啥？你是他肚子里蛔虫？"伙计说："明摆着嘛，姓黎的穷到底啦，哪有闲钱赎当？"司柜说："好，我跟你赌。黎先生来续当算不算数？"伙计呛上劲儿了："也算！头一个我不信他拿钱赎金表，二来更不信他肯多付利息接着续当。赌五毛钱的，你准输。"

账房先生掀开挡板，从柜台后边转出来，笑呵呵地数落司柜："你呀老大不小的，闲得腻味跟个毛孩子赌嘛哪。明明知道那位黎先生既不会赎当，又不会续当，你赌输喽，真赔他五毛？"司柜咧嘴笑："我逗他玩儿，谁有闲钱补笊篱。"伙计见被算计，恼火了："哼，欺负小孩儿。常掌柜你给评评理。"常德兴转回身，对伙计说："别较真儿，他输了，我替他拿五毛。"伙计便转怒为喜："瞧瞧，掌柜的站我这头儿。"司柜说："常掌柜见你小，疼呵你。"

话赶话已至黄昏时分，雨丝依然在暮色中飘。伙计搬门板走出当铺外，同一人撞个满怀。"喂喂，你瞎闯嘛呀？打烊啦。"伙计拦住对方。那人收敛雨伞，竟是位二十来岁水灵灵的大姑娘，她长相俊俏，腰身苗条，梳条长辫，穿碎花夹袄，蓝布裤，脚套一双胶皮雨靴。姑娘咧伙计一眼，道："你不还未上齐门板吗？上门的生意不乐意做？"伙计语塞，尾随她踏进前堂。

司柜迎上去，吃惊地说："哟，这不是慎益大街杂货铺的老丫头吗？你家不缺吃不缺喝，上当铺来玩？"老丫头并不搭腔，低头掏出一张当票递给他。司柜不细看，找茬跟她搭讪："老丫头，你赎东西？

言语一声不就行啦，哥哥我亲自送到你家。"老丫头道："我不赎，续。"司柜挺纳闷，顺手递进柜台。账房先生瞅了瞅当票，惊讶地问："你是为黎先生那块金表续当?"姑娘回答干脆："对。"司柜说话不免酸溜溜的："老丫头你和黎先生嘛关系，替他跑腿。"老丫头也不抬地说："管得着嘛，咸（闲）吃萝卜——淡操心!"司柜弄个大红脸。

账房先生挥动着当票对老丫头说："你知道不，续当得先付本月利息。"

"知道。我带着呢。"老丫头始终不抬头，将备好的利息钱递上去。账房先生收钱后，重新填写当据，交她手里，叮嘱道："小心别弄丢，下月赎金表带着它。"老丫头点头应着，回身与常掌柜碰个照面，轻轻唤声："常大哥。"疾步朝外走。常德兴直说："老丫头，别光低头走道不看路，天黑啦，当心点!"老丫头并不搭话，匆匆离开。

司柜坐茶桌旁，手托腮痴痴地想，半晌说道："老丫头人漂亮，身条好，脾气要是不犟，可就十全十美了。"

账房先生搭腔说："常掌柜和她家是邻居，脾气禀性最知底。这丫头被她爹宠惯了，大事小事由着性子来，一条道跑到黑。"

伙计凑近司柜挑逗："甭是你癞蛤蟆想吃天鹅肉吧，嘿嘿，想也白想，人家瞧不上你。"司柜跳起来，嚷道："你刚才打赌输了，给我五毛钱!"伙计掉头就跑，司柜围着前堂追。常德兴挡在二人中间，拿出五毛钱，说："行啦，我给。打烊上门板。"

此时，夜深，雨住，风乍起。

五

令怀德信当铺所有人瞧不明白的是：连续一年多每逢月末那天，老丫头准时来当铺交利息续当。来去匆匆，同谁都不搭话，换了当票就走。其他人见怪不怪了，唯独司柜心窝像堵个疙瘩，总琢磨找个人弄清楚。

一天黄昏，当铺打烊后，常德兴返回他南市的家，伙计找他同乡玩，司柜硬拽账房先生出来喝酒。二人跨进上权仙影院旁边的包子铺，叫了两壶老白干，几碟小菜和一斤包子，边喝边聊。司柜三盅酒下肚，不住地唉声叹气，账房先生捻着山羊胡、眯缝小眼睛，早已猜透几分，随口问道："为老丫头犯心思？"被人捅破窗户纸，司柜不再避讳，愤愤地说："我纳闷老丫头究竟图嘛？图人吧，姓黎的论长相，瘦得像根麻秆儿；图钱吧，家都败得毛爪不剩。她却甘愿搭钱跑腿，姓黎的假如趁钱，干吗不一次性赎回金表？省得人家大闺女抛头露面一趟趟往当铺跑；假如他没钱，就甭充阔，忍心让老丫头白白垫利钱？依我看，姓黎的耍乎人，老丫头真傻疯啦？"

账房先生抿口酒，道："世间分富人和穷人、男人和女人，大小事全离不开这两块，我一一分解讲给你听。先说其一：富人和穷人。富人不知穷人穷到哪种地步，穷人不明富人为何那么爱面子。拿黎先生打比方，人家出身名门，即使家族败落了，沦落到靠当家底混日子，可尊贵的架子不倒，也叫死要面子活受罪。黎先生当表那天，他绕了老远的道来南市，就为躲熟人嘛。我细心瞧过他当的那块金表，背面刻着先祖的姓名，传辈的东西，怎忍心落入他人之手。不得已抵押，但不想成死当。至于是黎先生掏钱让老丫头跑腿，还是老丫头自个儿情愿垫钱，那你听我接着讲其二……"账房先生慢条斯理地抿口酒，急得司柜抓耳挠腮。

"男人和女人尚属最讲不清道不明的事。"账房先生朝包子铺外面一指，"你往马路上瞅，男女结伴出游的有几对般配？正应了老言古语：好汉没好妻，赖汉伴仙女。你说黎先生论人品论资财都不配老丫头，老丫头偏偏相中了他，这叫月老牵红绳，千里有缘来相会，近处无缘难认亲。老弟呀，我知你打心里喜欢老丫头，容老朽劝你一句，死了这条心吧，往后躲远远的，免得伤了和气。原因嘛，我不好与你明讲……"

司柜拉住账房先生胳膊，死乞白赖地央求："你倒是快说啊，要不我心里痒痒得慌。"

"不许对任何人讲。"

"放心吧，我烂肚子里。"

账房先生靠近他耳畔，低语道："你没瞧出咱们常掌柜也喜欢老丫头?!"

司柜大惊失色。

"人家二位从小青梅竹马，常掌柜对老丫头那可是百分之二百。而老丫头偏偏喜欢黎先生，常掌柜有苦从不言明。"

司柜若有所悟："三角恋?!"

账房先生点头，道："对，你何必从中再插一腿？"

之后俩人再无话，司柜闷头喝酒，末了，把自个儿灌醉，醉了哭天抹泪，溜进桌子底下。无奈，账房先生搀扶起他，一步一蹭走出包子铺。

六

老丫头最后一次续当是民国三十七年（1948）岁末，其时，百万东北野战军大举进关，将天津围个铁桶似的。大战迫在眉睫，各家商户纷纷关门歇业，南市的怀德信当铺勉强撑着店面，顾客寥寥。伙计告假回了老家，司柜连个口信也不留，便没了踪影。光剩下常德兴和账房先生守着空荡荡的当铺，耳闻远处稀稀拉拉的枪炮声焦灼不安。

过午时分，老丫头怯生生走进当铺，默默交了利息钱，取了当票。离开那刻，她悄悄对常德兴说："常大哥，您随我到外边说几句话行不？"常德兴手揣进棉袍袖筒，跟她走到马路上。深冬季节，大街阒无一人，呼啸着西北风，尘土飞扬。常德兴见老丫头冻得嘴唇发青，赶忙摘下毛围巾围住她的脸庞。

老丫头扑簌簌掉眼泪。

常德兴眉头紧锁："谁欺负你啦？告我，我替你拔闯！"

二丫摇头："我爸和我打架，非逼我嫁人，嫁给烧饼铺的烧饼刘，我不乐意。老丫头我不嫌人穷，不嫌人丑，就怕不对心思。"

常德兴劝说："兵荒马乱的年头早嫁人也好，多少有个做伴的照应。"

"我就不！"

沉默。

过了会儿，老丫头幽幽说道："我等了黎家少爷两年多，怎么他就不领我的情呢？前天，我去了问津小学后院一趟，心想真要是见着黎家少爷，我当面问问他对我有没有意思。哪想到换了新住家。这辈子恐怕见不着他了。"她边说边抹眼泪。

"老丫头，听哥一声劝，有些事盼不到结果，有些人等不来……"

老丫头拦住常德兴的话头，说："常大哥，我比谁都明白。我心里有黎家少爷，他心里恐怕没我。可我就不认这个命！"她将手中当票塞给常德兴："常大哥，你交我的事，我今儿算交差啦。"言罢，老丫头扭身走开。

常德兴转回当铺，账房先生感叹道："好一个痴情女呀，千古难寻。"

常德兴将当票和二十元钱交到账房先生手中，账房先生一惊："您这是做嘛？"

"麻烦您帮我赎出黎先生那块金表。兴许有朝一日碰见他，我也好完璧归赵。"

账房先生登时愣在那里，说道："到了到了，您掏钱替黎先生赎哇？今个儿我算瞧明白啦，您哪，是这个。"他竖起大拇哥。

天空乌云翻滚，云层间电闪雷鸣，远方传来阵阵枪炮的轰响。账房先生喃喃道："天要变喽。"

1949 年初，天津解放，解放区的天是明朗的天，穷人翻身当家做了主人。

原先南市华楼那家怀德信典当行改成委托店。新社会的委托店同旧社会的当铺截然不同。它收购或替代人民群众委托的旧物品帮助推销，收取价格低廉的费用。其主要目的在于方便群众，为人民服务。常德兴自然成为新中国第一代委托店职工。

七年后。

初春里一天，常德兴与老丫头在南市口意外相遇。

老丫头如今是和平区胜利旅馆服务员，她家在慎益大街开的杂货铺已改作副食品店。那天，她穿着咖啡色列宁装，长辫子剪了，留一头齐耳短发，款款从南市商场走出来。儿子刚满五岁，趁晌午单位休息的工夫跑到南市商场给孩子买件衣裳。她边走边哼着一首流行歌《唱支山歌给党听》，猛抬头，发现一个熟稔的身影迎面而来——四十来岁中年男人，高个儿，留背头，穿件灰色制服，套着白套袖，刺目阳光下辨不清对方面容，凭直觉此人她认识。于是，不由地停住脚步。

同时，那人陡然收住步伐，嘴蠕动两下，高声叫道："老丫头同志吧？"

"常大哥！"老丫头也认出对方。

常德兴面带愧色："光记得你小名，不知你大名怎么称呼？"

"孙小梅。常大哥，你挺好的吧？"

"还好还好，孙小梅同志，你在哪工作？"

"在和平区胜利旅馆。称呼大名干吗，显得多生分。"

"是是，"常德兴应着，瞧见老丫头手里拿的小孩衣裳，"老丫头你结婚啦？"

"是呢。常大哥你也有嫂子了吧？"

"可不，儿子都两岁多喽。老丫头你到底跟了谁？"

老丫头脸色羞红："还能跟谁，黎春明呗，就那位老跑当铺的黎少爷。"说着，咯咯笑起来。

常德兴沉吟片刻，道："孙小梅同志，你总算没白等没白盼啊……他现在怎样？"

"他解放后跑回天津，故土难离呀，紧跟着参加了革命工作，在南门里小学当老师，就是早先的问津小学堂。表现积极着哪，去年评上先进工作者。"

"多好，多好啊，新社会就是能教育人改造人。老丫头，我替你高兴，祝你俩生活幸福。"

老丫头瞥他一眼，低下头说："我家春明经常在家里念叨，说常大哥这人念旧情重义气，他先祖的一句话、一件小事，搁旁人早丢脑后去啦，而您却感恩戴德、念念不忘。常大哥，我更得谢谢您，当初您月月给我钱，托付我去当铺替他续当交利钱，一来二去成就了我俩一段姻缘。我一直没跟春明交底，到现在他还蒙在鼓里哪。您不怪我吧？"

常德兴笑笑，忽然想起什么似的说："你瞅瞅，光聊天忘了正经事。"说着，他从制服内口袋掏出一个手绢包，一层层打开，露出一块金表，"你家黎春明同志当年抵押的那块金表，后来我赎了出来。人家祖传的稀罕物，最珍贵，一不可成死当，二不可落进他人的手中。"

老丫头接手里，翻过来掉过去地瞧："表针还走着呢，时间挺准。多少年啦，您八成把它当成了宝贝。"

常德兴说："人家的东西该保存好，我经常上表，擦擦油泥。我琢磨终有一天能见着黎先生，当面物归原主。得啦，今个儿见到你也是天意，你替我交还他，了却我的一桩心愿。"

老丫头用手绢包好金表，又说："常大哥您保护得真好，比过去还新还亮。我替春明谢谢您啦。哎哟，时间不早，我该回旅馆上班。哪天请您去我家，叫春明陪您喝两盅。"

老丫头笑盈盈捧着金表走了。

常德兴伫立当街，目光流连，心似春暖花开。

饮者留其名

一

"郑一瓶"年老的时候总纠缠在往事的回忆里，想弄明白过去一些不明白的人和事。比如，他发觉他老爹郑崇德当年跟酒客们讲的故事纯属胡编乱造，像说书的说的《封神榜》那么荒诞不经，又格外吸引人。同时，他更想弄清楚一个人——他曾经的师妹——影子一样在他生命中晃来晃去的女人。

"郑一瓶"当然是外号，解放后在天津前进皮鞋厂时开始叫响的外号。其实，小时候他爹郑崇德给他起的学名叫郑为才，还有个小名：大宝。

早年郑崇德在天津卫南市荣业大街开家小酒馆，紧挨着上权仙电影院，上权仙了不得，是天津卫甚至全中国最早的一家电影院，很摩登。从二十世纪二十年代的默片开始，到三十年代有了有声片，上权仙一直放映头轮电影。那时天津人最追求时髦，摩登的上权仙电影院常常客满。

郑崇德开的"德记酒馆"铺面并不大，二十几平方米，临街。店堂地界有限，仅放四张方桌，方桌上搁一笼筷子，一小碟干炒的黑瓜子和一小碟白瓜子。靠里面柜台也不大，两坛青花瓷酒坛子占据一大半，站在酒坛子后边的郑掌柜光露出个秃脑袋。当时德记酒馆在天津卫南市一带是很出名的，因为酒馆卖的香白酒是自家酿的，夏天时，酒馆敞着门，整条马路能闻到酒的芳香。

酒好，酒馆就叫座儿，德记酒馆天天宾客如云。通常过午三四点钟光景，开始陆陆续续上人。早来占好座。时光尚早，酒客们先不忙要酒，边喝茶、嗑瓜子、边聊闲篇。茶叶是郑掌柜备下的，高末，盛在柜台一只大茶叶罐里，随便客人取。捏一小撮，放入茶壶，用烧开的水沏好，端到自己酒桌上。

天津人善聊，爱谈国家大事、时事新闻什么的，绝不聊张家长李家短、谁丢了孩子哪家媳妇红杏出墙，俗！那些都是老娘们儿的谈资。大老爷们儿就该关心齐家治国平天下。

每逢这工夫，郑掌柜搓着双手踱过来，笑眯眯地一指墙壁上贴的"莫谈国事"四个字，酒客们会意一笑，随即收住口。

尴尬了，冷清了，反倒不好。郑掌柜两只搓过的手揣进袖筒里，说："诸位别闲着，您品着茶，嗑着瓜子，听我讲一段真事——祖上的真事。"

气氛活泛起几分，酒客们说："妙，掌柜的讲嘛都行，别离了酒。"

郑掌柜说："对了榫了，我讲的这段恰恰跟酒有关。都是南市街坊邻居，哪家的底子也瞒不住。先父家穷，靠拉胶皮糊弄日子。起早贪黑、东跑西颠也就混碗粥喝。宣统二年冬天，连下一天一宿的大雪，冻得人哈出气成冰。那天夜里，先父在老龙头火车站等客。约莫十点钟，月台走出位大爷，一瞧就是阔主儿，戴旱獭皮帽子，穿貂皮大衣，围蓝狐围脖。时辰已晚，拉脚的车没几辆，他上了我爹的胶皮车。我爹问他，'这位爷，您去哪儿？'那人说，'庄王府。'口气大着哪。诸位可知道庄王府？"

酒客说："知道知道，天津卫最阔气的大宅子，京城庄王爷盖的。"

"甭啰唆啦，听半天没提个酒字。"

郑掌柜嘻嘻地笑："细听我慢表。天寒地冻的天，地上结厚厚的冰，一步一滑出溜。我爹拉着他费死劲啦。从老龙头火车站到庄王府，十多里地路，累得他老人家呼哧带喘，脑门冒着开水壶似的热气。

"简断截说，好不容易到了庄王府，诸位猜怎么着，那位爷下了车直往府里走。我爹赶紧招呼他：'大爷，您还没给车钱哪。'那位爷头也不回，说：'等着。'嘿，穿戴阔气的老爷身上没带镚子儿。我爹实在，候在大门口等。天儿冷啊，我爹浑身哆嗦，上牙嗑下牙，瞧瞧庄王府灯火全熄、大门紧闭，心里琢磨，可别遇上骗子。

"过了十来分钟，门吱呀一声开了，出来个管事模样的人。他塞我爹手里一件东西。我爹打开一看，是张字条。我爹傻眼了，说：'先生，我要车钱。'管事的说：'它比你那俩铜子车钱贵重得多，你小子好命的，我家老爷疼可你。'我爹心里头想，破字条不当吃不当喝，贵重个屁，央求说：'我就要俩铜子车钱。'管事的不乐意了，气哼哼地说：'不懂好歹哪。这字条上写的是酿酒的秘方，你拿到手，再不用拉胶皮，回去开个酒馆发大财。'我爹拧，要钱不要秘方。管事的火了，说：'你爱要不要。府上现在手头没现钱给你。'说完，关上了大门。我爹捧着字条差点哭出来。世道乱哪，连庄王府都没钱，更甭说穷老百姓啦。"

酒客成心跟郑掌柜逗闷子："不对呀，掌柜的，上回您可说令尊在王爷府听差，酿酒的秘方是从王爷府里偷出来的。差壶啦。"

"又一回您讲先祖花了五百两银子打王府管家那儿淘换来的，怎么一回一个样？"

"掌柜的，您歇歇吧。我们听八百多回了，没准谱。"

郑掌柜赔着笑，说："甭管一回一个样，反正德记酒馆自酿的香白酒出自王府秘方。不信，大伙品尝便知。"

此时，太阳落到平房后面，马路一片暮色苍茫。

酒客们喧嚣起来："时候不早，上酒上菜，开喝！"

郑掌柜乐颠颠跑进柜台，打开酒坛子一一量酒。酒香一下子飘溢出来。

二

郑为才穿着开裆裤满马路跑的时候，天天在他爸爸的酒馆里泡。

德记酒馆除了郑掌柜，光一个半哑的伙计，客人一多忙不过来。七岁的郑为才跟着帮衬，跑来跑去地端酒菜、擦桌子、洗涮碟子碗。他不爱说话，整天不吭声，酒客们笑话郑掌柜，说："您真行啊，雇俩哑巴，使唤便宜人。"郑掌柜一把拢过儿子，挺自豪地说："哪呀，他是我家大宝。"

酒馆待久了，酒气熏上了瘾，大宝对酒格外着迷。那些饮酒的常客喜欢这愣头愣脑的孩子，总把他招呼到桌子旁，用筷子沾一滴酒，举着问大宝："宝贝儿，想尝尝吗？"大宝一个劲儿点头。酒客便说："你叫我声爸爸，我让你尝。"大宝毫不犹豫，叫道："爸爸。"酒客故意为难他："大点儿声叫。"大宝扯开嗓子喊："爸爸爸爸……"酒客让他拿嘴嘬了嘬筷子上的酒，然后再让他吃口凉拌猪耳朵什么的。

柜台那头郑掌柜奔过来，半真半假地给儿子后脑勺一巴掌，说："逮谁管谁叫爸爸，有老子一个爸爸还嫌不够。去，到那边桌送壶酒去。"大宝跑去取酒。酒客开怀地乐，说："郑掌柜，你儿子好酒、懂酒，将来经营酒馆比您强。"郑掌柜听了，心里美滋滋的。

其实大宝泡酒馆，并不为喝便宜酒，或贪图吃口猪耳朵什么的，他是为了听电匣子。天津人管电子管收音机称"电匣子"，那年代电匣子并不普及，整条荣业大街就郑崇德家有，郑掌柜将它放在酒馆，从早到晚地放，一为招揽酒客，二为显摆自家趁货。大宝在家听不到电匣子，便跑酒馆里来听。他喜欢听评书，听电匣子里边播的评书，尤其对名满津门的童一震说的评书着迷。常常呆站酒馆中央，手拿抹布听得如醉如痴，嘴情不自禁地跟着蠕动，听到故事高潮时，竟手舞足蹈，摆起武打架势。

让大宝叫"爸爸"的酒客是上权仙电影院的孙经理，逗他说："大宝，给干爸爸说一段，照着童先生的样子说。"

大宝发愣。

"干爸爸"不甘心，往酒杯里斟半杯香白酒，又说："你要是学上两句，瞅见没有，这半杯酒归你。"

大宝贪婪地望望酒杯，迟疑片刻又拨拉脑袋。

孙经理扬手招呼郑掌柜："掌柜的，你过来过来。"

郑掌柜不知发生什么事，疾步奔过来："孙经理，您有何吩咐？"

孙经理说："没别的，让你儿子给大伙学段童先生的评书，今儿在座所有朋友的酒钱我包。"

郑掌柜连连摆手："您说笑了。我这傻宝贝儿哪会说书，还学童先生。哎哟，赶鸭子上架。"

孙经理掏出两块大洋往桌上一放，说："就学两句，一句一块大洋。"

四周，别的酒客停了酒杯跟着起哄。

郑掌柜伸手收了那两块大洋，照儿子的屁股踢一脚，呵斥道："让你学你就学，别不知好歹，驳了孙伯伯的面子。"

话音未落，只见七岁的大宝抖擞精神，起了范儿，拿筷子当扇子，将空酒杯作惊堂木，朝桌子一拍，朗声道："上回书说到……"滔滔不绝地说了一段童一震拿手的《三国》，果然吐字清楚，声正味足，惊讶得酒客们目瞪口呆。孙经理带头鼓掌，喝彩道："好小子，真是块说书的材料。"

郑掌柜懂得见好就收，一推儿子，说："现完眼，赶紧到后边刷碟子刷碗去。"

瞅大宝身影消失后边厨房，郑掌柜对孙经理："让您见笑啦。"

孙经理说："今儿我没喝醉吧？凭我三十年阅人的眼光，你儿子非一般凡人。这个小酒馆容不下他呀。郑掌柜，听我一句劝，你让大宝跟童先生学说评书，将来必定大红大紫露大脸，光耀你郑家门楣。"

其他酒客纷纷劝说："郑掌柜可别错了主意。"

郑崇德不傻，故作谦逊地说："我这小门小户的寻常百姓高攀不上。人家童先生在天津卫是这个（高高翘起大拇哥），说的书能上电台。闻听他从不收徒弟，怎么会收我家大宝。"

孙经理站起身，拍拍胸脯："包我身上。三天后，我拉童先生来你这德记酒馆。"说完，扬长而去。

童一震谱很大，大凡名人都摆谱，端架子，否则怕人瞧扁。

自清末以来，评书由北京传入天津。天津是华洋杂居的大码头，什么玩意传入后统统会被同化，变成地道的天津味，评书也不例外，到了津门便成天津评书。天津评书分两大流派，童一震则独树一帜，自成一派。平时在南市东风市场永和茶楼占场子，又上过电台，常被报纸哄炒，红遍天津卫。他为人古怪，恃才傲物，一般人是请不起的。孙经理何许人？天津卫娱乐圈响当当的腕儿，深知其中三昧，所以他请动童一震绝不言收徒，只说喝酒，把德记酒馆的香白酒吹嘘得天花乱坠。童一震平生好酒，嗜酒如命，经不住孙经理的诱惑，乖乖入了套。

郑崇德事先得到孙经理知会，酒馆提前打烊，上了门板，专候童一震的光临。薄夜初降，细雨稍稍收敛，两辆胶皮车停在德记酒馆门前。一前一后走下孙经理和童一震，郑掌柜连忙奔出来，躬腰作揖往酒馆里迎。

郑崇德会些小计谋，早把酒坛的盖打开，酒气溢漫而出，童一震闻到了，连称："好香，好香。"孙经理也会凑趣，说："香白酒又称作'十里香'。"吊足了童一震的胃口。

二人坐下来，酒菜一一摆上桌，四凉菜：煮果仁、拌海蜇、自制辣豆、小葱拌豆腐。外加俩热菜：爆三样和虾仁独面筋。酒客有讲究，重酒不重菜。郑掌柜问怎么上酒，孙经理伸出一巴掌——五酒壶，一壶二两，五壶一斤，也就是说每人一斤酒。郑掌柜暗忖，好酒量啊！

孙经理同童一震你一杯我一盅，边喝边聊，不大工夫每人面前的五壶酒全空了。孙经理伴装微醉，说："童先生你海量，我可喝不过你。"童一震酒兴正酣，竖起俩手指："再饮两壶。"孙经理连连摆手，说："得了吧。甭说两壶，就一两我得溜桌。这样吧，让掌柜的陪你喝。"

喝酒人一般不分高低贵贱，善饮者视为知己。如对弈，棋逢对手为妙，所以童一震并没介意。郑崇德拉凳子坐旁边，和童一震一对一地喝了一通。两壶酒下去，童一震依然兴致不减，孙经理暗中给郑崇德使眼色，郑崇德领悟，该儿子大宝出场了。他装作不胜酒力的样子，说："童先生，我不是您的个儿，换人吧。"童一震听着心里挺美，高声叫道："哪个接着上？"郑崇德说："没别人啦，让我儿子敬您几杯。"

这样，大宝出场了，站桌子旁双手举杯敬童一震，童一震也不推辞，连喝下七八杯，已略显醉态，夸奖大宝说："这么大点的孩子，酒量尚可。可见酒馆能熏出高手来。"孙经理接话茬说："这小家伙还说得上几句评书呢。"郑崇德赶忙帮腔："嘿嘿，都是听电匣子学您老的玩意儿。"童一震并未多想，借着酒兴说："来几句，我听听。"

大宝昨晚上准备了一宿，当时开口说一小段《三国》里赵子龙的"赋赞"，完全模仿童一震的路子。童一震听罢，哈哈大笑："好好，是块说书的材料。"

孙经理说："璞玉还需妙手精雕。童先生，没您的调教，他成不了才呀。"

童一震顺口说："孺子可教也！"

话音未落，大宝"扑通"跪在地上，声声叫"师父"。一切都是事先算计好的。

面子拘到这儿，童一震想推辞也没辙了，无奈说道："赶明儿跟你爸爸去我家。"说完，晃荡着瘦小身材走出德记酒馆。

三

酒有一种特殊的魔力，它能把一个人幻化成两个人，或者说克隆出另一个迥然不同的"我"。打个比方：怯懦的人喝醉后会勇敢无比；吝啬的主儿酒醉后变成慷慨大度；平时谦虚谨慎的喝了酒便骄横狂妄……当然，酒醒了，回归了原先的"我"，懊悔是常有的事。

那天，童一震回家就懊悔了，怎么轻易答应收徒呢？违背了祖师爷定下的规矩。童家三代说评书，辈辈相传，从不传外姓人，所以童氏评书自成体系，在天津卫独树一帜。一时贪酒，忘了规矩，后悔也晚了三春。大丈夫一言既出，驷马难追，郑为才的师父是当定了。

第二天一早，郑崇德领着儿子、拎着果匣登门拜师，童一震笑吟吟地悉数收下，然后敬茶送客。郑崇德挺纳闷，拜师收徒得签个生死文书，童先生这儿怎么不讲究哇？童一震窥透他的心思，说："郑掌柜，贵公子跟我学徒，碰不着，伤不着，我拿他当义子，用不着签生死文书。"一番话说得郑崇德心里热乎乎，叮嘱完儿子，告辞离开童宅。

当徒弟学说书，一年之内师父什么都不教，你得先干杂活儿伺候师父。早上起来扫院子，然后给师父倒尿壶、叠被子、端洗脸水。晌午师父吃罢午饭，你得擦桌子刷碗。等师父眯瞪了午觉，准备去永和茶楼说书，你出门去叫胶皮车，在屁股后边跟着颠到书场。师父台上说书，你站边幕旁听，这也是偷艺的一种方式。郑为才喜欢小剧场的氛围，台下黑压压地坐满听众，围在八仙桌子旁，嗑瓜子、抽烟卷、喝茶水，张口结舌地听书。书说到紧张时，全场鸦雀无声；说到感伤处，听书人的唏嘘声可闻；师父一段精彩的贯口，掌声如雷；忽一拍惊堂木，满座皆惊……

郑为才喜欢书场的氛围，是喜欢看听书人痴迷的样子，个个跟傻了一般。童一震师父仿佛有一种神奇的魔法，随时调动着他们的情绪，叫你哭就哭叫你乐就乐，末了还留个扣儿，让你回家睡不着觉，赶明儿还得往书场跑，花钱听下文。郑为才想师父这一套玩意定要学到手。想归想，偏偏师父根本无视他的存在，甭提教他真玩意儿了。逼得郑为才琢磨招儿。

童一震的独生女儿童啸芸，比郑为才小两岁，从小跟她爸爸学说书。郑为才进入童家之后，她也算有了伴儿。每天清早俩孩子牵着手，到大开洼练嗓子，然后结伴回家。晌午前，童一震关起房门一句一句地教女儿，郑为才是不许旁听的。午后，童一震总要眯一觉养神，俩孩子在院子里过"家家"玩，郑为才当爹，童啸芸当妈，他们的"孩子"是一个布娃娃。两人你"娘子"，我"相公"地叫，睡醒觉的童一震听见了，佯装没听见。

过去说书的没有现成的台本，全凭师父口传心授。郑为才从师父那儿得不到真传，转而向师妹那"偷"。小啸芸没她爹心眼多，将从爹那儿学的玩意儿一句句教给师哥。

时间过得飞快，郑为才给童一震做了三年徒弟。

那年除夕夜，天降大雪，一连下了两天两夜，院门口堵了三尺厚的积雪。师父童一震一时心血来潮，非要留郑为才在他家过年，从玉华台饭庄叫来一桌子好菜，招呼童啸芸打开一瓶衡水老白干，师徒二人面对面坐炕桌两边，一盅对一盅地喝。

西北风刮得窗户扇"呼啦啦"作响，小啸芸将土炕烧得很热。童一震自恃酒量大，不把刚满十岁的徒弟放眼里，眨眼间一瓶酒下去，徒弟面不更色、心不跳。有名气的人都心高气傲，大小事都不愿意输让给任何人。本来招呼徒弟是陪酒的，不是拼酒。可当时童一震忘记了这些，把徒弟当成酒场上的对手，又叫女儿拿来一坛衡水老白干，非要跟郑为才一决高下。

又半坛酒下去，童一震感觉有些头晕。郑为才说："师父您老先歇歇，我学您一段评书行不？"童一震眯着两眼，微微点头。酒壮胆，搁平时郑为才绝不敢显露他的"偷艺"所得。既然师父准许了，他跳下炕，站立屋子中央，抖擞精神，说了一段师父看家的玩意儿——

《关云长劈刀斩蔡阳》。一来小师妹亲授精髓，二来在茶楼目睹师父表演，三来郑为才天生聪慧，竟然模仿得跟师父丝毫不差，连小啸芸都看傻了眼，情不自禁地拍小手叫好。

郑为才"扑通"跪地上给师父磕头，那意思很明显，请师父把脉，评价他的玩意儿行不行。许是童一震喝多了，无视徒弟的请求，接着叫酒："起来，起来，陪师父喝完那半坛子酒。童某饮酒从不剩酒。哈哈哈……"郑为才一心想哄师父高兴，索性站着陪师父喝。

高手难免有失败的时候，几大杯下肚，童一震先醉了，趴炕沿"哇哇"大吐。大概童一震从未在外人面前这么丢脸过，何况今儿栽在徒弟手下，顿时感觉颜面尽失。他老羞成怒地指着徒弟的鼻子尖说："你，你逞能啊，灌师父!? 好好，跟你爹开酒馆去吧。你学不了评书，你天生不是这块材料!"

就这样，在那个大雪飘飞的除夕夜，郑为才被逐出师门。

回到家，郑崇德不问青红皂白，对儿子一顿臭揍。把他摁凳子上，脱下裤子，抡竹片子照屁股抽打："没出息的东西，老子花钱让你学玩意儿，你可好，贪酒误事，叫人家赶出师门，咱老郑家的脸往哪儿搁? 你不是贪酒嘛，哼，酒馆不用你接了，回老家往土里刨食吧!"

大年夜打儿子，惊动了街坊四邻。同院住的牛鞋匠、开杂货铺的老吴、卖大肉的大武纷纷过来劝架。那晚，郑崇德仿佛喝了血酒，非要把儿子赶回老家不可。大伙死说活说地劝，当爹的不松口，当儿子的不认错。最后牛鞋匠说："得了，你们爷俩一对犟钟。大宝跟我学做鞋吧，好歹也是一门糊口的手艺。"说完，牵着郑为才去了他家。

四

1949 年 1 月的某天，枪炮声爆响了一天一夜，天津解放了，变成解放区明朗的天。

在此之前，郑为才一直跟牛鞋匠绱鞋。牛鞋匠的鞋摊摆在慎益大街口，离德记酒馆仅二百米的路。郑为才从不踏进酒馆一步，也再没沾过酒。当爹的心软，隔三岔五地偷着问牛鞋匠儿子听话吗。牛鞋匠叹口气，说："不着调哇。没心思学做鞋，天么天往东风市场跑，听'九岁红'说书。"郑崇德跟着叹气，背手摇头而去。

"九岁红"就是童一震的独生女儿童啸芸，九岁那年接替她的爹在永和茶楼说书，说《三国》也说《西厢》，渐渐有了名气。郑为才听他曾经的师妹的评书，如同傻子一般痴迷。在他看来，师妹比他师父强，刚中有柔，有情，声声入耳，入心。童一震是解放前一年过世的，郑为才特意穿了重孝，跪伏灵堂前磕了三个响头。童啸芸搀起他，说："师哥，您这是干吗呀。我爹当年不该赶走你……"郑为才抹把眼泪，说："师妹，你这话差了。一日为师，终身为父。你爸爸当过我一天师父，就一辈子是我师父。"言罢，扭身走出童家。

不久，德记酒馆公私合营后，改成食品店。政府将牛鞋匠和南市一带做鞋的组成小型皮鞋厂，叫作前进皮鞋厂。一晃，郑为才长成二十多岁小伙子，既然继承不了父业，便追随牛鞋匠在前进皮鞋厂当了工人。他的师妹童啸芸却继承了父业，成了区曲艺团的名角儿，经常登台演出。

没结婚那会儿，光棍一个人闲着没事，郑为才每天从鞋厂下班之后，胡乱吃口东西，沿着城市的各个剧场转悠，只要是童啸芸他们曲艺团演出的剧场，他就买张票进去，坐在最后一排，等着听师妹的长篇大书。他知道如今师妹已经红了，区曲艺团的台柱子，她说的评书很受欢迎，场场爆满，新社会的观众喜欢童啸芸的艺术，鼓掌那个热烈呀！郑为才最兴奋这样的时刻。等散场的时候，郑为才总是头一个溜出来，怕师妹撞见他。独自走在寂冷的马路上，嚼着煎饼果子，不知为什么，鼻子忍不住一阵阵发酸。

每个工厂存在一种人，喜欢取乐人或被人取乐，俗称"活宝"。郑为才成了这样的人。

实际上，郑为才这人没心没肺，即便他拿同事找乐，也绝无恶意，不过为了活跃一下枯燥的工作气氛。皮鞋厂属于手工业，工资低、粮食定量低，活儿又不轻省。工人们坐在马扎上，相隔一张长条案子，挥舞鸭嘴钳子绷楦。缺少隆隆的机器声伴奏，显得有些寂寞。寂寞一天下来，人会发困、烦闷，郑为才想给大家提神。他的提神方法采用了评书中的一种表现手法——"开脸儿"，打个比方吧，"开脸儿"相当于文学作品的肖像描写，只是语言夸张了些，语言夸张才产生乐趣嘛。

郑为才给他师父"开脸儿"，说师父"头大如斗，四四方方、见角见棱。比火柴盒大，比土箱子小"。师父的脑袋是大一点，但终归是圆的，让他比喻成土箱子，大伙起哄似的笑，于是延伸出绰号"大头"；给车间主任"开脸儿"："乍一看，他脸似磨盘，虎背熊腰，细端详，细细的眉毛老鼠眼，黄白面皮没胡须。想象一下，大脸盘子小眼睛，连胡子都没长，你说像什么？"大伙笑得前仰后合。这样，车间主任也有了外号：老公（太监）。郑为才给牛鞋匠的闺女牛丽"开脸儿"："柳叶眉太长，瓜子脸太短，杏核眼无神，直鼻梁孔大。一张阔嘴吃天下，高门大嗓震乾坤。"本来水灵灵的姑娘被他夸张成了怪物。好在他师父人老实，车间主任大度，不跟他计较，牛丽呢，又在暗恋郑为才，白落个"大嘴巴"外号，还傻乎乎跟着乐。

车间的气氛被郑为才调节得热火朝天，同事的哄笑犹如说书场观众的喝彩，令他很享受很得意很鼓舞。人一被鼓舞难免忘形，一天，郑为才心血来潮，琢磨给鞋厂甄书记开回脸儿，后觉着甄书记是领导，"开脸儿"不合适，用评书中的"赋赞"吧。"赋赞"是颂扬英雄豪杰的赞美辞，郑为才还是很小心翼翼，回家躺床上构思了半宿，琢磨出一套好辞儿，担心疏漏，顺手抄起一本《红旗》杂志，拿圆珠笔写在《红旗》杂志空白处。第二天当同事干活发困的时候，不失时机地掏出来，笑呵呵说："同志们，我给甄书记编了一套'赋赞'。"牛丽不懂，问："什么叫'赋赞'呀？"郑为才解释说："'赋赞'是评书中赞美大英雄的诗，说起来激扬顿挫，荡气回肠。"牛丽大嘴一撇："咱书记算大英雄嘛？瞎扯。"郑为才不理她，顾自朗诵起来："甄书记，威风凛凛，一脸道貌岸然相；待人和气，满嘴仁义道德言。台上讲话，脸不变色心不跳，干起工作，浑身是胆雄起起。好书记，带领大家干革命，前进鞋厂永向前。"

朗诵完毕，四周一片寂静。郑为才愣怔地望着大伙，你们怎么不表态呢。他咳嗽两声，问："同志们，怎么哑巴吃山芋——闷口了哪?"大家埋头干活不搭腔。他瞅牛丽。牛丽眨巴眨巴眼睛，说："听着别扭，不像好话呀。"

郑为才顿时呆住了。

过两天，甄书记把他叫到办公室，手举着那本空白地方写满"赋赞"的《红旗》杂志敲打办公桌，确实威风凛凛地说："小郑，你不好好工作，鼓捣这东西干吗？不尊重同志，逮谁拿谁找乐，像话吗？还有，背后说领导坏话……"

郑为才感觉委屈："甄书记，我哪敢说领导坏话。"

"啪!"甄书记将《红旗》杂志往办公桌上一摔："这就是证据!你骂我男盗女娼，讽刺我说假话说大话脸不变色心不跳……你，你散布右倾机会主义言论。"

郑为才连忙辩解："您说的这些词儿，上面并没有哇。"

甄书记怒不可遏："拿我们领导的当阿斗是不是？你的赋赞里面藏着对我的讽刺，甚至诬蔑，当我瞧不出来吗?!"

郑为才吓坏了，大汗淋漓："我，甄书记，我错了。"

甄书记气色缓和了一些，说："我并不在意。问题是你犯了严重的政治错误，《红旗》杂志登的是代表中央精神的文章，你往上面胡写乱写，朝大处说你是现行反革命，朝小处说，也算得上对中央精神有抵触情绪。年轻人幼稚，犯错误可以原谅，但为了消除坏影响，你不能在底工车间工作，去处理品仓库吧。"

五

前进皮鞋厂的处理品仓库仿佛监狱。昏暗的小屋布满灰尘，工厂制作出来的皮鞋出现残次品都堆放到这儿，就郑为才一个人整天守着一大堆处理品，几乎与世隔绝。再没有人听他的"开脸儿"和"赋赞"，自然也消失了喝彩般的哄笑，一扇两尺见方的窗户成为他窥望外界的通道。

经常来看望他的只有牛丽，用毛巾托着刚出笼屉的铝合金饭盒，轻轻敲着处理品仓库的木门："郑哥，该吃饭啦。"郑为才眯着俩眼，拉开门，问："什么时候就吃饭？"牛丽不像往常那么高门大嗓，压低声音说："什么时候？晌午都过了，你不觉着饿？"郑为才打个哈欠，说："天昏地暗的日子，哪知道几时几分。"牛丽打开饭盒盖，说："我从家带的，米饭、独面筋。抓紧吃，别凉了。"郑为才有些不好意思："那你吃什么？"牛丽咧他一眼："别管我。食堂有的是吃的，谁叫你不乐意去买呢。"

牛丽瞧着郑为才扒拉干净饭盒里边的饭菜，藏起空饭盒去食堂刷。其间他们不说一句话。

有时，牛丽没带饭，就从食堂给她的郑哥打饭。郑为才交她饭票，牛丽甩一句："不许你拿我当外人。"说完，掉头就走。郑为才不傻，他明白牛丽喜欢自己，可他心里没有一点装得下牛丽的地界，被他师妹童啸芸占满了。

下班铃一响，郑为才的心变得像春夜的天空一样透明了。他骑车奔向南市。挨个小剧场转悠，南市一带有五六家小剧场，剧场门前矗立的水牌子上面写着演出曲目和演员名单。每到一家小剧场前，郑为才停止车，脚尖撑地细瞧，不见师妹的名字扭头就走。终于在燕乐剧场的水牌子上发现了童啸芸——长篇评书《三国》。他锁了自行车，打票进去。

那时候小剧场实行"十分钟二分钱"制度，就是说听十分钟的曲艺节目，花二分钱，可以听半截抽身中途退场，也可以一直听到散场，反正按时间长短收费。郑为才肯定听到结束，不像过去那样躲后面藏头露尾的，而是坐头一排，这样不仅近距离看清师妹，而且能用目光交流。郑为才感觉他似乎有许多心里话要跟师妹说道说道。

散场时，郑为才蹲在剧场门口等师妹。片刻工夫童啸芸出来了，已经脱去了旗袍，换上"列宁装"，梳两条大辫子，笑盈盈地迎上前，说："师哥，好久没见你听我的评书艺术了。忙些啥呀？"郑为才回答："单位管的事多，天天加班……"底下，他迫切要跟师妹说说的心里话没来得及开口，忽然一位留着油亮油亮分头的年轻人凑过来，问童啸芸："这位是谁？"童啸芸一脸羞涩，说："哦，我先前的邻居大哥，爱听我的评书。""小分头"很客气，握了握郑为才的手，说："童啸芸同志是我团的最优秀的演员，很受广大观众的欢迎，希望常来欣赏。您贵姓，在哪儿工作？"郑为才说："免贵，姓郑，前进皮鞋厂的。""小分头"更加用力摇了摇郑为才的手："呵，工人老大哥，我们文艺工作者就是为工农兵服务。"寒暄过程中，师妹已经坐在"小分头"自行车的后衣架上，跟郑为才道别："再见，郑师傅！""小分头"驮着童啸芸消失在夜色中。

好一会儿，郑为才醒过味来，师哥怎么变成了郑师傅?! 然后便懊恼。那天晚上他开了戒，钻进南市一家小酒馆喝个烂醉。

　　起初，郑为才喝酒很有节制，上班不喝，回家喝，每次喝不多，二两，点到为止。尽管如此，牛丽还是窥探出他的新嗜好。每月开工资之后，她将攒一块儿的营养饭票在食堂换两瓶"直沽高粱"。郑为才怪她："买白签的酒就行，省好几毛钱哪。"牛丽理直气壮地说："贵几毛贵几毛呗，男人喝酒要喝好酒。将来我发了财，天天供你喝茅台。"郑为才嘴撇撇，说："站着说话不腰疼。茅台是咱们工人阶级喝的吗? 那要高干优惠券。"牛丽说："你别还不信，我爹认识一位老干部，从他那儿借高干优惠券就能买。"郑为才不吱声，就笑笑，其实他还是不信。

　　郑为才依旧经常去听童啸芸的评书，听到快散场时便离开，随后扎进剧场对面的小酒馆。半斤酒，一盘老虎豆，慢慢地抿，一粒一粒地嗑。当凭窗瞧见"小分头"骑车驮师妹从马路穿过，他一扬脖将剩下的酒一饮而尽。

　　有段时间，牛丽很少来处理品仓库。断了晌午饭，断了两瓶"直沽高粱"，郑为才觉着懵懂，哪地方得罪了她? 他把尘封很久的饭盒找出来，里外刷干净，挺身去了食堂。晌午时分，工厂食堂人满为患，好长时间没见着郑为才，大伙都跟他逗。这个说："哟嗬，今儿刮妖风，冒出个大王八。"那个说："谁的裤裆破了，把你露出来了?"郑为才一概不理，眼睛专往人群里瞄，寻找牛丽的影子。果然发现她排在买饭的队列中间，便挤过去，加她前面。

牛丽捅他后背："没羞没骚的，干吗加我前边？"

郑为才故意耍赖："我跟你熟，加别人前边人家不乐意。"

牛丽佯嗔道："我还不乐意哪。你没良心。"

郑为才扭脸问她："对啦，我哪点得罪你，最近你不去处理品库呢？"

牛丽的圆脸飘起一片桃红："哼，你自个儿去想。摸摸心口想。"

郑为才转回头想，打完饭菜还在想。牛丽从身后追上前，塞他口袋一个信封，红着脸跑走了。

进了处理品仓库，郑为才锁上门，掏出牛丽塞给他的信封，牛皮纸的，打开，里面没有信，空空荡荡。他用手掏，掏出一缕头发，牛丽的头发。登时，郑为才全明白了，明白了之后产生一种愧疚感。这种愧疚感整整折磨了一下午，下班铃响起时，他奔出处理品库，半道截住了牛丽。

沉默，难熬的沉默。牛丽显得十分紧张，低头不吭声。

郑为才开口了，结结巴巴地语无伦次："牛丽同志，你，你是好姑娘。前进皮鞋厂最好的姑娘。我，我不配你……我明白你的心，可，可我心里有，有了别的人。真的真的，我不骗你……"

当郑为才艰难地说完这番话，对面已不见牛丽的身影。他长长吁口气，好像了结了一桩纠结不清的债。

<h1 style="text-align:center">六</h1>

世界上的情债最难了结。

那天晚上，郑为才破例不进燕乐剧场听评书，坐剧场对面的小酒馆饮酒。要了半斤，慢吞吞地喝，似乎在熬时光。他的脑海里空白一片，酒也没滋没味，挨到剧场散场时，他隔着窗户张望，竟然不曾瞧见"小分头"骑车带童啸芸驶过。他感觉格外失落，离座去结账。碰巧进来三位曲艺团的年轻演员，郑为才认识，俩说相声的，一个说快板的。他们进酒馆吃夜宵连带喝酒。

说快板的问那二人："今儿压轴的怎么换成小红，童老师呢？"

说相声的说："你明知故问吧，赶明儿童老师和赵团长结婚，今晚过嫁妆啊。"

……

底下，郑为才不想听了。原来"小分头"是曲艺团的团长。猛然，他涌起喝酒的欲望，欲罢不能。小酒馆只卖零酒，他想喝一瓶。幸好隔壁的食品店没关门，他买了一瓶"直沽高粱"搂怀里，径直奔向童啸芸住的胡同。

夜色深沉，郑为才深一脚浅一脚地踏进曾经熟稔的胡同，十几年前，他和师妹童啸芸在这里玩耍、过家家，除夕夜放鞭炮。如今胡同依旧，但物是人非。胡同尽头有个小院，就是童家的老宅。他扒院门缝朝里瞧，童家的窗口亮着灯光，影影绰绰晃动着师妹的身影。不知怎么回事，郑为才鼻子一酸，眼泪忍不住流淌下来。他暗骂自己：没出息。然后就喝酒，那种间歇式的喝法，喝一口酒，嘴中念念有词，再喝一口，再念叨一会儿。他边喝边走，从胡同走到大街，从大街这头走向那头，从深夜走到天亮。

当东方天际泄出一抹晨曦，郑为才四仰八叉地躺在街口交通警亭旁边。

转年，郑为才也结婚了，新娘不是牛丽。他娶了个农村媳妇。

自打他在处理品仓库门口拒绝了牛丽，不料想性子暴烈的牛丽当天晚上喝下一瓶敌敌畏自杀。她爹牛皮匠发现得早，把女儿拉进医院，又灌肠子又洗胃，折腾了两天，总算救活过来。

牛皮匠咽不下这口气，风风火火地闹到郑家，街坊拦也拦不住。他先给郑为才俩大耳光，跳着脚地大骂郑为才忘恩负义、吃里爬外，是个没良心的白眼狼。郑为才知道对不起牛丽，更对不起牛皮匠，跪地上给牛皮匠磕头认罪。后来，牛丽不愿在前进皮鞋厂待，调到了另外一家皮鞋厂，同那个厂的保全车间工人结了婚。郑为才再没有见过她。

因为这事，郑为才在前进皮鞋厂名声很臭，女工全躲他，更不愿嫁他。急得他妈从老家给他说个姑娘，人很老实，长一副壮硕的身板。没有城市户口又没工作的媳妇却特别能生孩子，一连气给郑为才生了仨小子。一家五口全靠他每月四十多块钱工资养活，他就不能再去剧场听师妹的评书，存钱买了个半导体，因为半导体里边时不时播送童啸芸的评书。

让郑为才感到放心的是，童啸芸政治上很要求进步，这些从她在电台播送的评书看出来的，过去那些传统的段子不说了，开始说革命题材的评书，《林海雪原》《红岩》《抗联女英雄赵一曼》《八女投江》《刘胡兰》……多好多好，师妹真了不起。报上登过童啸芸的大照片，戴着劳模的大红花，在北京怀仁堂同中央领导握手哪！郑为才比自己当上劳模都开心。

一个人听不过瘾，就把半导体揣兜里，带进鞋厂在师兄弟面前显摆。郑为才仍旧管理处理品库，属于人下人的地位，缺乏号召力，没人肯听他吆喝。他琢磨个办法，拿酒贿赂人家。发工资那天，他对底工车间原先不错的几个哥们儿说："今儿下班我请客，恩义德饭馆吃涮羊肉。"从前的师兄弟用怀疑的眼神盯住他："凭嘛哪？"郑为才说："凭咱们是革命同志呀。革命同志就该互相关心，互相爱护，互相帮助。"师兄老张说："为才呀，你调到了处理品库，一辈子算交代彻底了，学技术没用，我们帮助不上你。"郑为才有辞儿："我干嘛嘛不行，吃嘛嘛香，所以麻烦哥几个帮助我吃。"大伙你瞧瞧我，我瞧瞧你。老张忧虑地问："你绝不会在酒桌上给谁'开脸儿'，朗诵什么'赋赞'嘛？"郑为才拍拍胸脯、立保证："绝不！"末了，大伙异口同声地问："真这样？"郑为才说："没错。今儿下班之后在恩义德饭馆集合，酒由我备。"于是，大伙摩拳擦掌："好嘞，风雨无阻，不见不散。"

话虽这么说，当晚众人聚恩义德饭馆吃涮羊肉时，仍有些惴惴不安，生怕郑为才憋着什么不良企图。一个将牛丽那么好的姑娘抛弃的家伙，谁知他肚子里藏什么坏水。

羊肉片、水爆肚、冻豆腐、大白菜、宽粉条摆满一桌子，紫铜锅"咕嘟咕嘟"冒热气，郑为才拎来四瓶"直沽高粱"都开了盖儿，一一斟满每位面前的酒盅。大伙正襟危坐，不敢碰面前那盅酒。郑为才高高举起酒盅，鼓动道："革命同志们，傻愣着干吗？赶紧动筷子，敞开肚皮吃，喝酒。我先干为敬。"说着，他仰脖饮尽一盅，对大伙亮亮盅底。其他人抹不开面子，相互递个眼色，抿了一小口。

郑为才不解，又有些恼：酒里有毒怎么着，碰都不敢碰？得，我先以身试毒。说话间，他指一瓶开了盖的"直沽高粱"，说："瞧哇，我把这瓶酒一口气干进去，干完以后，我直挺挺站在原地，证明酒没毒，你们敞开喝；如果我喝完后，倒下了，翻白眼了，没气了，麻烦哥几个给我抬回家，对我那农村老婆说我是一时想不开，寻了短见。好不好?!"

大家欢欣鼓舞地想：一瓶酒下去，他郑为才死不了也得醉趴下，甭琢磨发坏水了，不如让这个"大活宝"现现眼。老张带头表示同意，说："好哇，你干了那一瓶，剩下的三瓶我们全包了。"郑为才问："一言为定?"大家异口同声："一言为定，没包涵。"

郑为才假装气功师那样凝神静气，鼓鼓肚子，一手抄起那瓶酒，几乎是倾倒进口中，依稀听见喉咙处"咕嘟咕嘟"作响，眨眼之间，一瓶酒见了底。然后他一抹嘴，模仿气功师的收式，站立原地纹丝不动。起初，以老张为首的师兄弟们瞧傻了眼，静场片刻便情不自禁地拍巴掌。郑为才坏模坏样地偷着乐，依次给他们斟酒，说："哥几个，现在瞧你们的。还有什么说的，喝吧。"大伙感觉没危险，放了心，你一盅我一杯地喝起来。郑为才在一旁督战。三瓶酒喝干净了，五六位师兄弟个个东倒西歪，老张已溜到桌子底下。

这时，郑为才拿出半导体放桌上，旋到"评书联播"的频道，随即，童啸芸的声音从里面传送出来。他托着两腮，静静地听。

不知过了多久，师兄弟们酒醒了，见郑为才若无其事地听评书，不禁凑近前跟着听。童啸芸说的是《抗联女英雄赵一曼》，感动人之处，大伙情不自禁地淌下眼泪。郑为才明白目的已达到，便说："说书的这位叫童啸芸，著名评书演员，区曲艺团的台柱子。我过去的师妹。她说的评书好不好？"反正大伙喝得晕晕乎乎，附和着搭腔："好！"郑为才又说："既然好，就得继续欣赏。为嘛呢？听书受教育，受革命教育。我给哥几个誊了份播送我师妹评书的节目表，哪天播，哪频道播，几点播，全写得清清楚楚，拿好了，回去准时收听。"

众人的心一下子松弛下来，原来郑为才憋的坏水是让大伙听书，好事，好事。拿到郑为才分发的节目表，连谢字也不说，相互拥搂着走出涮羊肉馆。

老张回车间就嚷嚷："大家长记性，往后可不能跟郑为才拼酒，他整一瓶跟没事人似的。"于是，郑为才便有了外号"郑一瓶"。

七

对于郑为才来说，他很满意他的活法。因为喝酒和听师妹的评书成为他活着的两大支撑，一个属于物质，一个属于精神，两全其美。所以他每天都过得悠然自得。直到有一天，半导体里童啸芸的声音消失了，郑为才发觉日子变得歪斜了。

那大约是 1963 年末尾和 1964 年初，郑为才从报纸和广播中嗅着某种不祥的气味：报纸上写着"在戏剧舞台上，帝王将相，才子佳人，牛鬼蛇神，无产阶级不去占领，资产阶级就会去占领舞台"，电台里播着"各种艺术形式——戏剧、曲艺、音乐、美术、舞蹈、电影、诗和文学等，问题不少，人数很多，社会主义改造在许多部门中，至今收效甚微。许多部门至今还是死人统治着"。郑为才预感要搞运动了，他最担心童啸芸，枪打出头鸟啊，师妹红得太厉害了。果然，不久广播电台停播了童啸芸的评书联播节目。

郑为才仿佛得了重病似的整天提不起精气神，恐惧和不安在心里膨胀，胀得他吃不好睡不着。一天，他决定去区曲艺团瞧个究竟。公休日，晴朗天，阳光灿烂。郑为才骑上他那辆半新不旧的"飞鸽"奔向区曲艺团，到门口下车，他惊讶地发现大门旁挂的牌子摘了，院门紧闭。他敲了老半天，大门慢吞吞咧开条缝，探出看门老头的半个身子。老头同样惊讶地望着他，问："您找哪儿？"

郑为才反问："这儿是区曲艺团吧？"

老头答："过去是，现在不是了。"

郑为才心里窝火，这老头怎么不会讲人话呢？就说："过去是就行。我找区曲艺团说评书的童啸芸。她在吗？"

老头回答干脆："不在。"

郑为才焦急地追问："那她去哪儿啦？"

老头白眼一翻，说："你问我，我问谁去？"

简直呛火。郑为才忍无可忍："大爷，您老会讲人话吗？"

老头也急了："嘿，小伙子。你这是人话吗？！"

郑为才越说越气："我大老远来找人，您好歹给个真诈。怎么一问三不知，情理不通啊。"

老头拿狐疑的眼神盯他，问："小伙子，童老师跟你嘛关系？"

郑为才心想说近些好，便搭腔道："她是我亲表妹呀。"

话音未落，老头一把将他拽进院子里，弄得他有点发慌。

老头说："童老师好人哪！你若不是她亲戚，我不敢多嘴。曲艺团散了，人也散了。"

郑为才纳闷："好端端的，曲艺团怎么散了哪？"

"嗨，甭提。不让演传统的玩意，剧场不上座，没钱挣，能不解散？"

"演员们全哪去啦？"

"区里管分配。有的去了工厂，有的去了小人书铺，有的去了副食店。半道改行。"

"童啸芸呢？"

老头想了半天，说："不太清楚，好像分配到半导体器件厂。"

郑为才的心往下沉，他握住老头的手，感激地说："谢谢您。刚才说话冒犯您，念我年轻，您老别往心里去。"

老头惨然一笑："这年头人心思不整气不顺，嘛事都不会往心里去。"

外面依旧阳光灿烂，金风送爽。而郑为才的心乌云密布，真是越怕事越有事，说评书的改行当工人，师妹童啸芸肯定遭罪了。说什么也要见她一面，劝劝她能忍则忍，能忍自安；安慰她心往宽了想，甭钻牛犄角尖。郑为才开始四处寻觅他的师妹。

天津当时有二十多家半导体器件厂，分布在市区各地。他一家家找，进门就问人家："您这儿有没有一位区曲艺团下放的演员童啸芸，她说评书，特别有名。"凡问到的人都摇头，说没有。走完最后一家半导体器件厂，郑为才很失望，回到家摔碟子打碗撒闷气。农村媳妇不招惹他，低头扫尽地上的碎片。郑为才摆弄半导体，竟然不响了。

打开后盖，原来里边的电池流汤了，半导体报废。郑为才一气，拿起榔头就砸，顷刻间半导体碎成一堆塑料金属碎片。他蹲地上发呆，呆了很久，喃喃道："完了，断了念想了。"小儿子大河不明白爸爸嘟哝什么，问他妈："妈，什么叫'念想'？"农村媳妇抚摸儿子的脑瓜，幽幽地说："你爸心里装个人，那人找不见了，你爸就没想的了。"

其实，没念想日子过得更松快。酒成了他的依赖，天天喝酒，一日三顿，有酒喝就有精气神，缺酒他就打蔫儿。

酒精伴随他匆匆度过岁月。"文化大革命"开始了，他新添个毛病——捡传单，有时不是捡是抢。当时不论造反派或保皇派，什么"九一八""八一三""大联筹""五代会"那些造反组织，经常在劝业场高楼上撒传单，许多人站马路上张开双手接，人一多，形成相互抢夺。郑为才勇猛地加入抢传单的行列。跳得高，出手快，总比别人抢得多。多么便宜的事啊，分文不花，抢一大抱传单，回家点火生炉子，节省了劈柴。

农村媳妇嘟嘟囔囔："这么大岁数人跟小青年抢传单，老胳膊老腿磕着碰着多不值。"郑为才用眼珠瞪她："老娘们见识浅，没觉悟。传单上写着新鲜事，多学习受教育。没用的当柴烧。"

早晨生炉子之前，郑为才坐地上，先一张张浏览传单内容，也就匆匆瞄一眼，随后丢一边待烧。很快凑成一大堆。他将一大堆传单分为两类，一类油印的，一类铅印的。油印的传单油墨多，易燃，作引火用，铅印的传单纸厚，可替代劈柴。分门别类之后，郑为才开始点炉子，依照计划一步步进行，登时火苗腾起，呼呼作响，火势渐旺，再放煤球。炉子生着了，坐上铝壶，他招呼一声农村媳妇，骑着自行车上班。

他照例抱一垛传单一张张翻看，一条醒目的标题吸引他的注意。看了，不信。重新又看，看完，呆怔良久——

"牛鬼蛇神童啸芸自绝于人民，自绝于党，在思想改造期间畏罪自杀，成为不齿于人类的狗屎堆……"

那天，郑为才忘记生炉子，忘记上班，拎一瓶酒到海河边狂饮，末了把空酒瓶子远远抛进河水中。刹那间，他发觉心里空得什么都没有了。

八

郑为才在前进皮鞋厂一干就是四十年。

二十世纪八十年代那阵儿，前进皮鞋厂的产品十分畅销，简直卖疯了，到了供不应求的地步。他管理的处理品库封藏多年的残次品全部卖光，处理品库无须存在，厂领导宣布撤销。郑为才闲着没事干，领导把他安排在食堂，负责采买工作。郑为才想得开，工作不分高低贵贱，都是为人民服务，整天仍然乐呵呵地蹬三轮进进出出，买米买面买菜买肉，嘴里哼着《洪湖水，浪打浪》。

改革开放了，人们抖着胆子追求时尚，过去的女偏带布鞋、男松紧口皮鞋扔一边不穿了，统统换上新款式的皮鞋。鞋店门口排长队，买双皮鞋需要用特许凭证——一纸盖了鞋厂公章的"条儿"。所以，前进皮鞋厂的男女皮鞋越卖越火。产品销路好，却愁坏了厂领导，因为原料供应出现缺口。

那时甄书记没退休，下班后，紧急召集中层以上的干部开会。会议打黄昏一直开到深夜，从始至终，生产股和供销股俩头头吵得不可开交。生产股长说："甄书记，你逼我上吊也不顶用。眼下仓库存的皮子不够一个月生产量，我是巧妇难为无米之炊。他供销部门养一帮人白吃饱吗？再跑不来皮子，我没辙，停工待料呗。"不等甄书记追问，供销股长指着生产股长的鼻子尖大喊大叫："你站着讲话不腰疼！天津市光工业皮鞋厂十好几个，哪家厂不都因为缺原料愁得吱哇乱叫。人家大厂财大气粗，花钱摆桌请客喝酒。咱们行吗？供销股的人我全撒出去了，磨破嘴皮子、跑细了腿，人家制革厂一推二六五。不行，甄书记你撤了我。"

两边的火气挺大，甄书记无奈，安抚供销股长，说："我们厂虽然小，底子薄。花点钱请客还是可以嘛。我做主了，只要能弄来皮子，保证不停产，你们供销花多少，厂里报销多少。"岂料，供销股长仍旧犯矫情，说："书记吔，您是不了解细情。我们股里那几位玩死命啰。前些天小王去宁夏，陪供料厂家拼酒，拼出了胃出血，现在躺医院里输液哪。反正我没辙啦。"甄书记拍桌子发火："嘿，倒跟我尥蹶子，我要你们吃干饭的？没辙给我想辙，要不今晚甭想回家。"生产股长低头不吱声，供销股长愁得直嘬牙花子。甄书记启发他们："我们有两大法宝，一靠党的领导，二走群众路线。咱们厂人不多，但并不说明没人才。野有遗贤嘛，我不信两百多号人的工厂，寻找不出个能人担此重任。"

供销股长倒苦水，说："现在跟改革前不一样。现在一线工人奖金多，哪个愿意跑供销，只拿平均奖，费力不讨好。"生产股长一拍脑袋，说："我想起个人才，郑为才，他能说会道酒量大，外号'郑一瓶'。"供销股长摇头："他不行。'活宝'一个，压根儿不懂供销业务。"甄书记冲供销股长发脾气："你什么意思？推三阻四的两头堵我，这个不行，那个不乐意干，我决定了，就那个'郑一瓶'。立刻从食堂调进供销股，享受以工代干待遇。"

就这么简单，郑为才摇身一变，由食堂采购员变成供销股跑供应的干部。

供销股加上股长五个人，都属于正式干部，唯独郑为才算以工代干，有冒牌嫌疑。何况对供销业务一窍不通，纯属外行。股长对他不看好，新同事视他为异类。

上班第一天，股长派他桩苦差事，去河北省一家皮革厂求援牛面皮。那是一家大皮革厂，曾经同前进皮鞋厂有过业务关系。俗话说，客大欺店、店大欺客，股里其他几个轮番去求援，不是吃了闭门羹，或是双手空空地被打发回来。大皮鞋厂都得去磕头作揖，何况你前进皮鞋厂名头小呢。股长成心派郑为才去碰硬钉子，让他明白供销不是什么人都能干的，尽早滚回食堂干采购。偏偏郑为才雄心万丈，向股长表决心，说："股长，您把心放肚子里，听好消息吧。备好车，等着拉牛面皮。"胃出血刚好的小王在旁边讥诮他，说："老郑同志，你真能耐？可牛皮不是吹的，火车不是推的，大山不是堆的，关键问题在于干部不是代的。"闲话传出去，郑为才便有了其他外号："郑一牛""郑一代""郑一吹"。

郑为才不以为人家瞧不起他，一本正经地说："我不吹牛，我要的是真牛皮。"临行前，股长交代说："你注意节约开支，请客吃饭尽量不要进大饭店，住宿不要住高级旅馆。催不到皮面尽快赶回来。"郑为才不解其意，急赤白脸地说："弄不到原料我回来干吗，那不真成吹牛啦?！股长您放心，请客吃饭全免，您就批我四瓶酒，天津的高粱酒。"

实际上郑为才藏了心眼，对外人不曾提过，他的亲舅舅在那家大制革厂当政工科长。事先打了电话，外甥探望多年不见的舅舅，舅舅当然喜出望外，派厂里一辆"上海牌"轿车去火车站接站，安排住进自己家，舅妈请假在家鼓捣好饭好菜热情招待。科长舅舅同郑为才盘腿坐炕头边吃边聊。他心急，对舅舅说明来意，舅舅皱着眉头，直嘬牙花子："就这事难办。厂里的皮革供应紧张，好多皮鞋厂的采购员在招待所等个半月啦。那可是关系单位，吓得厂长躲外边不敢回家。不好办哪。"郑为才不听他舅舅这一套，说："不好办你也得给我办！出来时我领了军令状，弄走皮子，我的以工代干转正；弄不走，人家就赶我回食堂。舅舅，你不能眼瞧着外甥当一辈子工人吧?"话呛到这儿，当舅舅的摆手说："先吃饭，赶明儿我想办法。"

第二天，科长舅舅四点多钟便骑车赶回家，拎着鱼、蔬菜和两瓶白酒。一进门，急火火地催促舅妈拾掇鱼、择菜，煮饭、烧菜。叫醒睡觉的郑为才，说："快醒醒，我请冯厂长来家吃饭。以后可全瞧你的了，冯厂长好酒，你就是喝死喽，也得陪好他，那么你要的皮革就有希望。"郑为才拍胸脯保证："我懂。师父引进门，修行靠个人。到时看我的吧。"

酒菜刚摆上餐桌，冯厂长一脚踏进屋子，嗓门响亮地说："哎哟，打老远我就闻见酒香。弟妹呀，俩礼拜没尝着你的手艺，我做梦都流

322

哈喇子。"猛然撞见郑为才，转脸问科长舅舅："这位是……?"舅舅说："我在天津的外甥来看望我，他能喝点儿，让他陪你咋样?"冯厂长豪爽，说："好好，烟酒不分家嘛，酒桌上皆朋友也。小伙子年轻，喝酒时我让你几杯。"郑为才并不领情，说："厂长，您是领导，又算我的长辈，我多喝您少喝。"冯厂长闻言，大脑袋直晃："嗬，口气不小哇。"郑为才假装谦虚："我酒量比不上您。我年轻嘛，全凭火力壮。"

说话间，舅舅打开酒，冯厂长攥手里，说："年轻人，你一瓶我一瓶对着喝，如何?"郑为才逞能："刚才说好的，您少喝我多喝。这儿统共四瓶酒，我仨您一个。"一旁，舅舅看不过去了，一是怕厂长挂不住脸，二是担心外甥喝多了，耽误正事，板起面孔呵斥郑为才："没大没小啊?! 跟冯厂长叫板。"冯厂长倒不在意："老邢，别数落你外甥，酒桌上没大小，我喜欢你外甥的脾气，依着他。"郑为才让舅妈拿来四只大海碗，冯厂长面前摆一只，自己面前放三只，依次倒满酒，一只碗盛半斤。冯厂长冲郑为才的舅舅说："老邢瞧见没有，年轻人有胆量。"邢科长说："光有胆量没酒量，待会儿非喝趴下不可。"冯厂长抿嘴暗笑。

酒倒完，郑为才说："厂长，我有言在先，喝完酒，您答应批给我们鞋厂牛皮面革。"冯厂长很狡猾，他说："我也有言在先，你喝掉三瓶酒，一不能醉，二不能倒，三还得不跑调地唱首歌。那才算数。"郑为才咧开大嘴笑起来："好咧。唱歌我不在行，我给您来段评书里的赋赞。"他双手举起大海碗："厂长，我敬您。"说着，"咕咚咚"喝尽一海碗，不喘气地又喝下第二碗，喝完三碗，他抹抹嘴，稳当当坐

323

回凳子上，一斤半酒下肚脸不变色，心不跳。冯厂长并不示弱，一口气喝干他那一碗。郑为才的舅妈吓呆了，慌里慌张地劝俩人："别光喝酒，吃菜，吃菜，压压酒劲。"冯厂长挥手拦住："不行。弟妹你少掺和。小伙子你敢接着喝吗？"郑为才并不搭话，眨眼工夫，第二轮的三碗酒全进了肚子。然后，仰天打个很响很长的酒嗝，用筷子敲击空碗，吟诵道："好厂长自有吉人天相。长得天庭饱满，地阁方圆，丹凤眼，目光如电闪智慧；卧蚕眉，一颦一蹙显威严。虎背熊腰体格壮，身长九尺多伟岸。这正是革命人胸怀革命志，为共产主义早实现！"

郑为才表演罢现编的一套"赋赞"，挺激动，面颊涨红。冯厂长听入了心，对守旁边的政工科长说："你外甥有两下子，把我描写成关云长了。喝酒，喝酒，小伙子，我敬你。"随之喝光他面前那碗酒，扯开嗓门招呼郑为才的舅妈："弟妹，上酒哇。"郑为才起身拦住舅妈，问冯厂长："先别提酒，厂长，我那皮子？"冯厂长僵硬地笑笑："明天你拿我批的条子去厂供销科，签合同交款提货。"郑为才喜上眉梢，一把夺过舅妈手中的酒瓶，往桌上一顿，说："厂长，怎么喝听你的！"

接着，二人风起云涌地喝起来。

冷落一边的舅舅舅妈打着哈欠，无聊地呆望着一桌子放凉的饭菜。

九

郑为才用四瓶高粱酒，换回两大卡车牛皮面革，解了前进皮鞋厂的断炊之危，全厂上下将他视作功臣。甄书记亲自在厂门口迎接郑为才，紧紧握着他的手，说："小郑同志呀，你果然没有辜负厂领导对你的信任和培养。继续好好干，年底给你转正，转成正式干部。"

很快，小郑同志变成了老郑同志，他仍然是厂供销股的打前阵的尖兵。每逢鞋厂缺原料，都会派他出去拿酒拼。他仍然是以工代干，甄书记退休了，无人顾及这件事。

二十世纪九十年代初，风云突变，南方的皮鞋蝗虫般涌进城市，款式新，价格低，就是不经穿。人们的穿着观念随着改变了，过去一双皮鞋恨不得穿一辈子，那叫"一槽烂"；现如今人们可劲儿地追时尚，喜新厌旧，谁还喜欢前进皮鞋厂样式老、总穿不坏的皮鞋呢？厂里产品卖不出去，积压严重。新上任的供销科长祭出最后的法宝，派老郑出山。

每次出去推销皮鞋，他从不花钱送礼，就凭酒量打天下。在酒桌上，他频频把盏敬酒，人家喝一盅，他喝三大杯，把那些经销皮鞋的贸易公司、百货公司和大型鞋店头头脑脑灌得服服帖帖，即便溜到桌子底下，也没忘在郑为才举着的合同上签字。当时京津冀及东北一带跑销售的无人不知郑为才的大名，提起他，个个矗竖大拇哥，夸奖道："天津鞋行的'郑一瓶'，顶顶牛！"

年轻的供销科长比老股长会用人，那年年底评了郑为才先进，奖励一台十八寸彩电。打辆面的将彩电拉回家，放在酒柜上，邻居们全跑进来瞧新鲜。郑为才摁下开关键，电视出图像了，他蓦地愣在那里。电视播放曲艺节目，一位年逾五十的女演员说评书——传统评书《三国》，师妹童啸芸！她怎么又活了？竟还成了评书表演艺术家。

他眼直勾勾地盯着电视不动窝，挡住邻居们的视线，农村媳妇推他，说："没见过嘛呀，白得台彩电。咋就美得找不着北哩？"处于恍惚状态中的郑为才指着电视屏幕，喃喃道："她，我师妹童啸芸，评书大家。'文化大革命'中被'四人帮'折腾自杀，刚活过来。"邻居王伯笑话他："老郑啊，你不看报不听广播。半导体天么天有她的长篇评书连播，听不腻。"郑为才扭脸跟媳妇说："我得出去一趟买半导体。"

郑为才买了台新半导体，归来途中忽然想去看望一下师妹，骑车又奔向区曲艺团，径直往里闯，传达室蹿出位中年人拦下他。他说找评书表演艺术家童啸芸。看传达室中年人告诉他："童老师已经不在区曲艺团，上调北京了。"郑为才刨根问底，说："她在北京哪个单位？"中年人说："你问我我问谁去？"他记得好像三十年前听过同样的话，面前的中年人和三十年前的看门老头长得很相像，顺口问道："三十年前看传达室的老头是你什么人？"中年人回答："他是我爸爸。我顶替他上了班——就这儿。"中年人指了指传达室。

离开区曲艺团，郑为才快快不乐地朝家走，心里想：缘分尽了。不该见着面真就见不着啰。从此，他重新拾起老习惯，每天听半导体里的童啸芸的评书连播，每天早中晚三顿酒。

新千年的头一个月，郑为才同志光荣退休。

那时，前进皮鞋厂已经很不景气，郑为才退休前夕，厂子一直风传要被一家民营企业兼并，闹得人心惶惶，厂领导为自己的出路奔忙，没人想着开个欢送会，欢送"郑一瓶"光荣退休。倒是供销科的同事凑钱在"狗不理大酒楼"为郑为才摆了两桌，参与者包括跟郑为才一拨退休的几位老工人。那天，酒喝得昏天黑地，不知怎么搞的，号称"郑一瓶"的郑为才两杯下肚竟然喝醉了，哇哇大吐，不省人事，让同事打车送回家。工人们说："他到底喝伤了，为谁？为咱工厂喝伤的。不像有些当领导的，喝酒光为自个儿。"

回到家里郑为才依然嗜酒不疲，依然一天三顿。但他不听半导体了，因为不管是半导体还是电视，再也没有师妹童啸芸说的评书。原来大红大紫过的师妹也退休了，随儿子儿媳搬到南方一个遥远的城市。

喝酒和听师妹的评书是他活着的两大支撑，如今断了一边，"郑一瓶"的生活就瘸了一条腿。瘸腿的日子容易作病，后来"郑一瓶"病倒了，大半夜让儿子大河打的拉到医院。一查是肝硬化，晚期。大夫很负责地说"他这病活不了多久，家属要有思想准备"。死马也得当活马治，郑为才被留在医院治疗。躺医院病床上输着液，"郑一瓶"嚷着闹着要酒喝，老伴、儿子坚决不让他再沾酒，一滴也不行。他冲老伴吼："你们盼我早点儿死是不是？不叫我喝酒，我活着还有嘛意思！"说着，他伸手要拔胳臂上输液的针头。老伴又气又急，坐一旁"呜呜"哭。

这天黄昏，郑为才躺病床上凝望窗外的夕阳，那样子很伤感。

忽然，病房款款走进个女人，六十岁上下，身材苗条，穿一袭风衣，头发梳成舞蹈演员那样的发髻。郑为才冷眼一瞧，不由呆怔住了："这，这不是师妹吗？"

老伴知趣地退出房间，关严门。病房只留下"郑一瓶"和他的师妹童啸芸。

"你来干吗？"他一时不知问什么好。

童啸芸说："师哥，听说你病了，我来看看你。"

"岁数这么大，道这么远，还赶过来干吗？"

"岁数大，才该来。见一回，少一回啦。"

郑为才瞟一眼童啸芸拎着的礼物，鼓鼓囊囊的大塑料包，唯独没有酒。

"来看我，为嘛不带酒？"

童啸芸忍不住抹眼泪："你病这么重，还能喝酒吗？"

"你也不让我喝酒？好，那你赶紧走！"

师妹舍不得走。两人就僵持着。

"郑一瓶"语气软塌下来，求他师妹说："我知道自己这病，也知道活不多久。你懂不懂，酒比我的命重要。你出去买一瓶，我不喝，闻一闻总行吧。"

童啸芸终归拗不过他，起身离开病房。片刻工夫买回一瓶白酒和一听可口可乐，酒给师哥闻，可口可乐自己喝。

"郑一瓶"将白酒斟满一茶杯，先用鼻子闻，闭上眼，深吸一口气，猝然间全灌进肚子里，精气神顿时爽朗许多。接着又倒第二杯，师妹摁住他的手，央求道："师哥，等我把话说完，你再喝也不迟。

这些话闷我心里几十年，不说出来我到死也闭不上眼。""郑一瓶"光顾那茶杯酒，顾不上听她说话："有话以后说，我馋酒快馋疯啦。"童啸芸撮住茶杯不松手，开口道："师哥，我和我爹对不起你！"

"郑一瓶"听得懵懂，眨眨眼："嘛话？你爹当过我一天师父也算是师父。师徒如父子，当儿子的哪有计较当爹的？再说啦，我有对不住师父的地界，那年三十晚上，我不该逗能灌醉师父，伤了他老人家的面子。五十多年过去，每逢想起这档子事，后悔得我想扇自个儿嘴巴子。"

童啸芸迟疑半晌，才吞吞吐吐地说："师哥，你有所不知，那是我爹故意算计你……我爹真对不起你。"

郑为才越琢磨越不明白： "我就想不起你爹有对不住我的地界啊。"

师妹哭了，边抹眼泪边说道："我爹临死时跟我说：'咱们对不住郑家那小子，他真正是块唱大鼓的料儿。一旦上台演出，他比你强，准能大红大紫。'我很纳闷，问我爹：'那你干吗不教人家，还把人家轰走？'我爹长叹一声说：'傻闺女呀，郑家那小子继承了我的地道玩意，红透了半边天，那还能有你出头露脸的份儿吗？'"

听完师妹的一番话，郑为才一仰脖喝光茶杯里的酒。

童啸芸怯怯地问："师哥，你不恨我爹，不恨我吗？这事我一直瞒着你。"

"郑一瓶"不搭腔，将白酒倒进一只茶杯，将可口可乐倒进另一只茶杯。他指着面前两只装满不同内容的容器，说："我的好师妹呀，人活到这个岁数，嘛都明白啦。人一辈子就像这俩茶杯，我装的是酒，你装的是可口可乐。不管是酒还是可口可乐，内容不同，可不都是一辈子吗?"

师妹好像不大明白。

"郑一瓶"端起自己的杯，碰一下童啸芸的杯，说："得啦，嘛话甭说啦。端起你的杯，跟师哥碰一下，全喝了。也不枉师哥我灌了一辈子糊涂的酒，听了你一辈子的评书。"

童啸芸匆匆喝光茶杯里的可口可乐，扭身奔出病房，头也没回一下。

师妹的身影消失之后，郑为才拔掉输液针头，穿鞋下炕，冲窗户外面吼叫。老伴、儿子大河奔进病房，惊慌失措地摁住他。郑为才呵呵地乐，说："我的病好啦! 你们放心，打今儿起我全戒，滴酒不沾!"